上都时光

郭海鹏 著

SHANGDU SHIGUANG

内蒙古科学技术出版社

图书在版编目（CIP）数据

上都时光 / 郭海鹏著. —— 赤峰：内蒙古科学技术出版社，2019.5（2020.2重印）
ISBN 978-7-5380-3098-3

Ⅰ. ①上⋯ Ⅱ. ①郭⋯ Ⅲ. ①散文集—中国—当代 Ⅳ. ①I267

中国版本图书馆CIP数据核字（2019）第101721号

上都时光

作　　者：	郭海鹏
责任编辑：	季文波
封面设计：	永　胜
出版发行：	内蒙古科学技术出版社
地　　址：	赤峰市红山区哈达街南一段4号
网　　址：	www.nm-kj.cn
邮购电话：	0476-5888903
印　　刷：	天津兴湘印务有限公司
字　　数：	210千
开　　本：	787mm×1092mm　1/16
印　　张：	13.75
版　　次：	2019年5月第1版
印　　次：	2020年2月第2次印刷
书　　号：	ISBN 978-7-5380-3098-3
定　　价：	80.00元

让一代人的乡愁有归宿可传承

（自序）

2018年，《小康》杂志社联合国家信息中心会同有关专家及机构进行了"2018中国幸福小康指数"之"寻找幸福百县"的调查，在全国27个省、市、自治区展开了一次幸福寻访。最终，包括内蒙古正蓝旗在内的100座小城登上了"幸福百县榜"。其中，幸福县域的特质之一便包括有丰富的历史积淀和人文底蕴。

一方水土养育一方人，一方人孕育一方文化。内蒙古正蓝旗是游牧与农耕社会互动密切的结合部，游牧文明与农耕文明交汇，历史地位独特，历史上曾是两大文明的争夺之地、交替之地，也是元朝开国帝都和蒙元文化发祥地，对统一的多民族国家形成和发展具有独特贡献。

作为地域属性极强的元上都遗址所在地正蓝旗，在人们的心目中是一个"遥远的地方"，一个有着鲜明的人与自然共生共存的大草原，也是一个相对广大的"地域"。有蓝天白云的美景，也有严寒暴雪的肆虐。在这片广袤寂静的大草原上，游牧民族的先民们及今天生活在这里的蒙古民族，传承着独特的草原游牧文化。著书立传，也是在丰富历史，传承文化。行人莫问当年事，故国东来渭水流。历史如果拥有意识，一定希冀被人忘却而非铭记，至少要抹除多数细节，减轻人类记忆负担。写文章，就是要抗拒历史的遗忘倾向，虽说"你写或不写，历史就在那里，不增，不减"，但果真无人书写，结局必是风流云散。

2003年，随着内蒙古锡林郭勒盟新型工业化标志性项目上都电厂在正蓝旗的开工建设和运营发电，金莲川草原又成了内蒙古向京津唐送电的重要新能源基地。本来是依稀的农耕文明、主要是游牧文明的正蓝旗，一下子跳到了工业文明。

在这个文明转型的过程中,当地来了许多外地人,还出现了好多工业化的队伍,游牧文明、农耕文明和工业文明相互影响渗透。面临着几种文明的交替组合,正蓝旗文明的落脚点最终还是放在了弘扬民族传统文化、大力发展文化旅游业上。正蓝旗将摔跤、赛马、射箭蒙古男儿三艺和民族歌舞、散曲、察哈尔服饰、奶食品、蒙古包、祭敖包、赛骆驼等传统文化和习俗,通过举办元上都旅游文化节、开办民间民俗博物馆、申报国家级非物质文化遗产、创建中国察干伊德文化之乡、培育察哈尔文化研究传承保护示范基地、打造中华散曲文化教育基地等形式展现给世人,使民族传统文化给现代社会带来了全新的视觉冲击力和影响力,这就是"上都时光",这就是金莲川草原的魅力所在。

习近平总书记在讲到"中国梦"时反复强调一个观点,只有知道我们从哪里来,做了怎样的选择,才能明确我们要往何处去,为什么选择这样的道路而不是其他道路。今天,正蓝旗的发展面临着机遇与挑战,深刻认识正蓝旗发展的历史对于我们坚定信心、面对挑战、凝心聚力无疑意义十分重大。生活在金莲川上的我之所以倾心尽力讲叙这片草原上的人和事,并编纂成《上都时光》一书,以敬畏之心开启一扇鉴赏岁月的窗,一方面是为热爱正蓝旗的人们找寻生长基因,集聚发展能量;另一方面也是为了通过记录百姓生活中那些生动鲜活的故事,让草原上的记忆有所寄托,代代传承。时光流逝,过滤了艰难,留下了情感,有些东西可以遗忘,有些东西必须珍藏。珍藏不仅仅是为了纪念,而是一种滋补和认同。

因为热爱,才会投入。在过去物质匮乏的年代,人们不断做着物质的加法,为家里添置冰箱、电视机、洗衣机,再买楼买车……从一无所有到小康水平的过程,确实也能给人以幸福感。现在,在一个万物俱备、什么都不缺的年代,占有物质很难再刺激人们的感官,使之获得长久的满足。在新的时代,比起金钱和物质,更重要的是精神层面的充实感。从实物中获得的满足感毕竟只能在短时间持续,但如果让一代又一代人的乡愁有归宿、可传承,将可以永久地入驻我们的生命,使之成为更基本、更深沉、更持久的发展力量。央视著名主持人敬一丹说:"记忆是一个人的本能,记录是媒体人的自觉,而纪念体现了代际的传承。"所以,我又在《我的家乡正蓝旗》出版后,深耕乡土,凝聚精神,自费编辑出版了这本采撷岁月留痕,回眸时代发展的《上都时光》,唯盼能激励当代,启示后人,让品味传统文化、享受美好生活、强化文化认同、传承历史文脉、服务社会发展成为更多人的日常生活实践。

是为序。

郭海鹏

2019年2月

作者小传

郭海鹏，男，汉族，中共党员，政协正蓝旗第九届委员会委员，政协正蓝旗第十届委员会常务委员。中华诗词学会会员，锡林郭勒日报社特约记者，正蓝旗上都诗词学会会长，现在正蓝旗文联担任《金莲川记忆》主编。

1964年4月10日星期五（甲辰龙年农历二月二十八日）晚6时许，我这个七个月的早产儿，出生于正蓝旗阿日虎布公社（1984年5月，正蓝旗阿日虎布公社、哈叭嘎公社、胡鲁斯台公社变为乡建制，大队改为行政村。2004年4月，三乡合为哈毕日嘎镇）。父母为我取名郭海鹏，乳名小栓子。当时父亲郭占芳25岁，母亲朱启枝19岁。接生婆是该公社红星大队一位60多岁的老太太，姓名不详，丈夫姓李，村民称之为李氏。出生后，母亲没有奶水，学校教师胡振山的妻子秦凤翔奶了我12天。因父亲调到哈叭嘎学校当管理员，1968年5月1日利用学校放假时间，父母将家搬到了哈叭嘎公社东门口外的两间平房内（原庆丰大队车马大店，后改为乡法庭、派出所）。

1969年9月1日，6岁时我在哈叭嘎公社学校入学念一年级，整天背着一个带子很长的小书包跟着父亲上下学。1970年8月因父亲工作调动，我家又搬到了阿日虎布公社中学，借住学校院外红星大队三队一户李姓家房屋（其子李连芳曾任正蓝旗人民政府副旗长）。我在红星大队学校读小学，班主任是薛彩珍老师，1975年7月小学毕业，同年9月在阿日虎布公社中学读初一。1976年12月，父亲调到哈叭嘎公社小学任该校首任校长，我随家搬到哈叭嘎公社民胜大队一队借宿，和村民王国华家住里外屋，在民胜大队学校读初一。1977年8月8日，哈叭嘎小学盖起家属房，我们搬到哈叭嘎小学居住。1978年我转学到哈叭嘎中学26班念初二，当时因中学没有教室，两个平行班借哈叭嘎小学教室上课，每个班每天上半天课，学生自己带凳子，我被选为班里的副班主席。在此之前，初中都是两年学制，从我们这届改为初中三年制，初二升初三要重新考试编班，1979年7月我在哈叭嘎中学29班初三毕业。1981年7月，在哈叭嘎中学高15班毕业，高中期间曾担任班级体育委员并加入团组织。1982年8月，我和高中同学马桂枝自由恋爱，在哈叭嘎结婚成家，随后便搬至妻子工作单位阿日虎布公社东风大队，后又因妻子工作调动搬至胡鲁斯台公社朝阳大队。1984年12月，儿子郭宇航在朝阳村出生。

高中毕业后，1981年9月至1984年7月，我先后在哈叭嘎公社庆丰大队和小泡子村小学代课。1984年9月1日，被正蓝旗教育局分配到胡鲁斯台乡中学先后从事首届小学班和六年级40、41班数学、语文及初中37、38、39班政治教学工作。此期间曾任学区（乡中小学及全乡各村学校）少先大队总辅导员和学校团支部书记，在正蓝旗首届少代会上，被旗教育局、团委、少工委评为全旗优秀少先大队辅导员，利用工作之余通过四年函授学习取得了中师毕业证书。1993年2月，因政策性原因与全旗143名代课教师一起被旗教育局精简下岗。下岗后的一年多时间里，主要靠摆地摊和租书谋生，深感不公，备受委屈。

1981年9月11日开始在报刊上发表作品，现已累计在区内外报刊上发表新闻、文学和摄影作品万余篇，其中《农家小院的风波》《一句顺口溜带来大变化》《农家女进城创业天地宽》《北疆祥和得安宁 警民亲如一家人》《走进多彩草原 触摸活力西苏》《异地千里送关爱》《古道新歌》《墨香飘逸暖人心》《游湿地公园》等80余篇作品，被评为全盟好新闻、全盟优秀诗词和优秀新闻图片。《关于编辑"正蓝旗文化丛书"的建议》，被政协正蓝旗委员会评为2018年度优秀提案。自1984年以来多次被旗委、旗政府、旗政协，盟委宣传部、盟纪检委、盟委外宣办，旗委宣传部、旗文联，以及锡林郭勒日报社、锡林郭勒人民广播电台、盟诗词家协会评为优秀通讯员、优秀驻站记者、优秀特约记者、全旗和全盟外宣工作先进个人、全旗先进工作者、优秀政协委员、优秀政协宣传工作者、优秀文学作者和正蓝旗第一届身边好人、第四届爱岗敬业道德模范。因坚持为党报党刊写稿30年以上，2016年7月26日，被锡林郭勒日报社授予"模范通讯员"荣誉称号；2018年3月30日，又被锡林郭勒日报社授予"新闻宣传工作突出贡献奖"。

1994年8月2日，经旗乡镇企业局局长张庆发介绍，我于8月4日从哈毕日嘎乡来到正蓝旗的锡林郭勒盟上都建筑建材有限责任公司（正蓝旗电杆厂，股份制民营企业）从事秘书工作，公司总经理为多伦县大北沟乡的全盟优秀民营企业家王希武。在这里，王希武帮我们解决了住房，生活有了转机，日子开始一天天变得好起来。1997年7月该公司停业后，我先后在正蓝旗蒙古包厂（集体企业，厂长赵振华）、医药公司（国有企业，经理王玉明）、上都冶金集团（民营企业，经理梁有志）等单位担任秘书、办公室主任和副经理等职务。2008年8月，旗委宣传部副部长、外宣办主任高家鑫电话通知我，说旗里要创办旗委机关报《上都新闻》，由于我多年坚持写稿，具有一定的新闻写作能力和经验，在他和旗政协副主席乌云达来的无私举荐下，领导们决定聘任我到旗委宣传部创办《上都新闻》报。2008年9月至2017年2月，我在正蓝旗党委宣传部上都新闻报社从事编辑记者工作，任报社社长，历任部长分别为那顺巴雅尔、冯建军和柒拾捌。在此期间出版了正蓝旗本土作者首部汉文书籍《我的家乡正蓝旗》。

2016年3月1日，为适应社会宣传发展形式的变化，旗委宣传部又在纸质媒体的基础上，开通了正蓝旗上都新闻微信平台公众号。同年12月22日，旗委书记霍锦炳主持召开正蓝旗党政联席会议，专题研究部署文化体制改革工作，决定将《上都新闻》的人员并入旗广播电视台，成立正蓝旗新媒体中心。会上，霍书记说："海鹏要去文联就去吧，好好写他的书吧！"我到文联工作的想法，也得到了旗文联主席乌云达来的支持。2016年2月至今，我在正蓝旗文联"好好写我的书"，不仅创办了文史资料《金莲川记忆》，而且还出版了《上都散曲》《上都时光》，参与了《九届政协人终生政协情》《正蓝旗书画摄影作品集》等相关书籍的编辑工作。在旗文联工作的日子里，我与旗文联常务副主席特古斯相互支持配合，编书、写史、访作者、搞活动、办展览、举办培训班、争取社会赞助，虽然繁忙清苦，但合作愉快。除自身得到锻炼成长外,也培养和推出了一批新人新作。

  时光,从春意盎然到冬雪飘飞,流转的是光阴,折转的是季节,流失的是永不再回的美好年华,铭刻的是分分秒秒的真实生活。花开花落,是一季;冬去春来,又一年。蓦然回首,才惊觉时光如流水,往事不堪细数。在今后的岁月里,希望能有个好身体和安静舒心的环境,和已退休的妻子一起,享受温馨安逸的天伦之乐,用心去感受一些看似平凡的美好时光!

目 录

受到习近平总书记亲切接见的正蓝旗人 ... 1

《人民日报》上的正蓝旗 ... 3

成吉思汗庙祈福 ... 6

一朵花美了一片草原 ... 8

清代察哈尔八旗四牧群 ... 15

察哈尔正蓝旗总管瓦其尔 ... 20

"南坡之变"发生地考证有了突破性进展 ... 23

上都纪行诗中的人文和自然景观 ... 25

刘秉忠与南屏山 ... 33

正蓝旗哈毕日嘎镇地名沿革和村名考 ... 37

北围子的戏台 ... 46

接生婆的故事 ... 49

农家炕头上的记忆 ... 52

蒙元宫廷大宴——诈马宴 ... 55

正蓝旗迎请回来的查干苏鲁锭 ... 60

元上都：世界长跑运动贵由赤的发源地 ... 63

射箭史话 ... 69

张库商道上的正蓝旗人文景观 ... 71

浑善达克沙地上的蓝旗榆 ... 73

有柳条串起来的日子 ... 77

上都河国家湿地公园中的文化旋律 ... 80

锡林郭勒草原上升起的第一面五星红旗	87
努图盖毡坊与一段红色革命史	89
古道新歌	92
鸟是我们人类共同的朋友	96
扎格斯台苏木一日行	99
途经宝格图浩特	102
草原上的百灵鸟——乌英嘎	104
从那达慕会场走出去的国际柔道冠军	107
银幕上的战神宝音格西格	109
寻找恩师的足迹	111
每天"限号"的基层蒙医	114
平顶山上寻风景	118
国家地理标志保护产品：察哈尔羊肉	120
冬天里冻不住的欢声雀跃	123
《中国影像方志》中的正蓝旗	128
发生在写稿人身边的变化	131
感受坝上蒙元遗风	133
蒙古马的故事	137
蒙古族的祭火习俗	140
正蓝旗的乌兰牧骑	142
汇宗寺附属寺庙明德拉庙	147
蒙古文的书法艺术	148
从考古发掘看上都商贸繁荣	150
让正蓝旗成为一道流动的风景	152
锡林草原上的搏克和搏克服饰	155
正蓝旗的首届元上都文化旅游节	160
忽必烈广场之畅想	162
正蓝旗创建中华诗词之乡	167

用轻巧的文字寻找心灵的故园 ……………………………………… 170
母女诗情 …………………………………………………………… 176
好领导与好兄弟 …………………………………………………… 179
写给一个可爱的小女孩 …………………………………………… 183
《我的家乡正蓝旗》出版前后 …………………………………… 185
我和政协有"缘分" ……………………………………………… 189
我所创办的《金莲川记忆》 ……………………………………… 195
我与文联的不解之缘 ……………………………………………… 198

受到习近平总书记亲切接见的正蓝旗人

2015年6月1日至2日,中国少年先锋队第七次全国代表大会在北京举行,全国有806名代表参加本次少代会。习近平总书记亲切寄语全国各族少年儿童从小学习做人、从小学习立志、从小学习创造,强调童年是人的一生中最宝贵的时期,在这个时期就要注意树立正确的人生目标,培养好思想、好品行、好习惯,今天做祖国的好儿童,明天做祖国的建设者。内蒙古自治区代表团由10名少先队员和9名少先队辅导员组成,代表全区196万名少先队员、3万名大中队辅导员参加了中国少年先锋队第七次全国代表大会。正蓝旗第一小学少先大队辅导员吕瑞峰,作为内蒙古自治区代表团中的农牧区少先队大队辅导员代表参加了本次盛会,与参加第七次全国少代会的全体代表一起,受到了习近平总书记的亲切接见并合影留念。

2017年5月19日,全国公安系统英雄模范立功集体表彰大会在北京举行。习近平总书记亲切接见全国公安系统英雄模范立功集体表彰大会代表,他来到代表们中间同大家亲切握手,并合影留念。会上,全国公安系统615个先进单位和1320名先进个人受到表彰。内蒙古公安系统有19个集体和34名个人受到表彰,其中正蓝旗公安局交警大队副大队长胡格吉勒图荣获全国优秀人民警察称号。胡格吉勒图,是一名工作了34年的老交警,在道路交通安全管理中,他心系百姓平安,热心为民服务,曾先后被评为全盟抗击"非典"先进个人、全盟优秀共产党员,两次荣立个人三等功。

正蓝旗蒙医院副院长斯日古楞,在传承蒙医药中与现代科技相结合,始终把病人生命安全和健康放在第一位,对待病人像对待自己的亲人一样,几十年如一日兢兢业业践行着医务人员的神圣职责,凭着成千上万包传统蒙药,书写大医精诚,铸就品牌人生,践行着社会主义核心价值观,曾荣获全国五一劳动奖章,并被评为全国先进工作者。2017年,斯日古楞当选为中国共产党第十九次全国代表大会代表。10月18日至24日,中国共产党第十九次全国代表大会在北京召开。斯日古楞与内蒙古代表团出席十九大的其他参会代表,受到习近平总书记等党和国家领导人的亲切接见并合影留念。期间,斯日古楞认真聆听学习了党的十九大报告,参加讨论习近平总书记代表十八届中央委员会向大会所作的报告、十八届中央纪律检查委员会的工作报告和《中国共产党章程(修正案)》,以及酝酿、预选中央委员、候补中央委员和中纪委委员预备人选等会议议程。接受了新华网、人民日报、内蒙古日报等十几家媒体的采访,把锡林郭勒大草原和正蓝旗人民的心声,以及近年来全盟、全旗的医疗卫生发展变化情况向媒体进行了介绍。10月19日,斯日古楞参加党的十九大报告讨论时的镜头在中央电视台新闻联播节目中播放。身处大会现场,亲自聆听习总书记的报告,斯日古楞感受到了党的关怀,触摸到美好的愿景,也令草原各族儿女特别激动、备受鼓舞。

《人民日报》上的正蓝旗

2012年6月3日，人民日报社记者贺勇在《人民日报》发表文章《西电东送富牧民——一座电厂带动内蒙古正蓝旗重拾发展雄心与动力》，文中介绍说："长城以北，越走越辽阔，一望无际的草原尽现眼前。记者一行驱车来到内蒙古锡林郭勒盟正蓝旗，历史上赫赫有名的元上都就坐落在这里。如今，这座古城因为一个发电企业的崛起而光芒重现，并与勤劳朴实的蒙古族人民一起见证了草原工业时代的到来。茫茫的金莲川草原上，装机容量372万千瓦的华能北方上都电厂无疑是座'巨型建筑'：112根直径4.2米、高39.45米的空冷岛柱拔地而起，102米高的生产厂房巍然矗立，240米高的烟囱直上云霄，一个现代化的电力基地已然崛起。在草原上建设大电厂是锡林郭勒盟人民十几年来的梦想，正蓝旗西北213公里处有胜利煤田、东南60公里处有滦河源头西山湾水库，优越的自然条件使正蓝旗满足了建设大型电厂的地理条件。当西部大开发、西电东送的建设东风吹到草原，当内蒙古锡林郭勒盟工业化号角全面吹响之际，上都发电厂项目终于尘埃落定。作为国家西电东送北通道的主力电源点，上都电厂6台机组装机容量已达372万千瓦，所发电量全部直送北京，是华北电网保障首都用电安全的主力机组。2006年8月首台机组投产发电以来，公司累计完成发电量670亿千瓦时，实现利润41.6亿元。"

"几年间，电厂带动这座城市重拾发展雄心与动力。上都发电公司扎根正蓝旗，使正蓝旗走新型工业化道路的步伐更加坚定。正蓝旗委、旗政府调整产业结构，以能源建设带动其他行业的发展，由农牧业为主导型发展成为以工业为主的经济格局，加速了城乡建设的进程，使全旗的经济建设取得了飞跃发展。据旗长田永介绍，正蓝旗农牧民人均收入已由'十五'末的2303元增长到2011年的8589元，超过了内蒙古自治区平均水平近2000元。"

2016年8月24日，人民日报社记者吴勇在《人民日报》8版发表了一篇题为《内蒙古推进乡村牧区旅游让贫困农牧民钱袋子鼓起来》的综合通讯报道。其中，在介绍正蓝旗通过发展旅游业，带动贫困牧民就业脱贫时记者这样写道："来到锡林郭勒盟正蓝旗，碧草连天的草原上，一排排洁白的蒙古包与周边美丽的自然风光完美融合。来自北京的游客来这里旅游，在蒙古包里吃手扒肉、喝马奶酒。傍晚，游客们围绕篝火热情地载歌载舞，大家觉得在草原上体验原汁原味的蒙古风情十分开心。"

"今年，正蓝旗在重点旅游环线内投资5000万元，综合交通、生态环境、区域范围、人口数量等因素，在一些嘎查试点实施禁牧区整村推进民俗旅游工作，成立旅游合作社，由政府投资建设路、电、水等基础设施，统一规划建设停车场、卫生间、游步道、蒙古包底座等基本设施。把牧民集中起来，以'一个嘎查就是一个民俗部落''几个嘎查就是一处民俗旅游景区'的发展理念，建设以蒙元文化为背景，融草原自然风光、民俗接待、休闲度假和文化体验为一体的草原部落。截至7月底，全旗已发展'牧人之家'133家，带动贫困牧民就业脱贫。"

2002年至2017年，正蓝旗先后举办了15届冬季那达慕大会，吸引国内外游客和各大媒体与摄影家团队前来旅游采风，展示蒙元文化魅力，彰显金莲川草原冬季风采。2017年12月23日至24日，由正蓝旗人民政府主办的"银色锡林郭勒草原冰雪那达慕启动仪式"暨正蓝旗第十五届浑善达克冬季那达慕在小扎格斯台淖尔举行。开幕式上，身着亮丽民族服饰的各苏木镇场代表方队骑马、乘驼步入会场，正蓝旗乌兰牧骑演员们为大会献上了精彩节目。活动内容包括5公里鞍马赛、15公里骆驼耐力赛、骆驼选美、训驼、搏克、蒙古族服饰展示、传统射箭、冰上沙嘎等精彩赛事，还安排了冬季风情图片展、非物质文化遗产成果展，为游客首次开辟了骑骆驼、骑蒙古马、坐雪橇、穿民族服饰项目体验区，让来自五湖四海的观众全方位感受到了正蓝旗悠久的蒙元文化底蕴、独特的察哈尔民俗风情和冬季草原美景。12月24日，人民日报社记者吴勇在《人民日报》4版以新闻图片的形式对其给予了宣传报道。

一段时间以来，正蓝旗鼓励牧民培育早冬羊羔，将过去的冬羔、春羔两季接羔，逐步调整为早冬羔、冬羔和春羔三季接羔。由于冬季病菌较少，出栏的羊羔成活率有所提高。次年，早冬羊羔比冬羔提前2~3个月出栏，羔羊均衡上市，使得羊肉价格较为稳定，提高了牧民收入。2018年1月18日，人民日报社记者吴勇在《人民日报》10版刊发"内蒙古锡林郭勒盟正蓝旗五一种畜场牧民禹文兰正在给未满月的早冬羊羔喂奶"的新闻图片,对其保护生态、有利牧民增收的先进养殖经验在全国范围内进行了宣传推介。

2017年11月21日,习近平总书记给苏尼特右旗乌兰牧骑回信,希望在新时代,乌兰牧骑能以党的十九大精神为指引,大力弘扬乌兰牧骑的优良传统,扎根生活沃土,服务牧民群众,推动文艺创新,努力创作更多接地气、传得开、留得下的优秀作品,永远做草原上的"红色文艺轻骑兵"。习近平总书记给苏尼特右旗乌兰牧骑队员们的回信,像号角吹响了红色文艺轻骑兵再出征的集结号,像雨露滋润了辽阔的草原,像春风吹拂着各族儿女的心田。一年来,总书记的回信鼓舞和鞭策着乌兰牧骑队员们,他们不忘初心,牢记使命,保持人民情怀,讴歌伟大时代,让这面不褪色的旗帜在祖国北疆高高飘扬。2018年11月21日,在习近平总书记给苏尼特右旗乌兰牧骑队员们回信一周年之际,人民日报社记者吴勇在《人民日报》4版刊发文章《扎根生活沃土　服务牧民群众——内蒙古自治区弘扬乌兰牧骑精神纪实》。文章在开头写道:"初冬,内蒙古草原的寒潮和往年一样如约而至。在锡林郭勒盟正蓝旗那日图苏木道图淖尔嘎查,天刚蒙蒙亮,64岁的贫困户闹连庄就收拾妥当,迎着清晨的寒意赶往嘎查活动中心。他要借自治区'草原综合服务轻骑兵'来搞活动的机会,看看演出,然后检查一下身体,再参加一场远程会诊。"

文章接着写道:"闹连庄患有脑血管畸形,儿子1994年患了肾炎,2016年又发展成了尿毒症,家庭入不敷出。几次进京看病,使本就不富裕的家庭陷入贫困。原本打算年前再进京复查,但内蒙古近期"弘扬乌兰牧骑精神,到人民中间去"的活动让他打消了这个念头。活动以'乌兰牧骑+'的方式,组建'草原综合服务轻骑兵'小分队,借文艺演出群众聚集的时机,为偏远农牧区提供综合性服务。11月初启动以来,自治区、盟市、旗县3个层面共组建了200多支服务队活跃在基层。在接下来的3个月左右时间,将为2000多个服务点的基层群众提供服务。'工作队联系旗医院,请北京的专家给我和儿子远程会诊,真是省时、省力、减负担。'检查完身体,闹连庄高兴地说。"

以上是笔者在《人民日报》上看到报道家乡正蓝旗的文章及有关情况,现予以整理,以便读者查阅。

成吉思汗庙祈福

2018年9月5日上午，我有幸来到成吉思汗庙。怀着对一代天骄成吉思汗的崇拜和敬仰，我走上九九八十一级台阶进入大殿，追忆成吉思汗戎马一生的丰功伟绩。站在成吉思汗铜像前，大家手捧蓝色哈达，献上长明灯，聆听《伊金桑》《苏力德桑》，祈盼身体安康，家族兴旺，国泰民安。

成吉思汗庙坐落在内蒙古自治区兴安盟乌兰浩特市罕山之巅，由蒙古族艺术家耐勒尔设计，1940年5月5日动工修建，1944年10月10日竣工。成吉思汗庙是当今世界唯一一座纪念成吉思汗的祠庙，它与位于内蒙古鄂尔多斯市的成吉思汗陵一起，被中外史学家和草原儿女统称为"西陵东庙"。成吉思汗庙是国家4A级旅游景区，国家重点文物保护单位。

成吉思汗庙坐北朝南，下方上圆，三面环山，一边傍水，四周布满了苍松翠柏，洮儿河像一条玉带缠绕在它的脚下。成吉思汗庙占地6.8万平方米，建筑面积822平方米，正面呈"山"字形，采取古代中轴对称布局手法，建筑主体圆顶方身，绿帽白墙，具有典型的汉、蒙、藏建筑风格。庙的中间是高28米的正殿，东西两侧是高16.62米的偏殿，有9个用绿色琉璃镶制的尖顶。正殿圆顶中央悬挂蓝色长方形匾额，上面用蒙、汉两种文字书写"成吉思汗庙"。正殿有16根直径0.68米的大红漆明柱，大殿正中的大理石台基上坐落着高2.8米、重2.6吨的成吉思汗全身铸铜贴金坐像，铜像顶部挂有一匾，上写"元太祖"三个大字。两侧分立其4个儿子术赤、察合台、窝阔台和拖雷的塑像。两旁陈列着一些元代兵器，四周绘有反映成吉思汗业绩的图案，东西偏殿陈列元代服饰、书简、瓷器。三座大殿天花板绘有蒙古族图案，大殿和走廊墙壁有成吉思汗箴言字画与当代画家思沁绘制的大型壁画。置身庙内，让人顿有庄严肃穆之感。

庙殿东南侧建有"成吉思汗箴言长廊"。箴言是指劝告、劝诫、警示性的语言和提示，这里竖立着几十块刻有成吉思汗箴言的石碑，有"读书的糊涂人，终究要超过生来聪明的人""不要以金银珠宝装饰自身，而要以道德和才能充实自己"等55条1738字，内容涉及政治、军事、教育等诸多领域。碑体两面内容为蒙汉文对照，书法种类风格多样，漫游碑廊，既能体会箴言内涵哲理，又会得到优美的艺术享受。庙殿西南侧，建有白色蒙古包式的圆形建筑，原是收藏经书之地，现为展览厅。展览厅内以详尽的图文资料记载了成吉思汗文韬武略、一统天下的盖世雄才、历史功绩及成吉思汗庙沧桑巨变的历程，同时还珍藏着党和国家有关领导人及外宾来成吉思汗庙参观所留下的照片和珍贵题字。

一个民族不能没有英雄，一个真正的英雄能让一个民族赢得尊重。真英雄不必问出处，成吉思汗已经不仅仅属于蒙古族，他是全世界崇拜的大汗。

一朵花美了一片草原

  如果用一种颜色、一个词来形容内蒙古正蓝旗的盛夏，那就是"草原飞金"。仿佛一夜之间，驰名中外、享誉古今的金莲川草原突然花浪涌动，茸茸芳草被风染得葱茏青黝，脆嫩的草间闪耀着粼粼的金色光芒，艳而不俗、美而不媚的金莲花遍地盈野，热烈喷吐着芬芳。经花潮的推拥，元上都遗址内的残垣断壁和那些散落在草丛间的碎瓦残砖，一变沧桑而灵动、滋润而飘逸，徐徐梦幻般地展现出了上都古城的宏伟画面，似乎在显示这片土地的高贵与神秘，那种气势、那种壮观、那种蓬勃，让所有的人心存震撼。

  金莲花喜水，近湿地。金莲川地处内蒙古高原向华北平原的过渡带，是一条南北走向、蜿蜒曲折、风光占尽的八百里广袤川地，上都河水宛转流淌于此。这里曾是辽、金、元三代帝王游幸、狩猎、避暑胜地，也是他们政治、外交和军事的重要基地。明代，金莲川成为通往元上都的主要驿路，一些军卒在此屯田耕植。到了清代，这里又成为皇宫养马场的重要地带。时至今日，金莲川草原已与世界文化遗产元上都遗址融为一体，成为国内外知名的文化旅游目的地。

  追索资料可知，早在《入唐求法巡礼行记》卷第三中，就有关于这种野花的记载。辽时，人称该地为"曷里狨"，金称之为"曷里浒东川"，为桓州辖地，是辽朝皇帝和契丹达官贵族们的游猎避暑之地。在金代为桓州威远军节度使、抚州镇宁军节度使所辖。金代大定初年，金世宗完颜雍游幸至上都河流域绵延数百里的草原游猎，策马来到曷里浒东川，巧遇满川耀眼的金色花朵正在盛开，如毯铺地，一望无边，幽香弥漫，沁人心脾。他被这浩渺壮观的植物群落震撼了，细观每朵花形虽不大，却与莲花相似，因此联想到"莲者连也，取其金枝玉叶相连之意"，故称此种奇异之花为金莲花。地因花得名，遂改曷里浒东川为金莲川。金莲花和金莲花群落的美，让金世宗感受到了大自然的魅力，遂为金莲花和金莲川命名。此后，金朝历代皇帝都把这里作为夏"捺钵"的避暑胜地，在这里建凉陉离宫。在公元1115年以后的金朝，这一代有名为桓州及抚州两座城市，因此金莲川一带的草原也被称作"桓抚之间"。每到夏季，这片休养地便会成为金朝的"首都"。只是这个"首都"不是"点"，而是"面"。回溯时间，契丹王朝时这片草原也是辽王室重要的巡历地，广布着官有牧场。

金莲花在元朝被定为国花，现又成为正蓝旗的旗花，从古至今都备受人们的喜爱。得名于、盛开在金莲川草原上的金莲花并不是莲花，而是一种毛茛科植物，叶圆形似荷叶却小得多，花作喇叭形近似荷花也小得多，花色以黄、橙为主，故得金莲花之名，又名金芙蓉。金莲花花期在6—8月，盛开时一望无际的原野上遍地金色澜然，入秋花干而不落。此花不仅以金黄璀璨夺人眼目，以生命顽强令人咏叹，同时还具有清热解毒的功效，以此花为茶饮，可起到滋阴润咽的药用。这种草本植物喜凉耐寒，多生长在2~15摄氏度的湿润环境。乾隆年间由金志章、黄可润先后修纂的《口北三厅志》关于金莲花有这样一段描述："花色金黄，七瓣环绕其蕊，一茎数朵，若莲而小。六月盛开，一望遍地，金色灿然。"这里说金莲花"七瓣环绕其蕊"，正是内蒙古东部金莲花的特色，其他地方的金莲花花瓣较多，多至10~20片不等。正蓝旗金莲川一带的金莲花，花瓣较少，常见6~8片者，故《口北三厅志》概言而称"七瓣"。清代的《广群芳谱》对此也有类似记载，金莲川草原上这种状若芙蕖但略小的金莲花，"花色金黄，七瓣环绕其蕊，茎数朵，若莲而小，六月盛开，一望遍地金黄，灿然至秋，花干而不落，结子如栗而黑，其叶绿栗色，瘦尖而长，或五尖或七尖"。

在金莲川这片美丽富饶的土地上，北魏时曾建过"御夷镇"，该镇曾是当时九大军镇之一，六镇之乱以后又两迁其址。辽时，这里是其主要军事基地之一，尤其景宗当政后，与其妻承天皇后萧绰，在此养兵蓄锐，并以此为根据地不断南进征战，扩大疆域，先后活动数十年。金代，仍视这个地域为重，在原御夷镇的旧址上辟建了避暑宫——景明宫。金世宗继位后，于大定二十一年（1180）命在宫内设了杨武殿，使其规模逐步扩大。赵沨曾写诗赞曰："峨峨景明宫，五云涌蓬莱，山空白昼永，野矿清风采。"成吉思汗亲征漠南时，也曾在金莲川凉陉驻扎避暑，修整军队。1251年，蒙哥即蒙古大汗位之后，委任其弟忽必烈执掌"漠南汉地军国庶事"，也就是执掌军事及行政大权。第二年，忽必烈奉命南下，以太弟身份驻在桓州、抚州两地之间的滦水上游，"开邸金莲川"，金莲川又成为蒙古王室成员避暑狩猎的行宫。忽必烈还以此为创业根据地，招募天下名士，组建了以刘秉忠、姚枢、窦默、郝经、张文谦等为首的、文武兼备的政治集团，即历史上著名的"金莲川幕府"。如郝经在《入燕行》中所写："鱼龙万里入都会，泓洞合沓何扰扰。"四方英才纷纷而至。正是在金莲川幕府的鼎力辅佐下，才有了后来大元朝的辉煌与繁荣。1256年，忽必烈命刘秉忠在这块吉祥宝地上选址建城，历时三年宫城建成，命名为开平府。1263年，忽必烈将开平府升为上都（今正蓝旗所在地），同时元朝还在金莲川草原上建起了皇帝行宫东凉亭和西凉亭，设立了大型驿站李陵台驿和明安驿，最终形成了北方草原上最宏伟的一座极富民族特色的都城，成为当时东方乃至全世界的政治、经济、军事、文化中心之一。在元代，无论是皇室还是普通官吏，对这种只在北方草原地带生长的金莲花都很重视。据《析津志》载："车驾自四月内幸上都，太史奏某日立秋，乃摘红叶。涓日张燕，侍臣进红叶。秋日，三宫、太子、诸王共庆此会，上亦簪秋叶于帽，张乐大燕，名压节序。若紫菊开及金莲开，皆设燕。盖宫中内外宫府饮宴，必有名目，不妄为张燕也。"这一方面说明宫廷宴赏之多，另一方面也说明宫廷对金莲和紫菊的器重。

金莲川，既是忽必烈经略汉地、成就帝王之业的基地，也是藩府文人发挥所学，实现"治国平天下"的人生理想和目标的地方，因而，元代藩府文人一直对开国之基的金莲川有着特殊的情结。藩府文人或征战、或扈从，往来于金莲川藩府途中，虽然不乏旅途的艰辛，环境的险恶，但能在济世安民的事业中成就自己。他们以金莲川为自己"言志""抒情"的一个基点，怀着极大的热情，纷纷题诗或写文来描绘金莲花和沿途的景物风光，将其尽情地呈现于诗词作品中，形成了藩府文人一种特殊的心理——金莲花情结。"潘侯妙笔留神都，金莲紫菊谁家无。""李陵台下驻分台，红药金莲遍地开。""蛟龙变化深莫测，金莲满川净如拭。"诗篇内容充实，格调高昂，情感积极乐观，奋发昂扬，洋溢着一股壮气勃发的豪健之气，且非常具有地域和民族特色。元人陈孚在《金莲川》诗中写道："茫茫金莲川，日映山色赭。天如碧油幢，万里罩平野。野中何所有，深草卧羊马。昔人建离宫，今存但古瓦。

秋风吹白波，犹似哀泪洒。村女采金莲，芳香红满把。岂知步莲人，艳骨掩泉下。人生如蜉蝣，百年无坚者。安得万斛酒，浩歌对花泻。"这首咏金莲川的诗不但有山有川，而且在碧绿的蓝天下，还有白波荡漾的淖尔，悠闲自在的牛马羊。元代蒙古族著名诗人、史学家乃贤所作《塞上曲》中也有"乌桓城下雨初晴，紫菊金莲漫地生"的诗句，滦河上游的上都河流域，南北百里之地皆遍生金莲花，足以证明金莲花群落之壮观和感人之深。元朝诗人刘敏中在《鹊桥仙·上都金莲》中以饱满的激情赞咏了上都金莲花的娇艳欲滴、超凡脱俗、不畏寒暑、坚韧不拔的品格。词曰："重房自拆，娇黄谁注？烂漫风前无数。凌波梦断几番秋，只认得，三生月露。川平野阔，山遮水护，不似溪塘迟暮。年年迎送翠华行，看照耀，恩光满路。"元人这种特殊的"金莲花情结"，来源于金莲川及金莲川幕府，有着深层次的历史文化背景，从中我们不难体会到藩府文人对金莲川特殊的情感，感受到他们的寂寞与欢娱，豪情与热情，历史的沧桑与生命的情感。这是在中国古代文学史上，藩府文人第一次大规模、正面积极地看待并描写北国自然风光与人文景观，是诗词艺术题材的扩大与发展。因此，忽必烈藩府文人的金莲川情结，对中华民族文化的发展也有着深远影响和更加广泛的意义。

莲花，出淤泥而不染，濯清涟而不妖，象征神圣、高洁。在士林，莲品即人品。金莲又是莲中之精品，因而，盛开于元上都周边的金莲花除备受元代文人墨客追捧外，也得到他人的青睐。金赵秉文曾有《金莲川》诗赞曰："一色天连王气中，离宫风月满云龙，向来菡萏香销尽，何许蔷薇露染浓。秋水明边罗袜步，夕阳低处紫金荣，长扬猎罢回天帐，万烛煌煌下翠峰。"诗中作者以荷花、蔷薇花与金莲花对比，更显示出金莲花超凡的美德和情操。清代高士奇《金莲花》一诗中，有"卉本仙山种，开当夏侯深，异香飘紫塞，宝相涌黄金。露叶凝轻翠，风枝袅细阴。曾邀天笔赏，移取植华林"的诗句，使金莲花的美态跃然纸上，把金莲花的习性、神韵和华贵勾勒得十分逼真，描绘了一幅美妙绝伦的北方边塞风光画面。

金莲川水草丰茂，各种飞禽走兽栖息其间。据《马可·波罗游记》第七十四章《上都城》一文中所载，这里"内有泉渠川流草原甚多，亦见有种种野兽"。故而"圣皇岁岁万几暇，春水围鹅秋射鹿"。赵秉文在《扈从行》中也写道，完颜雍在金莲川一天"获鹿二百二十二只"，其第四天"上亲射，获黄羊四百七十二只"。这里不仅野生动物丰富,人工养殖业也很发达,元陈孚在《金莲川》诗中描述为"野中何所有,深草卧羊马"。周伯琦在其《纪行诗》赞之为"朔方戎马最,刍牧万群肥",仅从数字中我们便可领略到古代金莲川"风吹草低见牛羊"和羊肥马壮的自然风景。

金莲川草原奇花异草甚多,中草药资源也十分丰富,据典可辨的达数百种,其中金莲花最为著名,具有清热解毒、养肝明目和提神的功效。《口北三厅志风俗物产花之属》中记载:"金莲花,生独石口外,纵瓣似莲,较制钱稍大,作黄金色,味极苦,佐茗饮之,可疗火疾。"金莲花因其"形若莲花色如金"而得名,花开颜色为皇家专用色彩,有"金枝玉叶"公主之姿,历来备受皇家所青睐。据说,辽国萧太后经常冲泡金莲花饮用,皮肤细白容颜美丽,直至中年以后依然青春靓丽,故被称为养颜金莲花,列为宫廷贡品。清朝康熙皇帝,对金莲花更是推崇备至。据《热河志》记载:"圣祖仁皇帝自五台移植山庄,有金莲映日之胜。"他命人将金莲花移植到皇宫御苑,成为使金莲花由野生变家种的第一人,还圣心大悦写《金莲映日并序》,亲赋《咏金莲花》诗五首对其赞美"迢递从沙漠,孤根待品题。清香拂槛入,正色与心齐。磊落安山北,参差鹫岭西。炎风曾避暑,高洁少人跻"。诗中称金莲花乃佛地圣花,把金莲花同避暑联系起来,意在说明其价值不凡。在承德皇家园林避暑山庄,康熙皇帝亲题的三十六景中,其第二十四景即为"金莲映日"。《热河志》中这样描述其胜境:"延熏山馆之右,有殿五楹,西向,环莳金莲花。花出五台,移植山庄。叶亚枝交,含风挹露,晨景初出,金彩新鲜。"在康乾盛世,这里"广庭数亩,植金莲花万本。日光照射,精彩焕目。登楼下视,直做黄金铺地观"。

乾隆皇帝对金莲花也情有独钟,作有《咏金莲花八韵》等十余首与金莲花有关的诗词,以优美的词句赞扬了金莲花的形色之美,记录和回顾了圣祖康熙皇帝、乾隆生母孝圣皇太后等在西巡五台和燕居西郊时欣赏金莲花的情景,特别是孝圣皇太后最喜爱此花,每当来青轩外花开时,管理香山的园吏都会采撷鲜花置于水瓶中恭献给太后。因此,在孝圣皇太后去世后,面对香山园吏依照旧例送来的金莲花,乾隆皇帝不禁睹物思人,发出了"四载熏风一弹指,思将谁献益潸然"的喟叹。可见,金莲花不仅以其娇艳的美丽为宫廷园囿和帝后生活增添了色彩,同时也承载了一定的人文和历史内涵。其中《咏金莲花八韵》中这样写道:"是莲不出水,非菊却宜山。色拟瞿昙面，笑开迦叶颜。风前足丰韵，夏永伴幽闲。花谱新方著，诗题旧弗闲。沼欹鱼未戏，夜喜鹤犹还。绿玉雕叶侧，黄金簇萼间。江南休问采，月里漫疑攀。近识额济尔，真观植渚湾。"并手绘了一幅藏经纸本水墨写生画《金莲花图轴》，自题云："金莲花发映新阶，着雨清妍不染尘。此是祇陀园里地，故应长者布来匀。香山金莲花盛开，玩芳得句，兼为写生。甲寅清和月下浣之三日制于来青轩。"这首诗也是目前所知乾隆皇帝最早的以"金莲花"为题的诗，他对金莲花的喜悦之情已由诗入画了。传说，当年乾隆皇帝到塞外避暑，看到八百里金莲川遍地金莲盛开，触景生情有感而发，与大学士纪晓岚对诗曰："塞外金莲犹如金钉钉地，京中银塔好似银钻钻天"，十分形象地表述了金莲花的生长形态。

金莲花原本在北京没有种植，香山的金莲花是从五台山移种的。吴振棫《养吉斋丛录》卷之二十六曾云："五台山有旱金莲。七瓣，两层。心亦黄色，碎芷平正，有尖黄瓣，环绕若莲而小，六月盛开，遍地金色。圣祖有金莲花赋。后由五台移植避暑山庄，今香山亦有之。"不过，在今天的香山和避暑山庄，已无从再觅金莲花开的芳踪，但在夏秋之际的金莲川草原，仍旧可以欣赏到绚烂的金莲花海。登高远视，如同黄金铺地。

金莲花是生活在金莲川周围人们的骄傲，金莲川又以其独特优势滋养着这里的人们。金莲花在民间一直被称为"塞外龙井"，有"宁品三朵花，不饮二两茶"的说法。近年来，金莲花野生资源蕴藏量逐年减少，现有野生金莲花又受到当地政府重点保护不得随意采摘，市场供需矛盾日益明显。自2015年以来，正蓝旗有关企业和农牧民开始尝试金莲花人工种植，经过潜心探索实践，现已成功培育出了金莲花苗种，实现了金莲花人工栽培。当地牧民还与江苏等地有关企业联手，生产出了具有消炎、健齿、明目的金莲花药物牙膏，使金莲花广泛用于医药、保健、美容、花卉、旅游和环保等方面。

除了金莲川，正蓝旗上都镇、五一种畜场四周的牧场上也长有金莲花。每年七月中旬，牵引着人们迷恋与向往的正蓝旗都要举办金莲川赏花节，以花为媒，以花促游，让国内外友人感受草原文化，融入绿色生态，体验民俗盛宴，那真是聚居者给人以富丽之感，独放者也具妖艳之情，游人到此无不惊叹叫艳，流连忘返，惊叹大自然的神功妙笔，感慨于历史的风雨沧桑。也正是在众人的呵护之下，才有了

"诗人到此惊无句,画家久悬难下笔",让人心醉忘归的草原美景。一片又一片金莲锦簇的花之海洋,一张又一张幸福快乐的喜悦面孔,使金莲花更艳,金莲川更美。2019年4月12日,正蓝旗第十五届人大常委会第十二次会议通过了《正蓝旗人民政府关于确定旗花、旗树的议案》,批准金莲花为正蓝旗旗花。

清代察哈尔八旗四牧群

17世纪，清朝控制漠南蒙古各部，大体上按原来的万户为基本单位，编设盟旗。清代察哈尔八旗四牧群是以察哈尔部为主，掺杂其他部落而形成的行政区域。察哈尔八旗按满洲八旗建制，编为左、右两翼，左翼为正蓝、镶白、正白、镶黄四旗，右翼为正红、镶红、镶蓝、正黄四旗。上都达布逊牧场、庆丰司所属牛羊群牧场、太仆寺左翼和右翼牧场在清末文献中称为四牧群，与察哈尔八旗合称为察哈尔八旗四牧群，或称察哈尔十二旗群。康熙三十六年（1697），康熙帝亲征噶尔丹时，曾巡视哈尔八旗四牧群，并写下了《阅马牛羊群》的诗："边境地闲敞，畜牧多蕃滋。掌理各有职，水草实咸宜。疆舆裕驱策，享宴丰牲牺。日给大官庖，岁供内厩骑。不烦献亩力，生息频在滋。偶来历塞恒，按辔省所司。千群牝牡壮，万队云锦奇。暖就阳坡眠，骄向秋原驰。非独克犉赍，兼得佐熊罴。夏五破狡鲁，挂弓天山陲。甲士归伍闲，休养正此时。庶物讵云细，国用恒相资。嘶饮适其性，覆载本无私。"从这首诗里，可以看到当时察哈尔马牛羊群对国家祭祀、宴会、宫内使役、军马供应、赏赐等方面所起的重大作用。

康熙十四年（1675）三月，察哈尔林丹汗之孙孔果尔额哲之侄布尔尼、罗卜藏兄弟二人乘南方"三藩之乱"，联合奈曼旗郡王札木山起义反清，康熙帝调动科尔沁等部蒙古军队讨伐察哈尔部，布尔尼与罗卜藏兄弟战败。康熙把逃散的察哈尔人口编入早在此地驻牧的八旗察哈尔内，并将归降的喀尔喀、厄鲁特编成佐领归其管辖，废止察哈尔部的王公札萨克旗。自此，八旗察哈尔改称为察哈尔八旗或察哈尔游牧八旗，总管不再由察哈尔人担任，并将察哈尔编为左、右翼各4旗。到乾隆二十五年（1760），察哈尔八旗中不断掺入异部佐领，此后察哈尔便成了多姓组织。

察哈尔八旗每旗设总管、副总管各一人，照京师八旗之例，随人数设佐领、骁骑校等官，由在京蒙古都统兼辖，隶于理藩院典属司。乾隆二十六年（1761），设察哈尔都统一人，驻张家口，副都统二人，分管察哈尔左右翼，协同都统办事。察哈尔都统管辖察哈尔八旗所属官兵、阿尔泰军台、锡林郭勒盟军务以及四群。左翼正蓝、镶白、正白、镶黄四旗和正黄半旗驻宣化边外，右翼正红、镶红、镶蓝三旗和正黄半旗驻大同边外。东接热河围场和克什克腾，西连归化城土默特，南和山西、直隶（今河北省）交界，北与乌兰察布盟四子部落和锡林郭勒盟南部各旗毗连。大体相当于今内蒙古乌兰察布市集宁，察哈尔右翼前、中、后三旗，卓资县，商都县，化德县，丰镇市，凉城县，兴和县和锡林郭勒盟正蓝旗、正镶白旗、镶黄旗、太仆寺旗、多伦县及河北省张北、康保、尚义、沽源等县的一部分。袤延千里的各旗群驻地如下：

正蓝旗：驻扎哈苏台泊（今内蒙古锡林郭勒盟正蓝旗扎格斯台苏木），在独石口东北180公里，东南距京师445公里。旗署东25公里左右有戈贺苏台河（今高格斯台郭勒），北流入阿巴嘎界。努克黑忒河（今努格斯郭勒）在旗署西北30.5公里，西北流，入阿巴嘎右旗西南（今苏尼特左旗东南）。旗署东15公里有霍落图诺尔（今浩勒图音淖尔）。旗地东接克什克腾，西至镶白旗察哈尔，南界内务府正白旗羊群牧场，北抵阿巴嘎左翼旗，大体相当于今正蓝旗北部。广132.5公里，袤47.5公里。

镶蓝旗：驻阿巴汉喀喇山（蛮汗山），《康熙地图》作阿巴哈喀喇山，在杀虎口东，东南距京师500公里，牧地在山西宁远厅之北，约今内蒙古乌兰察布市凉城县西北太平寨东。旗地东接镶红旗察哈尔，西连归化城土默特，南至山西省大同府边，北抵四子部落界。大体相当于今乌兰察布市察哈尔右翼中旗西部及北部、卓资县大部和凉城县西部，武川县大蓝旗乡也属其管辖。广57.5公里，袤80公里。

正白旗：驻布尔嘎台（约在今内蒙古锡林郭勒盟正镶白旗布日都苏木），在独石口西北145公里，东南距京师410公里，牧地在独石口厅治西北。旗东南有博索特门山（《康熙地图》在北纬42°偏南，以此当在今太仆寺旗东北的骆驼山）。旗地东及北接镶白旗察哈尔，南及西邻镶黄旗察哈尔。大体相当于今正镶白旗西南部、太仆寺旗北部和河北省康保县的一部分。广39公里，袤147.5公里。

镶白旗：驻布雅阿海苏默（约在今内蒙古锡林郭勒盟正镶白旗北阿拉坦嘎达

斯苏木），在独石口西北122.5公里，东南距京师385公里，牧地在独石口厅治之西北。旗署西北35公里有铁柱山（今阿拉坦嘎达斯山），37.5公里有红盐池（蒙名五蓝池，今乌兰淖尔）。旗地东南接太仆寺牧场（今正蓝旗西南部），西至正白旗，交太仆寺牧场，北连苏尼特左旗及正蓝旗。广28公里，袤98.5公里。

正黄旗：原驻木孙忒克山（约在今河北省张家口市张北县西南），东南距京师380公里，牧地在张家口厅之西北，喀喇乌纳根山南。同治年间，移驻今内蒙古乌兰察布市察哈尔右翼后旗东南大六号乡境内。旗地东北至镶黄旗察哈尔，西接正红旗察哈尔（今察哈尔右翼后旗西部），南连太仆寺右翼牧场，北邻苏尼特右旗。大体相当于今乌兰察布市兴和县、察哈尔右翼前旗的大部分以及察哈尔右翼后旗的东部和商都县的一部分。广55公里，袤90公里。

镶黄旗：最初驻陶赖庙（今河北省张家口市张北县、崇礼县）一带。乾隆年间，因将开垦坝下土地，移驻苏门峰（又名苏门哈达，《康熙地图》在北纬42°稍南，约在今康保县北）。旗地东起正白旗察哈尔界，西到正黄旗察哈尔界（约今察哈尔右翼后旗东部），南接正黄、镶黄二旗牧场，北交苏尼特右旗。大体相当于今锡林郭勒盟镶黄旗全部，乌兰察布市化德县、卓资县和河北省康保、尚义二县的一部分。东界正白旗，西界正黄旗，南界镶黄旗牧场，北界苏尼特右翼。广80公里，袤95公里。

正红旗：驻古板拖罗海山（约在今内蒙古乌兰察布市察哈尔右翼前旗西北大土城乡一带），东南距京师400公里，牧地在山西陶林厅之东北、丰镇厅北之奇尔泊。旗地东接正黄旗察哈尔，西南邻镶红旗察哈尔，南至太仆寺右翼牧场，北抵四子部落界。大体相当于今乌兰察布市集宁区，察哈尔右翼前、后二旗西部，卓资县东北部和丰镇市西部的一部分。广27.5公里，袤140公里。

镶红旗：驻布林泉（明远厅，今内蒙古乌兰察布市凉城县境内），东南距京师415公里，牧地在山西陶林厅之西南岱哈池。旗地东接正红旗察哈尔，西邻镶蓝旗察哈尔，北起四子部落界，南抵山西省大同府边外。大体相当于今察哈尔右翼中旗东南部、卓资县东部、凉城县大部和丰镇市西部的一小部分。广25公里，袤100公里。

上都达布逊牧场：上都达布逊牧场在察哈尔地区有两处：一处在上都河（今闪

电河），另一处在达布逊诺尔，合称上都达布逊牧场，因曾隶御马监，又称御马场，俗称大马群。上都牧厂位于独石口东北72.5公里的博罗城（今内蒙古锡林郭勒盟正蓝旗黑城子南），大体相当于今内蒙古锡林郭勒盟多伦县全部、正蓝旗南部、正镶白旗东南部、太仆寺旗东北部和河北省沽源县的大部。达布逊诺尔牧场大约在察哈尔镶黄、正白二旗南，正黄、镶黄二旗牧场北，约今商都、化德、张北和康保等县交界地带。因场内有一盐池，蒙古名作达布逊（今商都县盐淖），故有此名。上都达布逊牧场驼马由外八旗察哈尔蒙古人牧放。

　　庆丰司所属牛羊群牧场：所属牛羊群由察哈尔镶黄、正黄、正白三旗牧放，故又称察哈尔镶黄、正黄、正白三旗官牛羊群牧场，下分牛、羊群四处。其中镶黄旗牛群乾隆间位于镶黄旗南，北起吗呢图（今河北省张北县吗呢坝），南至什巴尔台（今河北省张北县什八儿台河），东起音图（约今河北省沽源县西南），西到插汉巴尔哈逊（今河北省张北县白城子）。清中叶以后，由于吗呢坝以南已被垦为农田，牛群逐渐转移至张北县北部。阿尔泰驿路上的哈柳台驿站附近（在今河北省张北县安固里淖东南），牧长住在哈根诺尔（今河北省张北县黄盖淖尔），光绪三十二年，镶黄旗牛群再次北移到正白旗明安地方；镶黄旗羊群乾隆间位于镶黄旗察哈尔北，翁闻山（今内蒙古镶黄旗翁贡乌拉苏木境内）迤南。19世纪末时，该群从毗邻苏尼特右旗的察哈尔牧地北界起，向东南延伸到博格多音郭勒（今镶黄旗宝格达音郭勒）。清末民初，又北移到今镶黄旗北部的翁贡淖尔一带，称翁贡羊群；正黄旗羊群，原驻殷子川（今内蒙古兴和县银子河），乾隆间，北移到阿尔泰军台第三、四台西南，约今河北省张北、内蒙古兴和和商都县交界地带。光绪三十二年再次北移到今商都县西北达布逊牧场地。民国时，该群迁到正白旗察哈尔南，今羊群滩一带；正黄牛群原驻康湖地方，在正黄旗羊群驻地殷子川西南，约今内蒙古兴和县西南与丰镇市交界地带。后因牧场被垦，渐次北移。先移至阿尔泰军台第三、四台西南，西路文书台第四台北，今张北县海流图河及安固里淖尔一带。再移至镶黄羊群西大马群地，在今商都县西北与察右后旗交界地带。清末民国初，再东移到今正镶白旗；正白旗牛、羊群乾隆年间在乌兰巴嘎苏以北、岔吉尔图一带，约今河北省沽源县境内。后北移到上都牧场西北，约今内蒙古正蓝旗桑根达来镇、宝绍岱苏木及乌和日沁敖包林场一带。

太仆寺所属左、右翼牧场：左翼牧场由察哈尔游牧八旗的镶黄、正蓝、正白、镶白四旗牧放。右翼牧场由察哈尔游牧八旗的正黄、正红、镶红、镶蓝四旗牧放。均分骒群和骟群。左翼牧厂在张家口东北70公里的喀喇尼敦井（约在今太仆寺旗南），东西距65公里，南北距25公里。大体相当于今河北省康保县东部、张北县北部、沽源县西部和太仆寺旗南部。清末放垦后，到民国初年，只剩今太仆寺旗贡宝拉嘎苏木。右翼牧场初在张家口西北155公里的齐齐尔汉河（今丰镇市饮马河）。东西距75公里，南北距32.5公里。大体相当于今凉城县东南部、丰镇市大部和兴和县南部。乾隆间，牧场由齐齐尔汉河向东移至文书台西路第三台西马莲渠地方（今张北县马蓝渠）。嘉庆以后，牧场再次移动，骒马群移到原上都马场所在的多伦大北沟、大联地、特莫图山和上都河一带。骟马场则移至打拉齐庙（今张北县达拉齐庙），光绪三十二年，亦移至上都河，与骒马群并为一处。

察哈尔正蓝旗总管瓦其尔

总管制旗是清朝时一部分蒙古部落不愿归顺朝廷、反抗清朝,在被平定后,世袭王公被夺爵削权,部分安置在原牧地,有的前往别的旗牧地,不设札萨克而由朝廷委派总管进行管理。还有一些则因无功于清室、无领地、部小人少、零星归附,统一由清政府安置牧地合编成旗。旗设总管、参领,由各地将军、都统、大臣统领管辖,直属军机处,不实行会盟,是为内属蒙古。察哈尔林丹汗之子额哲归属后金,皇太极以察哈尔部原为漠南蒙古诸部之首,封额哲为亲王,将其所部编为旗,安置于义州边外地区游牧。其后布尔尼(林丹汗之孙)袭察哈尔亲王位,于康熙十四年(1675),趁南方"三藩之乱"联合奈曼旗王爷札木山等部举兵反清。康熙平定布尔尼叛乱后,对察哈尔部甚为担心,便把原驻牧地义州收回,犁其牧地为牧场,归内务府太仆寺管辖,移其余众到宣化、大同边外驻牧,削夺亲王爵,废止察哈尔部王公的札萨克旗制,改为总管旗制,将察哈尔部编为总管制八旗,分左右两翼,属在京蒙古八旗都统兼辖管理。正蓝旗属左翼四旗之一,设总管、参领、副参领各1名,官兵928人。当时,正蓝旗驻扎哈苏台泊(今正蓝旗扎格斯台苏木),在独石口东北180公里,东南距京师445公里。建旗初期,正蓝旗由6个苏木组成,其中以继承制担当章京职务的苏木有3个,以轮流制担当章京职务的苏木有1个,以派遣制担当章京职务的苏木有2个。

1880年至1946年,达日扎、郭力明色(桑杰)、音德贺、阿尼亚、博彦(布东海)、苏那木隆德布和瓦其尔先后任察哈尔正蓝旗总管。察哈尔正蓝旗最后一任总管瓦其尔,汉名吴金鸣,字健亭,1897年(岁次丁酉)出生于察哈尔正蓝旗五苏木武久得氏猎民豪利夏色家。兄弟10人,他排行第三。瓦其尔年幼在家学蒙文,后入多伦喇嘛印务学校学习蒙汉满文。毕业后在旗府当笔帖式,历任洪都呼苏木骁骑校、图布苏木章京等职务十余年。他以青年代表身份参加过在张家口召开的内蒙古人民革命代表大会。瓦其尔信仰孙中山的三民主义，1928年加入国民党，曾任国民党察哈尔省党部成员，1936年在张北成立察哈尔盟公署大会上，因站在尼玛敖德斯尔方面反对投降日本当亡国奴而被歧视压制。后来居住在张家口市，一方面搞翻译工作，另一方面开办穆碱栈，外运赛汉淖尔、桑根达来等地湖碱换回货物。20世纪40年代任正蓝旗政府秘书科长，逐步升职为小扎兰、大扎兰，至1944年任旗总管。他的密友台湾历史学家札奇斯沁在其《正蓝旗瓦其尔总管》一文中详细介绍过他的事迹和生平。

1945年8月，瓦其尔总管派出马格德布仁、赛音吉雅、巴图布仁等5人，赴阿巴嘎、苏尼特边界迎接苏蒙红军，送去500批军马（当时瓦其尔个人马群有2000匹），还有大批牛羊做军用伙食，以示欢迎和慰劳。当时驻多伦的蒙古红军指挥官之一拉木札布部长曾任命瓦其尔为正蓝旗总管。同年11月25日，内蒙古自治运动联合会在张家口成立，他积极参加并坚定地站在了革命者方面。

1946年春，内蒙古自治运动联合会派陈炳宇、官布札布、索宁巴雅尔等人来到正蓝旗开展工作。同年3月18日，正蓝旗在旗政府所在地那日图召开全旗各界代表会议成立民主政府，选举产生正蓝旗民主政府，原旗总管瓦其尔当选为正蓝旗首任旗长。他就任后组建正蓝旗实业公司，由马岱、敏珠尔、马希巴雅尔等负责，在支援解放战争、扶持人民生活、促进生产方面起到了积极作用。同时将保存在赛汗淖尔、扎格斯台等地的内蒙古实业公司价值数十万元的货物、军用服装、粮食等加以保护，如数送交给内蒙古骑兵11师使用。尤其在内蒙古自治运动联合会从张家口撤退到贝子庙途中，他以人力物力给予大力支援，无私花掉了自己多半家产。

1947年冬，瓦其尔从自己家畜群挑出军马500匹、羊200只、牛30头分别送给了内蒙古骑兵独立旅和骑兵11师，同时把自己家的5支枪送给了独立旅。1948年4月，在牧改运动中，他自愿将多余的牲畜财产分发给了牧民，运动中牧民对他没有意见和控告。1949年瓦其尔当选为察盟政协委员后，又连续当选为第三届和第四届政协委员。

瓦其尔总管尊重人才，尊重有学问的人。他热心鼓励和支持纳·赛音朝克图等人赴日留学。1945年纳·赛音朝克图赴蒙古国学习，他极力支持并和额林沁昆都两人将纳·赛音朝克图护送到当时苏蒙军队驻地晓布查干。瓦其尔总管保持着蒙古族牧民的传统美德,他生活简朴,粗茶淡饭,有时亲自放牧,他还会熟皮子、做马绊、笼头,也会做铁匠活。

1966年瓦其尔病故,享年69岁。

"南坡之变"发生地考证有了突破性进展

2018年7月28日至29日,中国蒙古史学会在正蓝旗举办了"2018元上都暨蒙古历史文化学术研讨会"。会上,正蓝旗人大常委会副主任、文联主席巴·乌云达来以《"南坡之变"发生地考》为题做了学术报告,使"南坡之变"发生地考证有了突破性进展,让"南坡之变"发生地学术研究成果有了一个转折性的跨越,引起了有关学术团体、专家学者和新闻媒体的广泛关注。8月25日至26日,北京大学·中国元史研究会在京召开了"文献、制度与史实:《元典章》与元代社会"国际学术研讨会暨2018中国元史研究会年会,巴·乌云达来应邀参加,向大会提交了论文《元代"南坡之变"发生地考》,并以此为题做了分组发言。9月20日,锡林郭勒日报·文化版以此为题进行了全面报道,上都在线、手机网易网等网站予以转发。

元英宗(1303—1323年),全名孛儿只斤·硕德八剌,是元朝第五任皇帝。即位不久,元英宗破格提拔天资颖悟、无比信赖的年轻大臣拜住为左丞相,后任命其为中书右丞相,不再设左丞相。元仁宗在位期间,减裁冗员,整顿朝政,惩治腐败,编撰法典,恢复科举,推行新政。英宗在位期间实行新政时,虽然沉重打击了以太皇太后、铁木迭儿为代表的保守派政敌的势力,却没有很好地清理铁木迭儿的党羽,种种新政也限制了蒙古保守贵族的特权,激化了双方矛盾。至治三年(1323年)八月初五,元英宗由上都起驾南返大都,夜晚驻营于距上都西南15公里的南坡店。铁木迭儿的义子,禁卫军将领铁失等人阴谋发动政变,元英宗、拜住被刺杀。发生在元代南坡店的这一历史事件,史称"南坡之变"。

史料记载,南坡位于上都西南15公里处,是处于上都与桓州之间的驿站。南坡这个地名在《黄金史纲》等蒙古文献里写作"默丽额伯齐衮",《元史》等汉文文献里写作"南坡"或"南坡店",又称"望都铺"。那么此"默丽额伯齐衮"或"南坡"的具体位置到底在什么地方？为了解开这个历史之谜，巴·乌云达来精心通读了《元史》，通过以诗证史的形式，认真研读了元代周伯琦《近光集》中的"南坡延胜槩，一舍抵开平"。胡助的《题望都铺》："坡陀散漫草茸茸，地接乌桓古塞风。仰止神京三十里，楼台缥缈碧云中。"杨允孚的《滦京杂咏》："火失毡房络络开，车如流水滚香埃。行人竞避南坡路，馳鼓声声夹跸末。"和"南坡暖翠按南屏，云散风轻弄午晴。寄与行人停去马，六龙飞上计归程。"马祖长的"门外春桥漾绿波，因寻红药过南坡。已知积水皆为海，不信疏星又隔河"等有关诗句。查阅了明代《北征录》、清代《北征日记》《塞程别纪》等有关历史文献资料，结合自己多年来对上都文化的倾心综合研究和实地田野调查，作出了如下具体推断：南坡应位于元上都以西、桓州驿以东、上都与桓州驿之间的地域范围内。直至20世纪中叶为止留存于上都与桓州两城之间被称为"浩雅日包恩巴"的两座高塔遗址，即明清两代文献所记双塔，就是元代南坡八剌哈孙建筑群的一部分。目前，此地仍有古城遗址、"浩雅日包恩巴"（双塔）遗址和残缺的古代建筑瓦片。说明"南坡之变"故址，在今内蒙古正蓝旗上都镇侍郎城嘎查浩雅日宝恩巴之地。

　　正蓝旗上都镇侍郎城嘎查浩雅日宝恩巴之地，是否就是元朝"南坡之变"发生地，虽还有待相关部门进行考古等多方面的研究和确认，但毕竟通过巴·乌云达来的《元代"南坡之变"发生地考》所提出的论证，使之有了一个考察研究的明确地理位置和相关的历史依据，破解"南坡"之谜将指日可待。

上都纪行诗中的人文和自然景观

内蒙古锡林郭勒盟正蓝旗是元朝开国帝都元上都遗址所在地。十三世纪巍峨宏伟的上都城出现在精美绝伦的金莲川草原上,元朝皇帝每年都由大都巡幸上都,出行时少时几千人,多则几万人。在陪同皇帝巡幸的文职官员中,有相当一部分是诗文大家。他们扈从皇帝北行,在亲身经历巡幸的整个过程中,目睹了巡幸规模之宏大,仪式之隆重,上都及沿途的山川风物之奇特迥异。所见所闻,使敏感的诗人们情思涌发,他们挥翰染墨,一路走一路写,创作了大量风格独特、地域鲜明、自成一体的著名诗文,这些元诗被后人称为"上都纪行诗",元上都通往元大都的4条驿路也被称之为"元诗之路"。元代的驿路,以偏岭为界,岭南至大都各站由汉人充站户,岭北至上都各站以蒙古人应役。

元代上都纪行诗描写内容非常丰富,首先涉及两都巡幸的各个方面,如行期、路程、随行人员、巡幸仪式等,这些内容可以丰富、补充史书中关于两都巡幸的记载,起到"以诗证史"的作用,这是上都纪行诗最重要的文献价值。比较典型的是江西鄱阳人周伯琦的《扈从集》,用诗词的形式把一次巡幸的整个过程完完整整、详详细细地描写了出来。对上都及沿途动物、植物的描写,是上都纪行诗的又一重要内容,如杨允孚的《滦京杂咏》,用诗加注的方式,介绍了大量的北方物产。许多世代居住在南方的诗人,他们的足迹第一次踏上北方,北方山川之胜、草原之阔、风土之异,使他们心中充满了新奇和诧异,在他们的笔下,上都纪行之作多了几分神秘和诡异。元代还有迺贤(葛逻禄氏)、萨都剌(西域答失蛮氏)、马祖常(西域雍古族人)等许多少数民族作家,他们有深厚的汉文化修养,精通汉族语言,创作的诗文和汉族作家并驾齐驱,使上都纪行诗显得更加丰富多彩。

元代皇帝每年两都巡幸,来往都有固定的仪式,其中包括起驾前做佛事、大宴百官、吉日起驾、大口导送、龙虎台奏行程记、夜过居庸关、沙岭迎驾、抵达上都。沙岭位于今河北省沽源县境丰元店附近,过了这里就进入草原地带。当巡幸队伍来到沙岭时,上都的官员赶到此地来迎接皇帝,在纳钵处举行宫廷小宴,为皇帝接风洗尘。周伯琦《沙岭二首》序言中载:"是日,上都守土官远迎至此,内廷小宴"。

上都是两都巡幸的终点站。杨允孚《滦京杂咏》中有诗曰:"又是宫车入御天,丽姝歌舞太平年。侍臣称贺天颜喜,寿酒诸王次第传。"诗后自注曰:"千官至御天门,俱下马徒行,独至尊骑马直入,前有教坊舞女引导,且歌且舞,舞出天下太平字样,至玉阶乃止,内门曰御天之门。"可见,当皇帝队伍浩浩荡荡来到时,随行官员都在御天门前下马步行,只有皇帝可以骑马直入。前边还有教坊舞女引导,且歌且舞,舞出一个"天下太平"的字样,一直到玉阶停止。随即皇帝受百官诸王朝贺,接着举行盛大的酒宴,皇帝的路上巡幸至此画上一个圆满的句号。接下来,皇帝和随行大臣便开始了为期半年左右的上都理政。

上都文化活动活跃,把上都纪行诗推向成熟的除了北上的南方士子,还有一个群体就是宗教人士。元代实行宗教信仰自由的政策,容许各种宗教的传播,并优待教士。在上都和大都,都建有宗教寺庙,而且每年要在两都举办盛大的宗教活动。因为要举办各种宗教活动,所以从元世祖忽必烈开始,元代诸帝巡幸上都时,都要带领宗教人士跟随。这些宗教人士,好多都能文善诗,具有很高的文学修养。在陪同皇帝巡幸中,他们除进行宗教活动之外,也常常写作上京纪行诗。尽管元代世祖统治前期,南人士子很少能够北上,但楚石、陈义高、马臻、薛玄曦、张雨等宗教人士由于特殊的身份,能够北上两都,亲自经历巡幸活动,并且较早地用他们的诗歌来纪行,这也使得上都纪行诗更加别具风味。在上都,不仅翰林国史院、国子监等一些文人密集的馆阁成为诗人们吟歌赋诗的重要场所,就连崇真观、华严寺、崇真宫等宗教场所,也成为文人聚会雅集的地方,文人和寺僧、道士们联诗唱和也形成了风气。在上都纪行组诗中,最有名的咏物诗是许有壬的《上京十咏》。顺帝元统二年(1334),许有壬作为馆阁之臣分台上都,喝马酒觉得甜美爽口,于是作了《马酒》诗。后至元三年(1337)夏,他再一次分省上都,闲暇之余,细数上都的土产风物,选出秋羊、黄羊、黄鼠、荞麦、芦菔、白菜、沙菌、地椒和韭花赋诗吟咏,这九种上都地区特产和元统二年所写的《马酒》合在一起,命名为《上京十咏》。

过了独石口向北，是毡帽山，这里是元朝埋葬后妃、太子的地方。再往北走，就进入了草原的腹心地带。牛群头驿在今天河北省沽源县南，位于坝上草原地带。牛群头驿是驿路和辇路的交会点。每年两都巡幸中，经过并在这里住宿的客人比较多，因而它成为北段的一个比较大的驿站，固定居住人口也较多，据周伯琦说有三千多家。周伯琦的《牛群头》真实地描绘了这里的盛况："岭西通驿传，山尽见邮亭。万灶闾阎聚，千辕骠骑营。市桥风策策，野埭雾冥冥。雄略卑秦陇，孤兵笑广青。"此外，此地除了作为驿站为行人提供方便，还设置了邮亭、巡检司，邮亭可以提供通信的方便，而巡检司的设置也是有来由的。据迺贤为其诗《檐子洼》作的注释说，因为这一带盗贼很多，为了保障这里的安全，在山顶上特意设置了巡检司。

李陵台为滦京八景之一，它的遗址在今正蓝旗西南的黑城子境内，是元代文人墨客喜欢吟咏的一处历史古迹，北上途经这里的诗人，留下了大量的诗篇，他们抚今追昔，抒发着各自不同的情怀。李陵和李陵台的故事，在不同诗人的眼里和心里，也呈现出不同的情致。张嗣德的《滦京八景》一诗中《陵台晚眺》有："李陵行处莽平原，只见荒台思怆然。野日断鸿空送晚，塞云归鹤不知年。千重牙帐开周后，万里长城启汉前。雅调蚤传来魏阙，赓歌尚拟颂尧天。"王恽《秋涧先生大全集》卷八十载："二十四日乙酉，次桓州故城，西南四十里有李陵故台。"元人诗歌中写道："李陵台西车簌簌，行人夜向滦河宿。""路出桓州山缦回，仆夫指是李陵台。""李陵台北连天草，直到开平县里青。"根据这些记载，李陵台在滦水之畔、桓州之地，是两都间一个规模较大的驿站，来往行人必在此处过夜。

桓州驿据上都六十里，故又名六十里店。元代的桓州驿应为金代的新桓州。元人前往上都，到了桓州驿，上都便近在眼前了。"晨兴过桓州，旭日升苍凉。举头见觚陵，金碧何巍煌。洪河贯其前，青山环四旁。幕投玉堂署，鳌峰屹中央。"黄溍的这首《上都分院》表明，在桓州，已经可以望见上都高高低低的宫阙，从桓州到上都，一日之内便可到达。

上都及沿途丰富而奇特的物产，为诗人的咏物诗提供了绝好的素材。在皇宫中得到偏爱的金莲，也引起了元代文人墨客的极大兴趣："潘侯妙笔留神都，金莲紫菊谁家无。""李陵台下驻分台，红药金莲遍地开。""蛟龙变化深莫测，金莲满川净如拭。"这些诗句表明，当时上都地区有大面积的金莲花。元人扈从上京，生活在金莲花的海洋中,他们随时随地都能看到金黄色的金莲花。元人对金莲花有着特殊的感情,这种特殊的感情,有着深层次的历史文化背景。元人的这种"金莲花情结",来源于金莲川及金莲川幕府。

诈马宴亦称质孙宴,是元代最为隆重的皇家宴享盛会,是融宴饮、歌舞、游戏和竞技于一体的娱乐活动。皇家举行这样大规模的皇家宴会,主要是要"君民同乐",诈马宴举办的时间、地点绝大多数较为固定。时间主要集中在公历七月末八月初(阴历六月),正值漠南水草丰美、羊马肥壮、气候宜人的黄金季节举行。上都诈马宴多在失敕斡耳朵举行,失敕斡耳朵设在上都南坡或西郊,又有棕毛殿、水晶殿之称。这在元人的诗文中都有记载,如贡师泰有诗句云:"平沙班诈马,别殿燕棕毛。"廼贤有诗句云:"孔雀御屏金纂纂,棕榈别殿日熙熙。"为了保证宴会期间天气风和日丽,元廷还要命僧人坐坛作法,宋褧有诗为证:"宝马珠衣乐事深,只宜晴景不宜阴。西僧解禁连朝雨,清晓传宣趣赐金。"诈马宴是盛装的宴会,对预宴者服饰有严格要求,参加宴会的除皇室成员外,百官必须是五品以上的高级官吏。入宴之前,他们必须要认真地装饰自己,还要装饰自己的马。"故凡预宴者必同冠服,异鞍马,穷极华丽,振耀仪采而后就列,世因称曰乑马宴,又曰只孙宴。乑马者,俗言其马饰之矜炫也。只孙者,译言其服色之齐一也。"亲历过诈马宴的文人杨允孚在他的《滦京杂咏》中作诗曰:"千官万骑到山椒,个个金鞍雉尾高。下马一齐催入宴,玉阑干外换宫袍。"盛装的赴宴队伍按照先后顺序依次入宫。据贡师泰《上都诈马大宴》(之一)说:"行迎御辇争先避,立近天墀不敢嘶。十二街头人聚看,传言丞相过沙堤。"此诗句说明:首先入宴的是皇帝的御辇,百官让道,然后是丞相一行,接下来才是其他官员,看来入宴的前后顺序是按照官级的高低。入宫时,必须按照规定的颜色穿上质孙服、把坐骑打扮得漂漂亮亮。此外,还要手持节仗,张昱《辇下曲》中有诗为证:"只孙官样青红锦,裹肚圆文宝相珠。羽仗执金班控鹤,千人鱼贯振嵩呼。"

入宫后,大家按规定就座。所有的人都按照各自的品级,坐在自己应该坐的规定席位上。宴会开始的第一项是宣读祖训。当一切就绪,有大臣传下皇帝旨意,开始宣读祖训,杨允孚在《滦京杂咏》中有诗言:"锦衣行处狻猊习,诈马筵开虎豹良,特敕云和罢弦管,君王有意听尧纲。"诈马宴上的食物颇具草原民族风味,羊肉是诈马宴上的主要食品,"大官用羊二千嗷",一次宴会竟可用羊几千只。宴会上要大吃,也要大喝,宴会上的主要饮料有马湩、法酒和葡萄酒三种。马湩,又称马奶,是蒙古人传统的,也是诈马宴中需要量最大的饮料。另外,宴会上还有驼乳等其他辅助饮料。元人在集体歌咏诈马宴时,往往会给这些酒水一些"特写镜头":"马湩浮犀碗,驼峰落宝刀。暖茵攒芍药,凉瓮酌葡萄。""宫女侍筵歌芍药,内官当殿出蒲萄。""酗官庭前列千斛,万瓮蒲萄凝紫玉。驼峰熊掌翠釜珍,碧实冰盘行陆续。"诈马宴,是草原上欢乐的盛会。每次举行宴会,教坊美女必定花冠锦绣,以备供奉。为了给宴会助兴,要进行歌舞百戏表演。"急管催瑶席,繁弦压紫槽",歌舞表演要欢快,同时还要带有吉祥祝愿的含义,杨允孚在《滦京杂咏》诗中云:"仪凤伶官乐即成,仙风吹送下蓬瀛。花冠簇簇停歌舞,独喜萧韶奏太平。"俗话说:"天下没有不散的宴席。"袁桷在《装马曲》中言:"龙媒嘶风日将暮,宛转琵琶前起舞。鸣鞭静跸宫门闭,长跪齐声呼万岁。"日暮时分,宴会接近尾声。众官要长跪齐声高呼"万岁",欢送皇帝一行首先离席。"宴罢天阶呼秉烛,千官争送翠华归。"皇帝一行离开后,大家再依次退席,"马蹄哄散万花中"。诈马宴在一片狼藉中结束了,留下的是"向晚大安高阁上,红竿雉帚扫珍珠"。

元廷每年二月在大都、六月在上都举行盛大的迎佛仪式和游行,称之为"游皇城"。游皇城的活动开始于元世祖时期,世祖采纳帝师八思巴的建议,"每岁二月十五日,于大明殿启建白伞盖佛事,用诸色仪仗社直,迎引伞盖,周游皇城内外"。关于元代统治者举办游皇城活动的原因,元世祖曾说:"与众生被除不详。导迎福祉。"至正十四年(1354)丁丑,顺帝也对大臣脱脱说:"朕尝作朵思哥儿好事,迎白伞盖游皇城,实为天下生灵之故。"每年六月十五日,帝师率领由僧人和倡优百戏组成的游行队伍,在上都浩浩荡荡地游皇城。期间,元朝的皇帝、后妃、公主、贵臣和近侍,都穿着华丽的衣服,坐在彩楼上观看。"禁卒、外卫、中宫、贵人、大家设幕以观"。城中的老百姓,也要出门观看助兴。亲眼看到游皇城活动的文人们,也在诗歌当中详细地描写了活动的盛况。杨允孚在《滦京杂咏》中说:"每年六月望日,帝师以百戏入内,从西华门入,然后登城设宴,谓之游皇城是也。"并进而作诗曰:"百戏游城又及时,西方佛子阅宏规。彩云隐隐旌旗过,翠阁深深玉笛吹。"

元代文人笔下的玉堂,即翰林国史院。玉堂是上层文人雅士聚集之地,在这里，集中了赵孟頫、刘秉忠、程钜夫、欧阳玄、马祖常、黄溍、揭傒斯、吴澄、袁桷、邓文原、范梈、柳贯、陈旅、贡师泰、张起岩、李好文、王沂、宋褧、余阙、张翥、危素等几乎所有的元代诗文大家。众多诗词魁首在翰苑供职期间，留下了大量华彩篇章，其中有大量诗篇描写了玉堂及他们供职玉堂的情思意义。因为元代实行两都巡幸制，故而除了在大都设立翰林国史院，在上都也设立了分院。每年两都巡幸期间，翰林诸僚佐除少数留守大都外，其余人员全部陪同皇帝到上都供职。在上都翰林院里，有两幅非常有名的壁图，一幅为《寒江钓雪》，另一幅为《秋谷耕云》，这两幅图画均为著名画家赵孟頫所绘，两幅图是翰苑馆臣题咏的对象，他们为画题诗、作序、咏赞。袁桷、马祖常、萨都剌等都曾为此画题诗，袁桷《次韵玉堂画壁》为《秋谷耕云》题诗曰："至人悟穷达，敛迹寓垄亩。良苗贵深扶，撅土戒蒿莠。霭霭新阳浮，高下接紫宙。跨犊东南行，问事一俯首。新雨泻沟塍，交流媚川后。辍耕非素心，帝命资左右。相彼前山云，倏速复还岫。卷舒乐槃涧，署壁写其旧。清秋映空谷，风雨百神守。夙昔经济姿，志不在杯酒。要使风俗淳，斯民乐仁寿。"为《寒江钓雪》题诗曰："明月入水底，摩荡空江雪。昂昂垂纶翁，在雪不在月。悟彼玄化理，不寐坐明发。我舟非无桨，我车讵无軏。迂儒守绳枢，世胄冠华阀。愿以千尺竿，裁为济川筏。"马祖常也作《上都翰林院两壁图》，曰："欲卖韩家旧石淙，钓鱼竿底是寒江。淮南十月蒹葭岸，曾见冰花到小窗。突兀秋云不可耕，槎牙老树半枯荣。上京玉暑清凉镜，闲伴鳌峰作弟兄。"

元代因为实行两都巡幸制，每年春季，皇帝带领文武百官及贵胄子弟清暑上都，为了解决贵胄子弟的读书问题，除了在大都设立国子监，在上都也成立了国子监分院。国子监除了日常的教学，还承担了部分科举考试的任务。元代科举考试时断时续，但在科考期间，承担了考试任务的上都国子监，总会出现一番热闹而忙碌的景象。元末官吏周伯琦在《是年复科举取士制承中书檄以八月十九日至上京即国子监为试院考试乡贡进士纪事》诗中，曾详细地描述了国子监科举考试的情景。"副楮行鸦蚁，缄名画鸟虫。厉防周四署，涂抹眩双瞳。理到无优劣，修辞有拙工。神明终日鉴，造化四时公。仇校稽鱼豕，诠题辨鹡鸿。固知骰系博，敢以聤为聪。天净文星丽，寒收士气丛。苔莱浮渭洛，杞梓出恒嵩。偕计先章甫，前驱轶小戎。有人争睹凤，何处兆飞熊。合志官联乐，连床语笑同。兽炉围炭炽，鱼烛缀花红。雕豆馐肴炙，金卮奉酪酮。环庐帷毳罽，侍史服貂貐。肩镳处朝暮，阍兵慎始终。更移壶滴沥，衙报鼓笼铜。事忆欧苏远，词怀贾董雄。驿程心历历，雅奏日汹汹。"此诗记载了至正年间上都国子监里的一次考试，选录的是乡贡进士。这是一次高规格的选拔人才的考试，聚集了全国各地有才能的士子。他们各尽其能，极力展现自己的才智，所以周伯琦又感慨地说："圣统乾坤久，人文日月崇。滦河天上出，银汉定相通。"科举考试是封建社会选录人才的主要手段，元代科举考试中所选拔出来的人才，有不少曾在国子监就读。元人张昱有诗曾言："胄监诸生盛国容，大官羊膳两厨供。六经尽是君臣事，卿相才多在辟雍。"国子监为国家培养了大量的人才，他们出则为将，入则为相，为元代的稳定和繁荣作出了巨大的贡献。

　　元朝统治者实行宗教信仰自由的政策，对各种宗教，在原则上都采取保护的态度，但也有薄厚之分。在各种宗教中，最受重视的是佛教，元代诗人萨都剌在诗歌中写道："院院烧灯有咒僧，垂帘白日点酥灯。"道出了当时上都佛事活动的兴盛，是上都僧侣生活的真实写照。佛教在元代备受重视的一个表现就是统治者大量地兴建豪华寺院。大龙光华严寺和大乾元寺是上都地区最重要的两座佛寺。上都华严寺，是佛佑之地，也是政客和文人活动的场所。元代有很多集体歌咏华严寺，以及描写文人与华严寺僧人诗文往还的诗篇。在文人的诗篇中，华严寺的雄伟壮观是一个描写重点，多次扈从皇帝到上都的元代著名文人袁桷在《华严寺》诗中写道："宝构萤煌接帝青，行营列峙火晶莹。运斤巧斗攒千柱，相杵歌长筑万钉。云拥殿心团宝盖，风翻檐角响金铃。隃知帝力超千古，侧布端能动地灵。"

　　在北方地区，民间有"数九寒天"的说法。从冬至开始数九，每九有九天，等到过了九九八十一天，冬天也就基本结束了。在上都地区，冬至后，女孩子们总要在窗户上贴一枝梅花。每当早晨梳妆，她们就用胭脂在梅花上涂一圈，直到涂够八十一圈，正好度过了数九寒天，梅花变作了杏花，一年当中最冷的季节也就过去了。上都地区的女孩子们用这种独特的计时方式，恐怕和这里的气候寒冷不无关系。"上都五月雪花飞，顷刻银装十万家。说与江南人不信，只穿皮袄不穿纱。""玉阶天近露华流，夜久凉风入凤楼。曾把翠云裘进否，上京六月冷于秋。"试想，在炎热的夏季，上京地区都如秋冬般寒冷，那么，在寒冷的冬季，上京地区更是苦寒难耐。而对于爱美，喜欢户外运动的女孩子们来说，裹在身上厚厚的皮衣，多少影响了行动的自由。数九寒天，她们一天一天在计算着，一天一天在盼望着寒冷的日子赶快结束。等到春暖花开，她们就可以脱去厚厚的冬衣，打扮得花枝招展，到草原上田野中，去尽情展示自己的美丽。杨允孚在诗中记载的正是北方这一民间习俗点梅花："试数窗间九九图，余寒消尽暖回初。梅花点遍无余白，看到今朝是杏株。"点过梅花，终于望见了春天的影子，于是女人们便迫不及待地开始了"脱圈"的习俗："脱圈窈窕意如何，罗绮香风漾绿波。信是唐宫行乐处，水边三月丽人多。"杨允孚在注中说："上巳日，滦京士女竞作彩圈，临水弃之，即修禊之义也。"

　　元代后期，文人写作上都纪行诗蔚然成风，甚至有人把自己的上都纪行诗作品结成诗集，如柳贯流传至今的《上京纪行诗》诗集。胡助的《上京纪行诗》集子虽然没有流传下来，但他的上都纪行诗散存在他的别集《纯白斋类稿》中。袁桷把自己的上都纪行诗也结成诗集，命名为《开平四集》，与他的《清容居士集》一起刊行。江西人周伯琦的《扈从集》作为上都纪行诗诗集，记录了他作为"南人"担任监察御史时，扈从皇室的上京之行。杨允孚的《滦京杂咏》也是一部上都纪行诗集，杨允孚除了这部《滦京杂咏》，再无作品传世，他以一部孤作《滦京杂咏》鹤立于元末上都纪行诗诗坛。上都纪行诗伴随着元朝两都巡幸制产生，并不断发展繁荣，成为了中华文坛史上的一朵奇葩。

刘秉忠与南屏山

刘秉忠（1216—1274），元代邢州（今河北省邢台市）人，原名侃，字仲晦，自号藏春散人，又号寥休上人。刘秉忠曾在天宁寺出家为僧，法号子聪。因其博学多才，二十七岁时被海云禅师引荐给元世祖忽必烈，成为忽必烈的心腹幕僚。刘秉忠一直以"聪书记"的僧人身份为忽必烈谋划军政机要，长达二十多年，直到至元元年（1264），刘秉忠才依照忽必烈之命还俗，复刘姓，赐名秉忠，授光禄大夫，位太保，与中书省事。刘秉忠事功卓著，被后世形容为"参帷幄之密谋，定社稷之大计"。

金莲川在滦河上游地区，这是一个空气明净、水草肥美的地方，气候凉爽，有山有水，柳树成荫，曾是金世宗避暑离宫所在地。据《金史·地理志》载："西京路桓州有曷里浒东川，更名金莲川，世宗曰：莲者连也，取其金枝玉叶相连之义。"有景明宫，为金世宗避暑宫也，因盛开满川金莲花，因而得名金莲川。宪宗元年（1251），忽必烈被任命总管漠南事宜，从漠北移营漠南，忽必烈设潜邸于金莲川。宪宗六年（1256），刘秉忠在这里修建开平，后改为上都，成就了忽必烈肇基之所和元朝开国帝都。在刘秉忠的修行之所南屏山，刘秉忠不仅向忽必烈讲解儒家治国的思想，而且在治理邢州、河南、京兆、怀孟和营建开平，以及征讨大理、鄂州之役和争夺帝位等重大事件中都有辅助之功，发挥了很大作用。

还俗之后的刘秉忠可谓是一人之下，万人之上，当上了元朝最高级别官僚，但他仍然选择在南屏山斋居素食，过着心如止水的简朴生活。茶余饭后，他行走在山林绿草河边，吟诗作词，以抒心志。如其诗集《藏春集》卷二《桓抚道中》就是讲述他为筑上都城奔波操劳之事的。诗曰："老烟苍色北风寒，驿马趋程不敢闲。一寸丹心尘土里，两年尘迹抚桓间。晓看太白（按：金星）配残月，暮送孤云还故山。要趁新春贺正去,髽头能不愧朝班。""抚桓间"是抚州(今河北张北县)与桓州(今内蒙古正蓝旗)之间,是指后来的开平上都地区。此诗表述,刘秉忠是夜以继日一心一意地为创建开平新城而尽全力,虽然劳累,然而想到新城如果建成,即使因忙碌而蓬头入朝祝贺新年,心里也不会感到惭愧了。

刘秉忠是一位寡欲清廉的治世能臣。他虽身居官位,却心怀山林,平生不以功名富贵为念,视隐身山林、远离尘世为人生至乐。他淡漠功名富贵,注重自我的心性修养和精神自由,在《蜗舍闲适三首》其三中写道:"半世劳生天地间,千金易得一安难。庭前松菊成闲趣,窗外云山得卧看。光满此宵逢好月,香来何处有幽兰。横琴消尽尘中虑,一曲秋风对月弹。"刘秉忠的这种任性逍遥、洒脱闲远的人生境界,不仅受当时的社会文化氛围以及藩府文人隐逸心态的影响,更主要是缘于他贯通儒释道而归本于儒的思想。他既能体会儒家所追求的孔颜之乐,又有道家所追求的清静无为、功成身退,还有佛家的虚静高洁、淡泊悠远。据刘秉忠的同僚王磐记载,刘秉忠身侍忽必烈之后,虽位居庙堂,但仍不改初服,"不坐官府,不趋朝行,褐衣疏食,禅寂徜徉",他还俗拜官之后,仍"斋居疏食,终日淡然,与平昔不少异"。

南屏山是上都南七十里的一个小山头,刘秉忠选择此地作为自己的修行之所,忽必烈大力支持,"命有司择上都南山之胜地,营建庵舍而居公焉"(《藏春集》卷六)。大约和上都北部的龙岗一样,南屏山也是由刘秉忠加以命名。每年度,跟随忽必烈行幸至上都,刘秉忠则居住南屏山庵舍。元代王沂《望南屏山同吕仲铉仲实作》有诗颂扬南屏山的风光秀美:"游目南屏山,逍遥税尘鞅。清溪乱流涉,叠巘绿云上。辉辉瀑泉落,隐隐天籁响。荒途理通塞,虚室静弘敞。中有餐霞人,长作御风想。不剩缑岭鹤,还顾渔郎舫。芝草甘若饴,雕胡大盈掌。虽为颓龄驻,亦忌流光往。永怀山中游,观化历清赏。"诗中餐霞人指的是得道成仙之人,最早指的是嵇康,在这里代指刘秉忠。这首诗的大意是:在上都南屏山,你可以自由自在不受任何世俗事务的拘束。放眼远眺,这里清清的溪流随意流涉,重叠的山峰竖立在瑞云之上,还有明亮的山泉从高处落下,仿佛能听到天籁般的声响。草丛中,有一条通往南屏山主人屋中的小路,屋子的门经常敞开着。这里住着一位得道成仙、神通广大的人,他不用乘坐仙山之鹤,也能看到远处打鱼的年轻人和船只。南屏山的芝草像糖一样甘甜，煮熟的苤米雕胡饭撑满手掌，虽然是在垂暮之年停留在这里，依然不愿时光流去。永远会怀念此次在南屏山中的游历，并以此诗记录下这优雅的山中景致。

上都南屏山是上都最典型的文化符号之一，甚至可以作为上都的象征，元人胡助《纯白斋类稿》卷八《送王治书分台上都二首》之一中有诗为证："翠华巡幸度桑乾，万骑如云卫后先。北岭高寒天气别，南屏萧爽地形偏。薰风帐殿青冥上，微雪毡车白海边。献可从容惟觅句，绣衣元是玉堂仙。"

同书卷十一《和袁伯长韵送继学伯庸赴上都四首》之二亦有"江海词源正弥漫，南屏老翠几回看"。两处均将南屏指代上都。元朝中后期的大文人虞集曾数次光临该山，在《题上都崇真宫壁继复出参政韵》中写道："故人一去宿草寒，而我几度南屏山。"

南屏山作为元朝释、道两教的祭祀重地均有记载。至元二十七年（1290）十二月，"命帝师西僧递作佛事坐静于万寿山厚载门、察罕脑儿、圣寿万安寺、桓州南屏庵、双泉等所，凡七十二会"。天历二年（1329）八月，"遣道士苗道一、吴全节修醮事于京师，毛颖远祭遁甲神于上都南屏山、大都西山"（《元史》卷一六《世祖本纪十三》，卷三三《文宗本纪二》）。结合以上两项记载，可以看出，南屏山前期是作为佛教的祭祀重点区域，但随着其后对刘秉忠道教色彩认识的加深，南屏山基本上仅仅是道教的中心。南屏山成为道教神圣福地，有诗为证："手绾银章主秘祠，翩然归去忽如遗。尘湖龙井云间上，凤曲鸾歌月下吹。香逐蘅薇深更入，气交梨枣静偏宜。南屏风雨平坡雪，争似山中梦觉时。"该诗注明"南屏山，在上都南七十里，岁扈从至上都，夏秋居焉。平坡在大都西四十里山之上，冬春居焉。盖皆所掌秘祠所在"（揭傒斯《揭文安公文集》卷三《送毛真人还龙虎山》，四部丛刊初编本。另《口北三厅志》中也有"南屏山在开平城南七十里"之记载）。刘秉忠的佛门师友主要有至温、虚照、颜仲复、海云、智朗等人。其中遂通长老，名遂通益，现存刘秉忠诗词中有《有怀遂长老十一首》《忆遂通长老三首》《寄遂通友益》十五首诗歌，是为现存刘秉忠写给个人诗歌最多的一位，可见二人之交情深厚。诗歌中也有有关南屏山的诗句："南屏一别重相思，黄叶关山霜落时。"

上都南屏山，不仅见证了刘秉忠作为僧人与达官显贵的交往，成就了他大元帝国设计师的地位,而且在这里圆寂。至元十一年(1274),刘秉忠跟随忽必烈到上都施政避暑。八月,刘秉忠在南屏山精舍端坐无疾而终(《元史》刘秉忠传"其地有南山,尝筑精舍居之"),南屏山成了刘秉忠最厚重的"缘分"。

据有关史料记载,南坡位于上都西南三十里地,是处于上都与桓州之间的驿站。按照杨允孚《滦京杂咏(续六)》"南坡暖翠接南屏,云散风轻弄午晴。寄语行人停去马,六龙飞上计归程"之说,上都的南屏山与南坡应该相距不远。如果正在考证的元代"南坡之变"发生地得以确认,那么南屏山的具体所指也就会变得更加明朗了。

正蓝旗哈毕日嘎镇地名沿革和村名考

　　村庄,是农民的聚居地,也是农民生产和生活的社会形式。村庄形成于农业文明时代,在中国最为典型和普遍,迄今依然是中国基本的社会单位。所有中国人,或是生长于村庄,或是父祖辈来自村庄。现在,虽然有许多人生活在城里,但村庄的旮旮旯旯、角角落落都有着祖先留给我们无法割舍的牵挂。村庄是中华民族的根基,是我们实现中华振兴的立脚点和全国同步建成小康社会的重点和关键。在村名系统中,各地地名有着不同的构成和特色,反映着不同地域的文化底蕴。内蒙古正蓝旗是一个以蒙古族为主体的多民族聚居地区,所形成的生产活动、文化心理、社会历史和风俗习惯,使正蓝旗村庄的冠名方式、内涵及其地名的语言特征有了鲜明的地域性与民族特色。草原上的历史地名是由北方各少数民族语言,主要是由蒙古语构成的。清朝末年,随着清政府"借地养民"条例的实施,到今内蒙古正蓝旗哈毕日嘎镇一带开垦农田的汉族人口逐渐增多并建房成村,使其形成了用汉语言命名的地名,某些汉语地名具有民族语言特点,一些蒙古语地名也在音译或使用过程中逐渐转化为汉语。

　　小小的村名承载着许多重要信息。人与人之间的相识相知,往往是从熟记姓名、了解地名开始的。地名是一定地域的标志,是社会经济文化发展的产物。作为一种重要的文化形态和载体,地名承载着社会文明发展的历史,是一个地方历史的见证、文化的记忆。在地名系统中,各地地名有着各自不同的构成和特色,反映着各地不同的文化底蕴。起初,村庄为一家一姓一户,是一个家族聚居之地。后来,又逐步发展成为以地缘关系把若干不同家族、亲族组合起来的生活共同体。人们居住在一起,受共同的自然和社会环境的影响,价值观趋同,且因共同的利益驱动,往往形成一种大家认同的风尚或习俗,并持久地传承下来。为了让后人铭记,还会将这种风尚和习俗以村名的形式固化下来。从对正蓝旗哈毕日嘎镇现有20个行政村村名解读来看,其内涵及演变过程承载着多种历史文化信息,并且具有民族地区农耕和游牧文化相结合的显著特点,其蕴含的民俗文化较为丰富。由于走访调查条件所限,本文仅是点题而已。对这一非物质文化资源,我们应进一步加以整理、研究和保护,使之能够更好地传承下去。

哈毕日嘎镇地名沿革

哈毕日嘎镇位于正蓝旗西南部,浑善达克沙地南缘,地处207国道和308省道交汇处。全镇总面积447.45平方公里,辖20个行政村、78个村民小组、1个镇直林场、2个居委会。是正蓝旗唯一以农业为主的村镇,其村落形成于民国初年,是和开垦地紧密联系在一起的。1918年,国民政府建立了太仆寺右翼牧场小学,为解决学校费用,在哈毕日嘎一带开垦土地2000公顷。山西、河北等地农民先后涌入,靠天种地谋生,逐步形成了当地今天以农业为主的行政区域。

"哈毕日嘎"系蒙古语,原意为"肋骨",引申意为"旁边、侧面"。哈毕日嘎有史以来是一个交通要地,在元朝时开始设立驿站,驿站分为中心驿站和侧驿站,哈毕日嘎是从侧驿站演变过来的。此地也是清朝由京师通往阿巴嘎、阿巴哈纳尔旗东路的一个腰站,清代属察哈尔镶白旗牧地,它有别于正站,属于正站之外的次要驿站,故称"哈毕日嘎乌日特",意为侧站或腰站,后成为地名沿用至今。后来哈毕日嘎也曾叫过西行地、太和堡、南围子和哈叭嘎。清代属正白旗辖地,民国时期属察哈尔盟宝昌县,后属三区管辖。光绪二十八年(1902)以后,由于国内外形势的变化,清朝在内蒙古大力推行放垦蒙地政策,大张旗鼓地鼓励移民开垦,使清代内蒙古的移民开垦出现了一个前所未有的高峰,从此私垦变成了官垦,农牧分界线不断往北推进。清末察哈尔各蒙旗被大规模放垦后,哈毕日嘎又成为南部汉族移民农耕区,俗称"租银地",逐渐形成了汉族农民、商旅聚居的集镇,并且筑有土城墙。在民国初期的日文《蒙古地志》所附地图中,这个地点用汉文写作"哈皮夏",二十世纪三十年代的《中国分省地图集》中也沿用了这个叫法。

在民间,关于"哈毕日嘎"的地名也有很多传说,其中流传甚广的是说清朝年间，在哈毕日嘎这个地方，住着一位热情好客名叫贝子的老牧民。有一天，皇帝带领几名卫士前往边陲微服私访路过此地，人困马乏时在野外遇到了狩猎而归的贝克，他们一方面请求老人帮助解决食宿问题，一方面也显现出皇室特有的警惕。贝克见状顺手解开长袍袒露出胸膛，右手一使劲，只听得"嘎叭叭"老人的肋巴条被掰断了两根，让皇帝一行看到了他一颗赤诚的红心。随后，老人又用右手捋了几下，那断了的肋巴条便恢复了原样。从此，"肋巴条"的传说就这样在民间广泛地流传开了。为了答谢老人周到而热情的服务和弘扬他善良朴实的人格，皇帝回朝后马上下了道圣旨，命名此地叫做"哈毕日嘎"。同时，选派一批能工巧匠在遥远的北方一块平坦的盆地内，为老牧民建造了一座富丽堂皇的庙宇，让老人安享晚年。因为老人名叫贝子，所以这个寺庙又被叫做贝子庙。

哈毕日嘎所建围子分为小围子和大围子，也称上围子和下围子。1933年前后在今庆丰村一组建了个小围子，1937年又建了大围子，围子南北和东西长各有0.5公里。大围子有4座高高的土炮楼子，原车马大店附近有一个、老食品公司有一个、哈毕日嘎中学西边有一个、老车站东边有一个。围子由当时邵家营子邵家、毛家营子毛家、李家营子李家、二道营子李家、朝阳沟郑家、甘珠庙杜贵、大营子邢玉珠、前半台邱家等有钱人家集资建设，以防御土匪骚扰。

1945年11月25日至27日，中国共产党领导的内蒙古自治运动联合会代表会在张家口召开，乌兰夫当选为主席。根据乌兰夫的指示，1946年3月27日在明安旗中学女子部（今正蓝旗宝绍岱苏木恩格尔嘎查道英海日罕）召开察盟各界人民代表大会，来自各旗的代表及各界人士共200余人出席大会，选举产生察哈尔盟民主政府委员会，陈炳宇当选盟长，色伯克扎布、哈斯瓦其尔当选副盟长。同时，内蒙古自治区运动联合会察哈尔盟分会也宣布成立（当地人称九旗办公处），苏剑啸任主任，拉木扎布任副主任。由于两大机构筹备时和成立后都驻扎在哈毕日嘎，使这个草原小镇成了全盟政治中心，加上内蒙古骑兵十六师常驻防在这个地区，使其成为当时塞外小有名气的红色根据地。同年2月，哈毕日嘎划为察盟租银一区，隶属于察盟行政处，并成立了区小队，盟分会派来的云进宝为哈毕日嘎区第一任区长，云贵生兼任区小队队长。1950年8月，撤销行政处，把其管辖的哈毕日嘎区划归宝昌县，编为宝昌县的第三区。1956年7月在区建制的前提下，又设了3个乡政权，即哈毕日嘎乡

（乡政府所在地庆丰村，辖庆丰村、三道沟村、民胜村、乌兰村、其门地村），北围子乡（后称阿日虎布乡，乡政府所在地红星村，辖红星村、东风村、大营子村、前半台村、后半台村、民乐村），葫鲁斯台乡（乡政府所在地北台村，后搬迁至二道营子村，辖北台村、二道营子村、朝阳村、南台村、山咀村、丹金村、二架子村）。1956年11月，明安旗、太仆寺右旗、正蓝旗和宝昌县三区（除后山椅子、后水泉、黑山庙3个行政村）合并为新正蓝旗，哈毕日嘎划归正蓝旗。1958年8月28日，撤销哈毕日嘎区公所建制，将原3个乡合并为一个乡，称哈毕日嘎镇乡。同年9月，以乡为基础成立了人民公社，叫光速人民公社，后改为哈毕日嘎人民公社。1961年8月撤销了大公社，划分为哈毕日嘎、阿日虎布、胡鲁斯台3个公社。1984年5月，取消了人民公社政社合一体制，恢复乡建制。2001年5月24日撤乡并镇时，撤销了哈毕日嘎乡、阿日虎布乡、胡鲁斯台乡，建立了现今的哈毕日嘎镇。

各行政村村名解读

朝阳村：朝阳村又称朝阳沟村，简称朝阳村。分前朝阳村和后朝阳村，两个自然村前后相邻1.5公里，在两个自然村中间有一条深20米左右由东向西自然形成的土沟，居住地采光好、向阳，所以取名朝阳沟村。该村二十世纪三十年代便有10余户从河北丰宁、围场等地谋生而来的村民居住，前朝阳以毛家、郝家为主，后朝阳郭家、郑家是大户人家。

红星村：红星村，原名北围子。红星村现有4个自然村，其中一组叫车往地沟，二组叫小东营子，三组北围子中心村是原阿日虎布乡政府所在地。四组在三组的南面，中间有一条长年流淌的小河，所以人们又将四组称为"河南"。日本投降前，为防御土匪骚扰，红星村的王广业、孟显增，大营子村的刘义、庞家等有钱人家，集资建起了与南围子（哈毕日嘎镇）相对应的北围子，是哈毕日嘎镇通往北部牧区的必经之地。1956年7月，哈毕日嘎区下设三个乡政权，其中之一便是北围子乡，后改称阿日虎布公社和阿日虎布乡，乡所在地北围子改称红星村，村名一直沿用至今。

大营子村：大营子中心村距原乡政府所在地仅2公里，周边环山，所以该村被当地牧民称为"阿日虎布"，意为"山后边的一个营子"，因为营子较大所以又叫大营子。1956年7月,在红星村所在地建北围子乡,后沿用民族地区语言改称为阿日虎布乡。大营子村有4个村民小组,以早年居住大户人家姓氏变化和地势,该村一组先后被称为刘义营子、邱家营子和"梁前",二组和三组连在一起统称为大营子,四组被称为北沟。

民乐村:清末民初,河北省廊坊市香河县有一个姓陶和姓李的买卖人经常出入正蓝旗北草地,用一些茶叶、糖果等日用品与蒙古族老乡交换皮毛、奶食、肉食,后居住在民乐村,以此作为货物交换地。因两人一个姓陶一个姓李,加上姓李的买卖人又是个"兔唇",所以当地蒙古老乡就将他们的居住地称为"陶李(来)买卖"。"陶来"在蒙古语中意为"兔子",形容这个姓李的买卖人嘴长得像兔子嘴一样。1958年"大跃进"时,该村将"陶李(来)买卖"改称为"双跃大队",意为"农业、牧业双跃进"。1966年"文革"时期,该村又改为"民乐大队",意指将这里建设成农民"满意而高兴"的地方。自然村以地形地貌命名,如石砬子根(简称砬根)、东沟、北洼、梁后、北滩、南滩等。

民胜村:清末民初,山东部分地区发生严重旱灾,民不聊生,大批难民闯关东、进草地。当地青年农民毛振堂、毛振生、毛振敖兄弟,一路奔波来到正蓝旗哈毕日嘎镇民胜村三组一带,租用当地官家所放草地开垦农田,经过数年经营毛家拥有土地200余亩。毛家兄弟在此娶妻生子,成为当地大户,所以该村被叫做毛家营子。1937年,毛家又与哈毕日嘎镇其他村的邵家、李家、郑家等大户,集资在今哈毕日嘎镇修建了大南围子,以防御土匪,毛振敖还在围子内开办了油坊面铺。后来到毛家营子落户的人越来越多,他们以租种毛家"二八地"的形式为生。"二八地"是指秋后出租土地者得实际收成的"二成",承租土地的人得实际收成的"八成"。1958年"大跃进"时,毛家营子改为民胜村,由3个自然村组成。

东风村:东风村原称甘珠尔庙,有两个村民小组,"文革"期间改为东风村。甘珠尔庙是镶白旗原十四苏木雍公牧群庙,是一个叫那瓦萨木腾的喇嘛所建。这位那瓦萨木腾喇嘛曾在雍和宫建庙经会担任过30多年的苏克沁格辉职,年老体衰时告假还乡。雍正皇帝准其请求,并念其多年来忠于职守,便赐予他法杖和1件黄袈裟,一部手抄本《甘珠尔》经,1件甘吉尔(屋脊宝瓶)和足够建一座庙宇的银子。于是该喇嘛建起了这座庙。理藩院注册,朝廷赐匾"甘珠尔"庙。主神玛哈嘎拉佛。庙旁有一条河，被称为甘珠尔河。有德木齐喇嘛札符，度牒20人。该庙朝克沁殿61间，两层楼阁，汉式建筑。甘珠尔喇嘛共转世八世。由于甘珠尔庙建于巴音陶力盖之地，故亦称"巴音陶力盖"庙。

其门地村：其门地村清朝末期称为"其木德村"，当时其门地村一带属于牧区，因牧主叫其木德故称其木德村，后人们逐渐将"其木德村"演变为"其门地村"。其门地村有4个村民小组，一组又称吴家营子、二组宋家营子、三组李排长营子、四组魏家营子。这说明该村一组、二组和四组当时都是以所居住的大户人家姓氏为自然村的村名。三组李排长营子是因为新中国成立前该组有一个姓李的人在国民党军中当过排长，由此得名。二十世纪八十年代初，当地有一家农户买了李排长家的旧宅子，曾在拆房时挖出了一坛银元。二组宋家营子也是察哈尔盟代盟长关起义英勇牺牲的地方。

乌兰村："乌兰"是蒙古语，意为"红色"。乌兰村最早的全名叫"乌兰少绕"，意为"红色的土"。当地的山地中有优质的红土，周边地区的人们曾取土代替涂料，用来粉刷外墙，美化居住环境，后被人们简称为"乌兰村"。该村有6个村民小组，一组、二组叫乌兰村，三组叫谭家营子。二十世纪三四十年代，村里有个谭经理在此为正镶白旗的苏亲王庙代管庙地，所以称为谭家营子。四组以大户毛家为名叫毛家营子，五组因水资源不足所以叫做小井。六组建在山沟里，以温姓人居多，所以叫温家地沟。

前半台村：前半台村有3个村民小组，自然村组在新中国成立前也是以大户人家姓氏命名，其中一组为薛家营子、二组为刘家营子、三组为邱家营子。前半台村最早建在村后的一个小平山前，有一条小路通往山后另外一个村，当地村民便将自己所居住的村落叫做前半台村，将山后的另外一个村称为后半台村。该村一组曾有个保存多年且较为完好的土围子，该围子是新中国成立前一个被称为尹司令的人所建，他的妻侄儿薛跃庭当管家时常年驻守在那里，所以便被称为薛家营子，当时在哈毕日嘎一带很有名气。

后半台村：后半台村与前半台村相隔一道小山坡，可以说是一对"姊妹村"。二十世纪七十年代，公社干部站在山坡上，可以一嗓子同时吼起两个大队的社员出工。后半台村现有3个村民小组，新中国成立前一组叫王文营子、二组叫孙登坤营子，都是以首家来此处开荒种地的大户人家户主名字命名。由于一组村民房屋建在一处斜坡上，有点雨农户家中便会进水，加上地下水缺少，所以二十世纪八十年代大部分农户便搬到村西一处平地居住，当地村民把这个后建起来的新村称为三组。

北葫鲁斯台村：北葫鲁斯台村简称为北台村，北台村一组是原葫鲁斯台乡政府所在地，地势低洼平坦，因与地处西南不远的南葫鲁斯台村呈掉角方向，所以叫北葫鲁斯台村。葫鲁斯台是蒙古语，汉译为"苇子滩"。过去，因一条在南台村二组自然形成的水源流经整个北台村，导致村中低洼地带长满了苇子，所以被称为"葫鲁斯台"即"苇子滩"。北台村有5个自然村，一组即葫鲁斯台乡政府所在地。二十世纪四十年代，孙震、任斌、任全先后从河北等地来到这里建房开地，成为北台村最早入住的人家。因孙震家的老房子背邻一组村后面的一座大山，所以一段时间内，当地村民习惯将这座山称之为"孙震后山"；二组位于一组东面的苇子滩，所以又叫东滩；三组是二十世纪六十年代因大队开荒种地所需，高满来、程瑞等10多户农民从原址搬迁新建，所以又称为新三队；四组所在地紧邻牧区，是二十世纪三十年代坝上有钱人养马的地方，故又称之为马场；五组因村前有一条河道，所以又叫河槽子。

南葫鲁斯台村：南葫鲁斯台村简称为南台村，与北台村相距仅1.5公里，地势西高东低，首尾相连。两个村的低洼地带均长满苇子，所以被蒙古语统称为"葫鲁斯台"，即"苇子滩"。后随着迁入人口的增多和社会发展，形成新的行政村落，被分为"南葫鲁斯台村"和"北葫鲁斯台村"。南台村有4个村民小组，其中一组叫郭家营子，二组叫王文录营子，三组叫侯家营子，四组叫王焕章营子。

丹金村：丹金村全名为丹金胡达嘎村，蒙古语地名。"丹金"是人名，"胡达嘎"是"井"的意思。二十世纪二十年代初，在该村未开垦种地之前，这里是一片辽阔的草原，有一个叫丹金的蒙古族人在此给大户人家放马，并打了一眼水流量很大的井。后来，汉族聚居其址后，将其村名逐步演化为谐音"单井村"，1990年前后，又将其村名规范还原为丹金村。该井位于村西上游的四组，二十世纪五十年代"大跃进"时，村民将这口小井扩成大口井，除用于人畜用水外，还负责浇灌村东下游二组的集体菜园。丹金村有4个村民小组，一组因村前半公里外的沟内有一棵天然的榆树，所以又称为榆树洼。二、三、四组由一个大营子组成，其中村东为二组、中间为三组、村西为四组。

山咀村：山咀村原与丹金村为一个行政村，是当时丹金村的一队和二队。1971年4月，山咀村从丹金村分出，最初起名叫永红村，但没有被大众认可。两个月后，按照该村当时村民所住位置的地形地貌，将其改为山咀村。山咀村有两个小组，一组叫东洼，二组叫和家营子。因二组村中附近的山上长满了可食用的观赏性植物欧李，所以该村二组又叫做欧李洼。

庆丰村：庆丰村是哈毕日嘎镇政府所在地，1949年前称为南围子，后改为庆丰村。1958年"大跃进"时修建了庆丰水库，水库东北的岸边上有一眼山泉，人们都称之为"水帘洞"。1985年，因暴雨导致库水溢出，为避免引发灾害，有关部门随后将水库炸毁。水帘洞至今仍有一股清泉日夜流淌，这就是庆丰河。庆丰村有6个自然村，一组和三组在围子的东面所以叫东门口，二组和六组在河的东边叫河东，四组因村后有一大水泡子就叫小泡子，五组因路边有两棵古榆树所以叫做大榆树。

二道营子村：二道营子村有5个组，其中4个组呈一条直线且相隔不远。很早以前，村后1公里外有一条由多伦淖尔通往正镶白旗的商道，人们习惯将商道边的一组、五组叫头道营子、二组叫二道营子、三组叫三道营子，统称为二道营子村。四组在商道东北边的一个小沟里，所以又叫下河勒沟村。

二架子村：二十世纪二十年代初期，坝上两户人家相伴在此开荒种地，谋求生存。他们初来乍到没有房子住，只能用木棍子搭建起一种简易的"人"字形"马架子"生活，所以后人将这里称为二架子村。二架子村有两个组，一组以前叫刘家营子，二组叫兰家营子。

三道沟村：三道沟村因村外附近有三条明显的沟壑而得名。该村有4个组，其中一组过去叫归家营子，二组根据所居住的大户先后叫过刘家沟、邱家沟，相邻的三组、四组根据地势命名，其中三组叫西山坡，四组叫东山坡。

七大队：二十世纪五十年代，为保障宝绍岱公社牲畜饲草料供给，在该公社境内邻近农区的地界上建起了一个饲草料种植基地。因当地牧民以养牧为主，所以河北、山东等地的农民纷纷前来开荒种地。该村属于新建半农半牧行政村，按当时所建时间排序属于"第七个大队"，所以村名叫七大队。又因当地有新旧7眼井，所以该村还被称为"七个井大队"。七大队原归宝绍岱苏木管辖，后归阿日虎布乡，撤乡并镇后又划归哈毕日嘎镇。

奎树沟村：1958年，桑根达来苏木为解决当地牲畜饲草料问题，在临近农区胡鲁斯台乡西北一处树木茂盛、土地肥沃的山沟内建起一个半农半牧新村。因这个地方地势较高、冬天气候寒冷，所以叫奎树沟村。奎树沟蒙古语意为"很冷的地方"。奎树沟村有3个村民小组，建村时除少数人口从当地牧区抽调外，大部分村民来自河北、山东、山西、河南等6省48县。哈登胡硕苏木成立后，奎树沟村由桑根达来苏木划归哈登胡硕苏木，后又被划归胡鲁斯台乡。2001年，胡鲁斯台乡撤并到哈毕日嘎镇，奎树沟村又随同一并划归哈毕日嘎镇管辖。

北围子的戏台

哈毕日嘎镇是内蒙古锡林郭勒盟正蓝旗唯一的农区。清末，朝廷实行"借地养民"放垦政策，长城以内的中原人弃土离乡、不畏艰辛，到长城以外的塞北从事农耕和商业活动，形成了较大规模的移民，由此也逐渐形成了包括今哈毕日嘎镇在内的农业人口集聚区。随着从事农业生产生活人口的增加，戏剧文化自然而然地从长城内被带入了草原。在正蓝旗北围子（原阿日虎布乡所在地，今哈毕日嘎镇红星村），便曾有一个建于民国时期，村民自发从事娱乐活动的戏台。1964年6月，当地村民又义务对其进行了重新修建。

戏台又叫戏楼，是供演戏使用的建筑。中国传统戏曲的演出场地，种类繁多，在不同的历史时期，有不同的样式、特点和建造规模。其分布极为广泛，从城市到农村，从平原到山区，大凡有人群聚集的地方，几乎都设有或大或小、或今或古、或繁或简的戏台。

在我的记忆中，北围子的这个戏台坐落在二十世纪七十年代初的乡中学前面。戏台坐北向南，高约6米，东、西、北面的土坯墙墙体相连，墙下垒有石头地基，为土木结构建筑。戏台东西长约12米，南北宽约8米，东墙和西墙顶部中间位置各有一个大圆孔，可以起到通风、排气、采光、扩音等作用。南面是敞开的台供下面人看戏，台子距离地面大约有1米高。戏台东面有个台口，供表演人员拾级进出，中间大幕一拉台前演节目，台后供演员换衣服、化妆用。平时不演戏时，戏台就是小伙伴们砸宝、弹弹球、玩打仗的好去处。

据父亲郭占芳当年回忆，他年轻时听当地的老人讲，过去每到农历二月初二和六月初八就有村民到戏台给"龙王"唱戏，祈求风调雨顺，五谷丰登，有一个好年景。每逢此时，戏台周围全是人，有坐着马车从南围子等地赶来看戏的地主老财，有赶庙会做买卖的小商小贩，有耍手艺、变戏法儿的外地人，有四里八乡跑来买东西看戏的男女老少，加上那敲敲打打、吹拉弹唱，真是要多红火有多红火。讲述中，我忽然有种时光倒流的感觉，似乎看见戏台里边儿东墙上画着的女子，正衣袖一甩，抖落厚厚的灰尘，踩着锣鼓点儿，翘着兰花指，神情楚楚，姿态妩媚，飘飘如仙走上戏台……遥想当年，这个建在正蓝旗草原上普普通通的戏台上，曾经上演过多少人间悲喜，给人们平淡的生活增添了无限乐趣。

在还没有通电、没有电视手机的年代，村中戏台子是北围子最热闹的地方。每年中秋和春节期间，周边的农民、民间艺人和商贩都赶来了，有杂耍的，有卖吃食的，有卖针头线脑的，最招人的当然属唱戏的，随着锣鼓家什，音乐弦索，演员们在舞台上竞相争艳。大人们在戏台底下聚精会神地看戏，或对演员的唱念做打评头论足，或跟着演员咿呀哼唱，摇头晃脑。姑娘媳妇们则一边纳鞋底一边唧唧喳喳议论哪个演员扮相好，哪个演员唱腔好。虽然看戏的人很多，但无论是外乡的还是本村的，大家都互相谦让，秩序有条不紊。大凡是年纪大、辈分高的老人们，总是被让在最中间靠前边的好位置。那些刚过门的小媳妇，拿着小板凳，远远地羞涩地站着等。我们这伙毛头小子，则围着场子乱跑瞎转。在等待开戏的时候，大家彼此开着玩笑，新闻发布会般地谈论着村里村外发生的各种逸闻趣事，介绍着前来看戏的陌生人，互相亲热地打着招呼。到了吃饭的时候，你家几个，他家几个，总是招呼着到家去。那些后生们，则打打闹闹，你抽了他的凳子，他掀翻你的座。这时候，老人们特别慈祥，抽着旱烟憨厚地笑着，任由嬉闹。

1972年我上小学二年级时，曾和在中学当教师的父亲同台演出过节目，他演奏二胡和手风琴曲目，我朗诵"红司令毛主席，红小兵热爱您"的儿歌。当时，戏台前面有一条宽阔笔直、南北走向的街道，这条街上村民住的都是坐西向东且成排无院的房屋，是大队统一盖的房子分给社员居住。在这条街的后排住着两户比较特殊的人家，一户是姓殷的贫农，另一户是姓张的富农，两家相互为邻。殷家家徒四壁，一贫如洗。当时差不多的人家都有一到三节木质红柜，用来装米面和生活用品，他家只能用土坯垒起红柜样式的仓子代替，上面敞着口。张家也是穷得叮当响，有一年冬天过不了日子，夜里张某瞒着妻儿去偷生产队的麻油，结果一大早便被民兵从家里押到戏台子上进行批斗。原来他偷油时用的是一个漏水桶，沿着麻油在雪地上留下的痕迹，民兵自然很容易地便抓到了他。

　　1981年前后，因年久失修，这个戏台子自然坍塌。此后，村民在戏台子原址打了一眼井，大家每天早晨挑水时，都要相互拉拉话，不时哼唱上几句，仿佛昔日的古戏台换了另一种方式向人们诉说着乡土民风。转眼几十年过去了，城市喧闹的烦恼增加，怀旧之情日浓。家乡的那座戏台子，常在我梦境中出现。由她滋润出的那条秀美的山沟带给我快乐的童年生活，使我情牵梦萦。随着城镇化的推进，村中空旷的水泥路周围，早已是钉窗锁门，人去屋空，让人有一种怅然若失的感觉。若干年后，就连这种淡淡的乡愁，恐怕人们也找不到了。如今，北围子的戏台子早已旧迹难寻，但它像一部史书曾记载了老百姓的喜怒哀乐，人们走过的足迹镌刻在无形的纪念碑上，不仅为几代人所感念，同时也留给了后人无限的遐思。

接生婆的故事

这么多年过去了，一想起以往乡村里的接生婆，心中便有一种莫名的感动。提起接生婆，现在的年轻人大都不知道是咋回事儿。但在二十世纪以前的中国乡村，说起接生婆，那可是对众多家庭有着大恩大德的人，很受人们的尊敬。1990年9月11日，《锡林郭勒日报》头版曾刊发了我采写的通讯《三十五年义务接生》，文中的主人公便是正蓝旗胡鲁斯台乡朝阳村二组时年66岁的接生婆李凤兰。

过去，不像现在卫生医疗条件这么好，村村有诊所，乡乡有卫生院，旗县医院都设有妇产科，还实行全民医疗保险，生个孩子不但安全方便，而且还能报销部分费用。当时，哪个行政村如果能有一个好的接生婆，这一带的群众就算烧了高香，添丁进口就有安全感了。那个时候没听说过剖宫产，农村妇女怀胎九月都得下地干活儿，很多都是早产。

当年，干接生婆是不需要证书的。和大部分乡村接生婆一样，李凤兰从没进过学校一天门，靠着乡村代代相传的经验，她当起了接生婆，一把剪刀一壶热水便开始接生了。不懂得多少医疗卫生知识，更没有任何医疗器械，但由于她从事这项工作久了，接生小孩多了，便积累了一套丰富的实践经验。比如说，怎么做能使产妇生小孩快，如何办能减少产妇疼痛，遇到啥样的难产咋处理，生过孩子吃啥能预防"月子病"等等，她都心中有数。所以，接生婆李凤兰在胡鲁斯台乡那一片影响力很大，威望也特别高。在1955年至1990年的35年中，李凤兰为当地及周边乡村义务迎来了3000多个健康的小天使，见证了许多农家小院的幸福时光，其中我家的儿子便是在岳母李凤英的陪助下，请李凤兰给接生的。有意思的是虽然二老从名字上看似亲姐妹，实际上她们并不相识，更无亲属关系。

接生婆李凤兰老人个子不高、身体瘦弱，是个快言快语的热心肠，方圆十几个村子里的乡亲们，谁家的媳妇生孩子，不管是白天还是深更半夜，无论刮风还是下雪，都是啥时叫啥时到。她一进屋，脱鞋上炕，产妇一家人仿佛顿时就有了主心骨。不管家里再忙，她都会寸步不离，直到孩子呱呱坠地。顺产还好，如果遇到难产，她甚至要守上几天几夜。二十世纪六七十年代乡村生育高峰时，户均生育四五个儿女，李凤兰是东家出来西家进去，几乎每天都忙得回不了家。最多的一天，她居然接生了六个婴儿，早晨一个，傍晚两个，夜里三个。有一年冬天，前营子的一个小媳妇生三胎，自以为不会发生什么事儿，就没有去请接生婆，结果碰上了难产。这下可把家里的人急坏了，眼看着大人和孩子就会有生命危险，离医院又远怎么办？忙连夜赶马车把李凤兰接了过去。到了以后，李凤兰给那个产妇下手调整了产位，又顺当了婴儿的体位，小孩便顺利地产下了。

胎儿生出后，李凤兰会将婴儿的脐带剪断，然后头朝下在孩子的屁股上轻轻拍几下，婴儿就会大哭。她说这样大哭对孩子有好处，就是可以把口腔中的胎水吐出来，不至于呛着。有意思的是，产妇若生的是个男孩，李凤兰就会拉长音调，唱歌似地高声叫着"是个带把的，是个带把的！"若生的是个女孩，她则会把嗓门儿压低了，对大家讲："是丫头，没错，是个小丫头片子！"

接生婆给人家接生孩子是一件十分辛苦的事，又是一件脏活儿。李凤兰的家庭生活虽说不富裕，但人穷志不短，她不以营利为目的，接生一律不收费。用她自己的话说就是都是乡里乡亲的，还收啥钱呢！接生完毕，主人实在过意不去，都会给她打上一碗鸡蛋水加点红糖、黄油以示感谢，这种吃法也是乡村"坐月子"妇女的当家营养品。有时，条件好的人家也会给她拿上十几个鸡蛋，带上一斤红糖。如果实在推不过去，老太太也会收下主人的这份心意。

从二十世纪九十年代开始，随着人们生活水平的提高和思想观念的改变，别说城里的人生孩子要到医院去，就连农村牧区的人生孩子，别管离旗县有多远，也都要去医院的妇产科生产，甚至提前几天就入住医院，事先做好各种产前检查。在这种社会不断向前发展的大背景下，接生婆也就此完成了千百年来为百姓家庭接生的历史使命。李凤兰这些普普通通的接生婆，用她们朴实的言行和积善行德之举，给后人留下了永恒的怀念。

如今，李凤兰亲手捧出来的一个个小生命，都已成为社会上各行各业的主力，有的甚至还干上了现代"接生婆",成为医院帮助产妇安全顺利分娩的助产士。这些新时代的"接生婆",每天和产妇零距离接触,成为产妇的守护神和合作伙伴,她们集接生、陪护于一身,传承着"接生婆"的责任和使命,见证着生命美丽的绽放,一手托起了一代又一代人的天伦之乐。

农家炕头上的记忆

炕是农家人睡眠栖息之地，和灶台一样是家庭中最温馨、最具生活气息的所在。火炕烧起，整个房屋，都会暖得醉人；整个家庭，都会成为一个欢乐的戏场。大人们在炕中央放一张简单的方形饭桌，泡一壶粗糙的茶。一旦有熟人进屋，二话甭说，不用让便会径直脱鞋上炕。孩子们则跳上跳下，追逐嬉戏，或者围在大人身边，似懂非懂地听着大人们闲聊。在这样暖融融的氛围中，不知不觉间，日之夕矣。

小时候，冬天的天气似乎特别寒冷。因为困难，所以很少有人家能生起煤炉，烧牛粪也很节俭，村里的人家大多靠火盆和热炕取暖。火盆，一般都是用被锈蚀穿了洞后的洗衣盆或猪食盆，里面放一些可以燃烧的柴草，大多是放"麦糠"，即细碎的麦皮，易燃且燃烧缓慢。火盆点燃后，大都放在炕沿边的中间，以方便前来串门的大人们跨在炕沿边上烤火唠嗑。孩子们会围在火盆边上，伸着小手，烤火嬉戏。火盆不仅用来取暖，有时家长会用水瓢端过一些玉米粒，孩子们就围着火盆"爆玉米花"。将一粒粒玉米埋入火盆的灰中，过一段时间，听到"噗"的一声，闷闷的，一颗玉米花就爆成了。拨开浅灰，将爆米花取出，吹一下表面的灰尘，放入口中咀嚼着。那个冬天，就溢满了爆米花的馨香。有时，也会找来些山药或从碗橱里拿个鸡蛋，用打湿了的废纸包好，放进火盆里烧熟了吃。火盆里的美食不仅属于孩子们，大人们偶尔也会在火盆上炖上一盆猪肉酸菜，烫上一壶二锅头，在热炕上盘腿坐着对饮，小小的炕桌寓意着很多故事和礼遇，传承着农家文化。

在昔日农家的土炕上，唱主角的除了被子，就是圆滚滚的枕头了。枕头有单人和双人之分，一个人枕的短些，两个人枕的长些。农家火炕上的枕头虽然长短不一，但两端都有一副顶子，顶子上绣着各种喜庆吉祥的图案，叫做"枕头花儿"。这些带有花花绿绿图案的枕头，不但成为炕头上的亮丽看点，也表达出农家对美好幸福生活的无限向往与渴盼。枕头顶子是民间刺绣艺术的一朵奇葩，它一般半尺见方，多用红、蓝、黄、白四色线刺绣而成，图案包括花鸟虫鱼、庄稼五谷、瓜果蔬菜、花开富贵、鸳鸯戏水、麒麟送子、八仙过海等花样。识些字的人家，枕头顶子上还会绣上五谷丰登、风调雨顺、二十四节歌等，浓郁的乡土生活气息扑面而来。"枕头美，睡得稳。"的确是这样，枕着一只寓意美好、色彩艳丽的花枕头，自然好梦常有！

在炕沿边的角上，一般都会放一把买来的用黍子穰绑好的扫炕笤帚，人们通常叫它"笤帚疙瘩"。在村里磨房推碾子磨面的时候，大人们也会一边推一边用扫炕笤帚往碾盘里面扫粮食粒。扫炕笤帚还有一项功能就是教训小孩子，小时候，不知道什么事情，惹恼了大人，特别是娘，一般都会左手抓着孩子，右手拿着笤帚疙瘩鞭策着他们的肉体，嘴里还一边骂着："你个小兔崽子，再让你不听话。你还犟？再犟一句试试……"孩子们只好痛哭流涕地说："再也不敢了。"可一转眼，母亲心爱的"神器"便成了他们手中的驳壳枪，炕上地下又是一片"世界大战"。每当刮风下雪，女主人便少不了在门口拿着笤帚疙瘩为丈夫和孩子扫去身上的雪花，在前前后后的拍打中也扫去了他们一天的疲惫。

煤油灯是电灯普及之前的主要照明工具。煤油灯可以随手放在桌子上、柜子上、炕上的窗台上，许多人家会在炕沿边的土墙上掏个方洞，用来专门摆放煤油灯，一来挡烟二来不易破碎。除了孩子写作业时，大人们总是把灯芯拨得很小，按了又按，灯火如豆，连灯下的人也都是模模糊糊。即使这样，勤俭的女主人也不会让灯光白白浪费掉，就着灯光缝补衣服、纳鞋底，把艰辛和希望一缕缕缝织成对生活的热爱。

为防止土炕周围墙面脱落蹭脏衣服被褥，人们会在环炕的墙上涂上"围子"，即炕围画，俗称"炕围子"，由此也诞生了一些民间画匠。炕围画一般以《三国演义》《水浒》等故事中的人物为主，也有画戏剧人物、名山大川、亭台楼阁等内容的，或者把多子多孙、丰衣足食、延年益寿、合家团圆等心愿展现在炕围画里。炕围画完成后，主人常用透明纸或塑料薄膜罩在上面，有的人家则用桐油或清漆刷一遍，这样炕围画既鲜艳豁亮,又坚固耐用。平时脏了,用湿布擦一擦,就会光亮如新。

　　火盆、枕头、炕围画、笤帚疙瘩、煤油灯等火炕上这些看似不起眼、上不得台面的物件,却凝结着一辈又一辈人的生活体验,散发着人们对岁月的恒久记忆,也见证了社会的发展,衬托出了改革开放给人们带来的恩惠。

蒙元宫廷大宴——诈马宴

蒙古民族,又称马背民族,世代逐水草而居,在茫茫大草原上过着游牧生活,吃喝住行甚至燃料,无不依靠畜牧业,一谈到饮食文化就很难离开肉与奶。早期很少接触粮食,但却吃出了自己独特的风味儿。

诈马宴,是大蒙古国和元朝时期最高规格、最为隆重的宫廷大宴,是融宴饮、歌舞、游戏和竞技于一体的贵族庆典娱乐活动。元朝举行这样大规模的皇家宴会,主要是要"君民同乐"。诈马宴举办的时间地点绝大多数较为固定,时间主要集中在公历七月末八月初(阴历六月),正值漠南水草丰美、羊马肥壮、气候宜人的黄金季节举行。

诈马宴,又称"珠玛宴""质孙宴"或"只孙宴",2007年被列入内蒙古自治区第一批非物质文化遗产名录。"诈马"为波斯语,汉语意为"衣服","质孙"和"只孙"为蒙古语,汉语意为"颜色"。参加宴会者的服饰统一发放,共有十三种颜色,故称之为诈马宴或质孙宴。据记载,元世祖忽必烈在上都、大都先后摆过十次大型且有重要影响的诈马宴,用来庆祝平宋战争的胜利和四海一家、天下合一。当时的文武百官及各国使臣,包括马可·波罗叔侄等都出席了宴会。在诈马宴上,忽必烈与外宾、嫔妃、王子、将相欢聚一堂,畅所欲言,大家操刀割肉,大碗饮用马奶酒,绝少中原汉地那种多少碟子多少碗的婆婆妈妈,也没有后世"满汉全席"上那么多零碎和啰唆,而一经展现却绝对可以让你目瞪口呆,馋涎欲滴。之所以称之为"诈马宴",乃说明此宴一经摆出便足以使草原众多英雄"闻香"策马而来。万马嘶鸣,马蹄欢动,颇为壮观,故名"诈马宴"。那到底是怎样的珍馐佳肴和盛况呢?汪元量在其纪事诗中,便记录了忽必烈十开诈马宴的盛况:

皇帝初开第一筵，天颜问劳思绵绵。

大元皇后同茶饮，宴罢归来月满天。

第二筵开入九重，君王把酒劝三宫。

驼峰割罢行酥酪，又进雕盘嫩韭葱。

第三筵开在蓬莱，丞相行杯不放杯。

割马烧羊熬解粥，三宫宴罢谢恩过。

第四排筵在广寒，葡萄酒酽色如丹。

并刀细割天鸡肉，宴罢归来月满鞍。

第五华筵正大宫，辘轳引酒吸长虹。

金盘堆起胡羊肉，乐指三千响碧空。

第六筵开在禁庭，蒸麋烧鹿荐杯行。

三宫满饮天颜喜，月下笙歌入旧城。

第七筵排极整齐，三宫游处软舆提。

杏浆新沃烧熊肉，更进鹁鹑野雉鸡。

第八筵开在北亭，三宫丰筵已恩荣。

诸行百戏但呈艺，乐局伶官叫点名。

第九筵开尽帝妃，三宫端坐受金卮。

须臾殿上都酣醉，拍手高歌舞雁儿。

第十琼筵敞禁庭，两厢丞相把壶瓶。

君王自劝三宫酒，更美天香近玉屏。

  诈马宴，是草原上欢乐的盛会。值得重视的是，至元世祖忽必烈时期已绝不仅仅是闷着头只顾大吃大喝了。既然称之为"饮食文化"，当然要杂糅百家使人吃得更加尽兴。每次举行宴会，教坊美女必定花冠锦绣，以备供奉。为了给宴会助兴，要进行歌舞百戏表演。"急管催瑶席，繁弦压紫槽"，歌舞表演要欢快，同时还要带有吉祥祝愿的含义。杨允孚在《滦京杂咏》诗中云："仪凤伶官乐即成，仙风吹送下蓬瀛。花冠簇簇停歌舞，独喜箫韶奏太平。"随之，便如汪元量诗中所说，这场国宴上出现了诸如"乐指三千响碧空""月下笙歌入旧城""诸行百戏但呈艺，乐局伶官叫点名""须臾殿上都酣醉，拍手高歌舞雁儿"种种欢腾景象。这才叫真正吃出"文化"来了：眼睛看着，耳朵听着，鼻子闻着，嘴巴品着，高兴过头了，还能来段"雁舞"……试想，"乐指三千"该是多大的乐队啊？而"乐局伶官叫点名"更说明了早在七百多年前，大元宫廷的国宴上早已可以指着歌星点歌了。

考古研究发现，在元上都遗址皇城的西北角到外城西墙之间有一条土墙遗迹，把外城西部与外城北部隔开，西部有建筑与街道遗迹，北部便是皇家苑囿，著名的金顶大帐"失敕斡耳朵"就建在皇城北门复仁门外高岗之上，这里便是举行"诈马宴"的地方，一些重要的决定有时也会在宴会上做出。这在元人的诗文中都有记载，如贡师泰有诗句云："平沙班诈马，别殿燕棕毛。"廼贤有诗句云："孔雀御屏金纂纂，棕榈别殿日熙熙。"为了保证宴会期间天气风和日丽，元廷还要命僧人坐坛作法，宋褧有诗为证："宝马珠衣乐事深，只宜晴景不宜阴。西僧解禁连朝雨，清晓传宣趣赐金。"诈马宴是盛装的宴会，对预宴者服饰有严格要求，参加宴会的除皇室成员外，百官必须是五品以上的高级官吏。入宴之前，他们必须要认真地装饰自己，还要装饰自己的马。入宫时，必须按照规定的颜色穿上质孙服，把坐骑打扮得漂漂亮亮。此外，还要手持节仗，张昱有诗为证："只孙官样青红锦，裹肚圆文宝相珠。羽仗执金班控鹤，千人鱼贯振嵩呼。"王祎在《王忠文公文集》卷六中记载："故凡预宴者必同冠服，异鞍马，穷极华丽，振耀仪采而后就列，世因称曰诈马宴，又曰只孙宴。诈马者，俗言其马饰之矜衒也。只孙者，译言其服色之齐一也。"亲历过诈马宴的文人杨允孚在他的《滦京杂咏》中作诗曰："千官万骑到山椒，个个金鞍雉尾高。下马一齐催入宴，玉阑干外换宫袍。"

质孙服饰习惯称为"金锦衣""金织文衣"。蒙元时代凡忽里台大会和内廷大宴皆服之，意在"亲疏定位，贵贱殊列"，"必上赐而后服"，且"其佩服日一易"。为此，参加诈马宴的皇帝、贵族、大臣等人有多套质孙服。按照马可·波罗的描述，所谓质孙服包括衣、带、靴等物在内，同时缀有珠宝的宴饮用服饰。其中，皇帝冬季和夏季质孙服有30余件套，官员等人的冬、夏质孙服分为九等和十四等。

元朝规定，"国有朝会、庆典、宗王大臣来朝，岁时行幸，皆有燕飨之礼"。凡新帝即位、大臣上尊号、册立皇后太子、过年、皇帝生日、祭祀、狩猎和诸王朝会等活动，都要大摆筵席，招待宗室、贵戚、大臣、近侍等人。朝会、庆典、新帝即位等诈马宴多在上都举行，其他情况两都兼而行之。大都主要宴所为大明殿，上都主要宴所为"西内"(昔剌斡耳朵,意为黄色殿帐),由于覆盖大片棕毛,亦称"棕毛殿"。清晨,赴宴者各持彩仗,列队到昔剌斡耳朵所在之处。大汗通常也乘马而行。在一派管弦乐声中,盛装的赴宴队伍按照先后顺序依次入宫。据贡师泰《上都诈马大燕》(之一)说:"行迎御辇争先避,立近天墀不敢嘶。十二街头人聚看,传言丞相过沙堤。"此诗句说明:首先入宴的是皇帝的御辇,百官让道,然后是丞相一行,接下来才是其他官员。入帐后,所有的人都按照各自的品级,坐在自己应该坐的规定席位上。大汗坐在帐中高台上的七宝云龙御榻之上,入宴者须按贵贱亲疏等次就位,"以中为尊,右次之,左为下"。包括卫士、乐工在内,在场所有人员都要穿着皇帝颁赐的贵重服饰——质孙服。马可·波罗说诈马宴每年举行十三次,实际并无定制。诈马宴开始的第一个项目是宣读祖训,其意在于笼络宗亲。杨允孚在《滦京杂咏》中有诗言:锦衣行处狻猊习,诈马筵开虎豹良,特敕云和罢弦管,君王有意听尧纲。

诈马宴上的食物颇具草原民族风味,羊肉是诈马宴上的主要食品,"大官用羊二千嗷",一次宴会竟可用羊几千只。宴会开始,先有"喝盏"之俗,意为进酒。大汗将进酒,侍者执酒近前半跪敬献,退三步全跪,全场同跪,司仪高喊"哈",鼓乐齐鸣。大汗饮毕,乐止,众人复位,随后君臣畅饮。

诈马宴由酒类和食物的组织调运、位次排定和宴饮仪节、宴乐等内容组成。诈马宴短则三两天,长达两个月之久。场面宏大,内容丰富,宴会上的主要饮料有马潼、法酒和葡萄酒三种。马潼,又称马奶,是蒙古人传统的,也是诈马宴中需要量最大的饮料。另外,宴会上还有驼乳等其他辅助饮料。因此,对酒的组织调运也受到特别重视。在统管宴饮的宣徽院下属机构中,专掌造酒与提供造酒原料的属司有九个,提供奶食、粮食、肉食、蔬菜、水果、茶叶、柴炭等物资的属司有十五个,皇帝与诸王权贵都有专供制造马奶酒的马群、毡帐和乳车。元人在集体歌咏诈马宴时,往往会给这些酒水一些"特写镜头":"马潼浮犀碗,驼峰落宝刀。暖茵攒芍药,凉瓮酌葡萄。""宫女侍筵歌芍药,内官当殿出蒲萄""酮官庭前列千斛,万瓮蒲萄凝紫玉。驼峰熊掌翠釜珍,碧实冰盘行陆续。"元朝的宫殿坐北朝南,诈马宴上皇帝和皇后坐在北面中央,男人们坐在皇帝的右边,即西边;女人们坐在皇帝的左边,即东边;南面坐着皇帝的儿子和兄弟们。主膳官员身着礼服,面北侍立或跪坐酒器左右，专司进酒，酒器形制繁复，气派非凡。正式开宴前，掌管金匮之书的大臣手捧大札撒，诵读其中若干条文。其后则"礼有文饮有节矣"。饮毕撤席，宴乐使诈马宴又进入了一个新高潮。

每次宴乐，要到日暮秉烛时分才尽欢而散。"宴罢天阶呼秉烛，千官争送翠华归"。日暮时分，宴会接近尾声。众官要长跪齐声高呼"万岁"，欢送皇帝一行首先离席。袁桷在《装马曲》中言："龙媒嘶风日将暮，宛转琵琶前起舞。鸣鞭静跸宫门闭，长跪齐声呼万岁。""马蹄哄散万花中"，皇帝一行离开后，大家再依次退席，众人策马出城，各回其所，留下的是"向晚大安高阁上，红竿雉帚扫珍珠"。

元朝的诈马宴场面宏大，从"大宴三日酣群豪，万羊脔炙万瓮浓"中，我们便可窥见蒙古族当年换盏醉饮的影子。这说明，忽必烈很善于利用本民族特有的仪节性传统，为元朝创造出了一套适应时宜、适合本民族性格特征的礼制。也正是因为如此，植根于游牧民族深厚土壤中的诈马宴才获得权贵们的认同，从而在一定程度上发挥出凝聚族众、维系等级秩序的礼制性功能。今天，当地牧人之家对诈马宴进行了挖掘传承，并在此基础上有所创新和发展，使之成为独具蒙元文化特色的旅游项目。

正蓝旗迎请回来的查干苏鲁锭

2008年7月19日至21日，正蓝旗人民政府成功举办了首届中国·元上都文化旅游节。在首届中国·元上都文化旅游节上，正蓝旗作为蒙元文化发祥地，从千里之外的内蒙古鄂尔多斯市乌审旗毛布拉格乡阿拉布尔之地祭祀的北元最后一个皇帝——林丹可汗珍贵遗物查干苏鲁锭迎请回元上都遗址。查干苏鲁锭是成吉思汗的军旗或军徽，也是蒙古战神的化身，又是太平无事时的吉祥物，属于蒙古族最珍贵的古代文物之一，每年都要隆重举行祭祀苏鲁锭的仪式。自北元之后，察哈尔部落一部分人把查干苏鲁锭带到了遥远的鄂尔多斯。2008年，正蓝旗专门把苏鲁锭请了回来，并在举世闻名的元上都举行祭祀典礼，由鄂尔多斯的第七代传人额日和斯琴主持，使得祭祀隆重而意义非凡。7月19日清晨，在元上都遗址南大门前，专程赶来参加苏鲁锭祭祀仪式的蒙古族群众络绎不绝。他们自带着祭品迎接苏鲁锭回归，并在上面系上一块块哈达，深情缅怀成吉思汗和忽必烈的丰功伟绩。意在永远仰望苍天，日月相昭，平安幸福。来自西北民族大学的却拉布吉教授说，在元上都遗址有一个铁幡杆渠（幡是旗帜），并留有当年竖立苏鲁锭的基座。

据郝伟、乌云毕力格所著的《乌审写真》记载，1206年，在斡难河畔，经历艰难终于一统草原的铁木真被尊为成吉思汗，建立了"大蒙古国"。成吉思汗亲自将查干苏鲁锭立在自己的金帐之外，将其作为自己帝国的国旗和国徽。蒙古人尚白，认为这种颜色代表着纯洁和至尊至贵，查干苏鲁锭以玄铁制成，至尊九数，旗杆高十三尺，天驹白鬃为缨，旗面幅宽五尺，镶有三寸长的齿状深蓝色边，为直角三角形白旗。因为其形制，汉文史料中也给了他一个威猛的名字"九斿白纛"。从那个时刻起，查干苏鲁锭便成为蒙古人的精神图腾和民族象征，也是民族缔造者成吉思汗的象征。

对于蒙古人而言，成吉思汗的丰功伟绩使他几乎成为一个神话般的存在。随着近千年的历史传承，传说中乃至历史中的成吉思汗形象逐渐被放大，远远超出了开国君主的范畴，变得更加高大、丰富和神圣。他已经成为一种神祇，蒙古人视他为"圣主"，是民族精神之旗，是民族走向强盛的标志。而他所立起的查干苏鲁锭，也被视为传承其精神的圣物，是承载着成吉思汗及蒙古民族功绩与荣耀的圣物，将其世代祭祀。成吉思汗之后的窝阔台、贵由、蒙哥三位大汗定都在哈剌和林（今蒙古国中部后杭爱省杭爱山南麓，额尔浑河上游右岸的额尔德尼召近旁，距乌兰巴托市西南365公里），查干苏鲁锭也在哈剌和林矗立了35年。期间，查干苏鲁锭见证了金朝的灭亡，见证了窝阔台汗和蒙哥汗发动的两次大规模西征，见证了蒙古最终成为空前绝后的大帝国，也见证了成吉思汗子孙们不断争斗，最终无奈地见证了蒙古帝国在蒙哥去世后陷入分裂。

1260年3月，忽必烈即大汗位，创建元朝，迁都开平（今正蓝旗元上都遗址），特意将查干苏鲁锭也请到开平，岁岁祭祀。此后的108年，查干苏鲁锭看着元朝在忽必烈及其子孙治下成为当时世界第一强国，军威鼎盛、经济繁荣、文化灿烂，也看着这个"大之至者"的王朝因为王位的争夺而一步步走向衰亡。1368年元朝灭亡后，北元汗廷无力恢复统一，汗权孱弱不振，草原上诸侯割据，战乱不息。查干苏鲁锭被迎请回漠北，由大禁地兀良哈部保护，对其祭祀从未间断。又是111年的时光，查干苏鲁锭目睹了北元昭宗爱猷识理达腊的矢志中兴与无力回天，目睹了三朝太师阿鲁台的不懈努力与失败，目睹了大元天圣可汗也希望重建帝国的雄心与失误，目睹了无数的战争、动乱与血泪。

1479年，蒙古巾帼英雄满都海彻辰皇后立忽必烈家族最后一位男性后裔巴图孟克为可汗，是为达延汗，并下嫁给他。这对夫妻前后用三十余年时间，重新统一蒙古各部，实现了蒙古的中兴。达延汗为彰显权威，将查干苏鲁锭迎回自己设在漠南的汗廷，由直属万户察哈尔万户负责祭祀。此后125年里，达延汗的子孙成为蒙古草原的主角，勇猛刚烈却英年早逝的博迪汗，执漠南草原数十年并将藏传佛教引入蒙古的俺答汗，重组汗权颁布法典的图门汗等英雄你方唱罢我登台，描画出了丰富而瑰丽的历史画卷。

到最后一任蒙古大汗林丹可汗在位之时，后金汗国强势崛起，一面攻略明朝，一面对蒙古各部逐步蚕食。草原上的英雄们已凋零殆尽，仅剩下年轻气盛而缺乏政治智慧的林丹可汗独撑危局，他虽不停奋战却无力回天，步步败退，终在1634年含恨败死于青海大草滩。其子额哲与皇后苏泰向后金皇太极投降，北元至此终结。

1635年，象征着蒙古皇权的元朝传国玉玺、八斯巴所铸嘛哈噶喇和金册《甘珠尔经》都落在了皇太极手中，查干苏鲁锭也随着察哈尔最后的万余部众被押解北上。而在行军途中负责护卫查干苏鲁锭的162户察哈尔陶克沁（即护卫旗手）不想将祖先的精神之旗交给他人，他们趁押解人疏忽之际，带着查干苏鲁锭逃了出来，将其隐藏到鄂尔多斯、陕西、宁夏交界地区大沙漠之中的一口水井里。1649年，清朝政府实行盟制之时，把察哈尔陶克沁编为4个苏木，划归于乌审旗管辖。生活安定下来的察哈尔陶克沁们将隐藏多年的查干苏鲁锭竖立在呼诺格音宝日陶鲁盖之地（今陕西省旗杆梁），恢复了传统祭祀。随着清廷不断地开垦蒙地，呼诺格音宝日陶鲁盖之地逐渐被移民占据，察哈尔陶克沁的后裔们不得不向北迁徙，查干苏鲁锭跟随他们来到萨拉乌苏河南梁，在此被供奉数年。而农垦、移民乃至盗匪的步步紧逼，又使得他们不得不带着查干苏鲁锭继续迁徙，辗转于胡翁布拉格、毛乌素塔拉、毛布拉格等地。

1967年，祭祀被禁止，查干苏鲁锭的原物也在动荡中神秘消失。二十世纪八十年代后，人们重新恢复了查干苏鲁锭的祭祀。虽然保存了数百年的圣物已经不复存在，只能用复制品代替，但仪式仍然庄严肃穆，一丝不苟。

蒙古族是伟大的民族，蒙古民族在历史上与其他民族共同成就了灿烂的中华文化，内涵丰富、历史悠久的苏鲁锭文化就是其中之一。查干苏鲁锭顶上的圣火、日、月形状表示永恒之意，可以说无论是物造的、绘画的还是塑造的查干苏鲁锭，都是牧人心中和平、繁荣、幸福的守护神，这一文化精髓随着时代的变迁和社会的进步，已成为一种英雄象征和民族凝聚力，有必要进一步加以保护和传承。

元上都：世界长跑运动贵由赤的发源地

在1896年雅典奥运会马拉松比赛出现之前，发源于中国元代的一种超长跑比赛活动已经诞生，名叫"贵由赤"。元代贵由赤规模浩大，十分盛行，起到了"身健是本，智健是能"的作用。元上都是世界长跑运动贵由赤的发源地。

由于长期迁徙和逐猎的需要，建立金政权的女真人和建立元朝的蒙古族不仅具有良好的骑射技能，而且能逐善跑，这在金元政权建立以后的政治角逐中表现尤为明显。金元时期，为了能够及时传递军情、命令，统治者在北京城均设有急递铺，急递铺中的急递者都是经过严格训练而善于长跑的士兵，主要负责快速奔跑传递文书，急递者可日行300里而不知疲倦。从元至二十四年（1287）起，元世祖忽必烈组建了一支名为贵由赤的禁卫军，这支禁卫军由"亲军都指挥使"统率，担任大都（今北京）和上都（今内蒙古正蓝旗）的警卫任务。当时也设有急递铺，每铺间隔一般为10~15里，铺卒以接力的方式传递消息。据《元史·兵志》记载，这些铺卒"腰系革带，悬铃，持枪，夹雨衣，赍文书以行"，"一昼夜行四百里"。这可以说是世界长跑运动的前身。在总结蒙古族半个世纪以来大小战役经验的基础上，针对蒙古由草原转入中原城市的新形势，也为了培养出既会骑马打仗，又会步行作战的战士，忽必烈决定以贵由赤这种赛跑方式来考查御林军的训练成绩。每年一次的比赛相当隆重，其间忽必烈会亲临观看并发奖。传说，有一次参加"贵由赤"长跑比赛的三名士兵，同时跑到了忽必烈面前，忽必烈走下御座，亲自给他们擦汗，每人赐银饼一个，并分别赐号为"神龙侠""千里驹"和"飞毛腿"。也就是说，定型于至元后期的贵由赤从此成为了一项由官方举办、皇帝嘉奖、卫戍军人参加的正式长跑比赛。从所赐物品可以看出，当时朝廷为贵由赤设立的奖品规格是很高的。

元末杨瑀《山居新话》中记载："皇朝贵由赤（即疾足快行也），每岁试其脚力,名之曰放走。监临者封记其发,以一绳拦定,俟齐,去绳走之。大都自河西务起至内中,上都自泥河儿起至内中;越三时,行一百八十里,直至御前,称'万岁',礼拜而止。头名者赏银一锭,第二名赏段子四表里,第三名赏二表里,余者各一表里。"明朝陶宗仪在《南村辍耕录》卷一对此也进行了详细的记载:"贵由赤者,快走是也。每岁一试之,名曰放走。以脚力便捷者膺上赏,故监临之官,齐其名数而约之以绳,使无后先参差之争,然后去绳放行。在大都,则自河西务起程。若上都,则自泥河儿起程。越三时,走一百八十里,直抵御前,俯伏呼万岁。先至者赐银一饼,余者赐段匹有差。"这两段文字虽然不长,却留下了中国古代"马拉松"运动的历史记录。在元代诗人的笔下,贵由赤充满了紧张激烈的气氛,张昱《辇下曲》这样描写了贵由赤的起点、途中和终点的赛事情节:"放教贵赤一齐行,平地风生有翅身。未解刻期争拜下,御前成个赏金银。"杨允孚《滦京杂咏》卷上中有"九奏钧天乐渐收,五云楼阁翠如流。宫中又放滦河走,相国家奴第一等"的记述。许有壬《竹枝十首》中也有体现贵由赤比赛场景的相似诗句。"健步儿郎似乐云,铃衣红帕照青春。一时脚力君休惜,先到金阶定赐银。"杨允孚在诗文的注释中说"滦河至上京二百里,走者名贵赤,黎明放自滦河,至御前巳初,中刻者上赏",也记下了长跑赛的名称、赛程、地点等。周伯琦在他《扈从诗》前序中描述"曰明安驿泥河儿,曰李陵台驿双庙儿,遂至桓州曰六十里店,桓州即乌丸地也",说明了"贵由赤"起点泥河尔就是明安驿。诗文作者都曾在元朝中央机构任职,诗中所述是其亲自见闻之事,可谓真实有据。"铃衣红帕"应是参与赛跑者的统一服装,"红帕"包头,引人注目,"铃衣"则是衣服上系铃,走动时发出响声,周围人都能听见。这样的服装,目的是要他人让开道路,便于快跑。"翠如流"说明贵由赤是在水草丰茂、牲畜肥壮的季节举行。另外,十四世纪二十年代,意大利旅行家鄂多立克赴元朝大都生活三年后,在其回忆录中也写道:"但步行的急差则另有安排。一些被指派的急差长期住在叫做急递铺的驿舍中,而这些人腰缠一带,上悬许多铃子。那些驿舍彼此相距也许有三英里;一个急差接近驿舍时,他把铃子摇得大声叮当响;驿舍内等候的另一名急差听见后赶紧做准备,把信尽快地送往另一驿舍。"

"贵由赤"为蒙古语,意为"快行者","贵由赤"比赛也就是"快行者"的比赛。这种"快行者"比赛,由朝廷制定细致的律则并委派官员进行监督和裁判,比赛路线主要在元大都和元上都之间进行，全长180里（90公里）。比赛有时以元大都为终点，有时以元上都为终点，以哪里为终点，主要视举办"贵由赤"长跑比赛时皇帝居住在哪里而确定，即以皇帝当时的居住地为终点。如果以元大都为终点，则从河西务（今天津市武清区河西务镇）起跑。由此处到元大都遗址路段的实际距离，与当时历史文献所记载的180里路程基本相吻合；如果以元上都为终点，则从泥河儿（今河北省沽源县马神庙村明安驿站遗址）起跑。由此处途经今正蓝旗黑城子示范管理区李陵驿遗址和上都镇侍郎城遗址，直达上都城中心路段实际距离为180里左右。元代贵由赤长跑每次都是黎明时出发，也就是说比赛一般在凌晨三点开始，早晨九点结束，以免白昼阳光酷烈，要求在三个时辰（六小时）内跑完全程。为便于识别参赛选手和他人为选手让开道路，有利于参赛选手专心快跑，起跑前要通过"红帕"包头的标记来为运动员编号，在起跑线上拉一根绳子拦住参赛士兵，监临官在比赛前要点名清查人数，令众人站在绳后，"使无先后参差之争"，然后根据监临官的号令将绳子放下，衣服上系着铃铛的参赛士兵一拥而起向终点奔跑。比赛开始后，在参加士兵到达终点前，皇帝在王公贵族的簇拥下，坐在终点的龙椅上等待冲刺时刻到来，并为优胜者赐奖。跑到终点的第一名俯伏在御前，高呼"万岁，万万岁"。

"贵由赤"长跑比赛取前三名优胜者，其余人员只记姓名，不记名次。第一名奖白银一锭（一锭银子少说也有50两），第二名奖绸缎四表里（表指做蒙古袍面的绸缎，里指做蒙古袍里子的绸缎），第三名奖绸缎二表里，其余参赛者赏绸缎一表里。此外，对成绩特优者甚至提官晋级，选拔重用。相关文献虽然没有说明元朝贵由赤中的参赛人数，但明确记载了比赛只取前三名。这种奖励前三名的方式与现代世界体育运动奖励规则十分相似。其余选手从第四名至末位不记名次，但均发给物质奖励，这与蒙古族搏克奖励规则中参赛者无论晋级第几轮，均对每人颁发奖品，或对赛马选手的末尾发放奖品的习俗都有着一定的相似之处，说明贵由赤赛事是大元朝廷将本民族传统文化与外来文化精髓相互融合的一种开放性赛事。另外，从以"双九"180里计程的贵由赤比赛中，不难看出蒙古族对"九"的喜爱。蒙古族自古以来就有"吉数"的讲究，而"九"便是蒙古族最喜欢的吉祥数字，《蒙古秘史》中就有以"九"为"吉数"的说法。

跑步是从第一届古奥林匹亚运动会时就已经开始的比赛项目，但"马拉松长跑"这个词汇，则起源于公元前五世纪希波战争时的马拉松之战。波希战争以希腊获得最后的胜利而告终，而马拉松长跑则因为马拉松之战结束后一位勇敢的传令兵之死而产生并延续了下来。马拉松平原至雅典的距离约40公里，这是现代奥运会马拉松长跑比赛最初的距离。1908年第四届现代奥运会在伦敦举行时，因当时的英国皇后要观看比赛，所以起点安排在温莎宫的草坪，终点设在运动场的皇家包厢前。于是，这就使马拉松的距离变成了42.295公里，并一直持续到现在。起源于1896年的欧洲雅典，有着100多年历史的马拉松长跑，是现代体育比赛项目中长跑里程最长的项目，全程是42295千米（42.295公里）。而起源于1287年中国元代的"贵由赤"长跑，比马拉松长跑早了600多年，而且赛程距离是90000米（90公里），比马拉松长跑多出一倍多。古代一天以12个时辰计算，三时即现在6小时，6小时跑完180里路，平均1小时跑15000米。若按照奥运会男子跑10000米比赛算的话，则需要时间40分钟，按照奥运会长跑距离最长的马拉松比赛的42.195公里算，元代"运动员"需要2小时50分钟左右，考虑到当时的路面条件，加上是双程马拉松的越野跑，则元代的"运动员"来参加今天的奥运会，是很有可能打破马拉松奥运会纪录的。可以说，这是一种真正意义上的超级马拉松。如此看来，这不仅是我国体育史上的创举，也是世界体育史的奇迹。

元仁宗延祐六年（1319），元朝专门设立"校署"，负责管理"贵由赤""角抵"等体育比赛活动。自1287年元朝开展贵由赤比赛之后，直到元朝退出历史舞台这项赛事也从未中断，由此可见蒙古族人民对于贵由赤体育文化及赛事的热衷。一般来说，在中国封建社会中，宫廷文化尤其是娱乐文化往往是全国优秀文化的汇集场所，是全国各地文化的折射。同时它作为较高层次的文化，反过来又促进并引导民间文化的兴盛和发展。正是因为如此，元代长跑体育项目贵由赤才具有普遍性意义，在宫廷和民间得以广泛发展。贵由赤马拉松长跑赛事现已被湖南文艺出版社出版的《中国民间游戏总汇》收录其中，该书是一套首次从非物质文化遗产保护的角度系统总结和传承中国民间游戏的图书。

改革开放以来，随着国家对蒙古族体育文化的整理挖掘，贵由赤长跑又重新进入历史舞台，不仅在内蒙古少数民族中广泛开展，2013年在纪念北京建都860周年之际，北京市还举办了以"弘扬传统文化、健身美丽街道"为主题的贵由赤长跑赛事。为贯彻落实全民健身国家战略，增强广大干部职工的身体素质，2017年9月呼和浩特市体育局、市总工会等5部门联合主办了第一届呼和浩特市企业职工运动会，其中也设有贵由赤速跑比赛项目。自2009年以来，正蓝旗已成功举办了四届元上都杯"贵由赤"长跑大赛。该赛事起跑点为元上都遗址，终点为正蓝旗忽必烈文化体育广场，全程22公里，参赛者来自内蒙古、河北、北京等省、市、自治区，当地牧民、学生也积极踊跃报名参赛，其中男选手的最好成绩是1小时13分50秒，女选手最好成绩是1小时36分。

2017年10月15日，由内蒙古自治区体育局主办，锡林郭勒盟文化体育新闻出版广电局、正蓝旗人民政府承办的首届元上都国际"贵由赤"长跑赛在上都镇举行。开幕式上，杭盖乐队助阵演出，70名马头琴手齐奏《万马奔腾》，正蓝旗乌兰牧骑精心创作的歌曲《贵由赤》也首次献唱。由于元代贵由赤长跑与现代马拉松赛形式相同，因此本次比赛参照执行中国田径协会最新审定的田径竞赛规则和国内马拉松赛规则执行。比赛起点为忽必烈广场，终点为元上都遗址正门，途经腾飞路、上都河东路、侍郎城路、草原畜牧通道、元上都遗址内部通道，全长36公里，60余名男女选手参加比赛，其中包括从蒙古、刚果、喀麦隆、老挝等国家前来参赛的专业选手。1300余名旗内外体育爱好者参加了25公里"美丽上都健步走"助赛活动。经过激烈角逐，曾在全运会获得过男子组第四名的内蒙古选手李春辉以2小时3分30秒获得男子全程组冠军，曾在全运会获得过女子组团体第一名的内蒙古选手何引丽以2小时18分33秒获得女子全程组冠军。男女前三名运动员分别获得奖牌一枚、银元宝一顶，其中第一名奖金为12560元（1256年建上都城），第二名奖金为10000元，第三名奖金为8000元，完成比赛的参赛者也都获得了纪念奖牌。银元宝奖杯由正蓝旗手工艺人嘎·哈斯朝鲁纯手工精心打造，上印有蒙汉文"元上都贵由赤"字样。首届元上都国际"贵由赤"长跑赛的起点、终点、赛道、奖项、赛程的设计策划都以元代"贵由赤"为参考，以现代长跑运动规则为依据，既突出了传统蒙元文化特色，又注重了现代体育的规范化，引起了广泛关注和好评。

2018年9月8日，由内蒙古自治区体育局主办，内蒙古自治区社会体育服务中心、锡林郭勒盟文化体育新闻出版广电局、正蓝旗人民政府承办的第二届元上都国际

"贵由赤"长跑赛在上都镇赛鸣枪开跑。本届"贵由赤"长跑赛赛程全长90公里，起点位于正蓝旗忽必烈广场，途经广场南街、沃日特路、腾飞路、乌和尔沁敖包、元上都遗址西门最终到达元上都遗址正门。来自蒙古、乌克兰、葡萄牙等13个国家，北京、上海、甘肃、内蒙古等国内22个省、市、自治区的500名选手参加比赛。来自青海省的韩麒获得男子冠军，用时7小时19分19秒；来自河北省的张利红获得女子冠军，用时9小时34分42秒。与此同时，4公里全民健身助赛活动"美丽上都健步行"也同时举行，旗内外1500人共同体验徒步带来的快乐，倡导全民健身的生活理念。

贵由赤这种特殊体育文化的传承和弘扬，不仅代表着古代蒙古族优秀体育文化的复兴，同时也是向世界展示我国厚重历史文化积淀的重要途径。贵由赤文化不仅是人类发展至今历史最为久远，赛程最长的长跑赛事，同时也是古代劳动人民所创造的优秀体育文化的重要代表。举办各种形式的贵由赤马拉松长跑赛事，不仅可以弘扬蒙古族人民坚强忍耐、乐观向上、拼搏进取的民族精神，让传统的民族体育文化走向世界，同时对提升内蒙古的全民体育精神，增强人民体质和草原文化活力，都具有积极的影响和促进作用。

射箭史话

中国的弓箭，诞生于28000多年前。在山西峙峪文化遗址中，曾发现了一件石镞，这表明中国人很早就有使用弓箭的活动。石镞尖端周正而锋利，并有初具形状的铤，可以捆绑木杆。弓箭的发明和使用，说明原始人类已经知道怎样利用物体的弹力，同时注意结合人体的力量，巧妙地获取更多的猎物，以满足人类的生存和生活需要，推动了人类早期社会的进步和发展。正如恩格斯所说："弓箭对于蒙昧时代，正如铁剑对于野蛮时代和火器对于文明时代一样，乃是决定性的武器。"

最初作为一种生产和生活技能的射箭活动，在人类进入阶级社会以后，随着朝代的频繁更替和战争的进行，其军事斗争的作用和功能不断显现。尤其是冷兵器时代，射箭是实现远距离杀伤目标的重要武器，由此受到了社会的普遍重视。在商、西周时期，射箭活动已被广泛地运用于军事斗争的领域，甚至已有骑射活动的出现。

西周时期，每年都要在王都举行一次射礼运动会。射礼运动会具有现代体育色彩，是为获得参加国家祭典资格而进行的射箭选拔赛，从公元前1035年开始到公元前772年结束，共举办了263届。现在体育运动中的射箭，也可称为箭术。它是借助弓的弹力将箭射出的运动项目，1972年被正式列入奥运会比赛项目。

蒙古族射箭，源于早期狩猎时代用弓箭自卫和猎获野兽的活动，后来在作战中他们又用弓箭射杀对手。在成吉思汗时代射箭比赛已经出现，成为蒙古族一种竞技娱乐活动和蒙古民族擅长的武功之一。蒙古族射箭比赛，分为骑射和静射两种。弓箭的式样、重量、长度、拉力都不限。骑射，就是从奔跑的马上向左右目标射箭。参加骑射的人数不限，对骑马、弓箭都无统一要求，射场一般有宽4米，长85~100米的跑道，设三个靶位，每靶相距约25米，从第一靶开始依次在2米高的木架上挂一个彩色布袋。靶位距跑道有一定距离,每人每轮一马三箭,共射三轮为九箭,最后以中箭多少决定胜负。静射,就是站立射靶。蒙古族射箭活动用的靶,在早期有草靶和牛羊皮靶,近代才出现了毡靶或棉布袋靶。比赛用的弓在民间有传统的榆木弓和柳木弓,高档次的为牛角弓和钢弓、塑弓。现代射箭,在距射手15~20米处设一靶牌,靶心向外依次为黄、红、兰、黑、白五种颜色的圆环,射中最里面的得100分,然后依次为80,60,40,20分。此外,还有一种靶的靶心是活动的,箭中靶心会自动掉下来。蒙古族对获得冠军的射箭手同样要颁以重奖,颁奖时献上圣洁的哈达并颂赞词。

张库商道上的正蓝旗人文景观

路漫漫其修远兮。维持了大约300年、长约3000里的张库商道，是清代由张家口到库伦（今蒙古国首都乌兰巴托），直至俄罗斯边境城市恰克图的国际贸易运销路线。行进在张库商道上的运输驼队通往草原深处，在那遥远的地方编织出了一个个黄金梦。

其中往正北方行进的商道是：出大境门走正沟到崇礼、沽源、正蓝旗、多伦、贝子庙。驼队运输是夏天往北走，冬天向南行。正蓝旗的地上水和地下水源润泽着万物，给旅蒙商人的食宿带来了方便。正蓝旗的道图淖水域宽广，生长着鲫鱼、鲤鱼、华子鱼。过去，蒙古族人不吃鱼，所以淖中的鱼很多。据张家口文史资料记载，当时一位拉骆驼的汉人从淖中捞到一条一米长的大鱼，一位蒙古族牧羊人见到后送给这位汉人一只羊，让他将大鱼放进淖里放生了，这种习俗一直延续到上世纪五十年代。当时，在阴雨连绵的天气里，很多鱼儿跳出水面，噼里啪啦落在大淖岸上，拉驼人不费吹灰之力就拣到很多鱼。雪盖冰封的冬季，拉驼人凿开冰封的淖面，取水饮骆驼，突然很多鱼儿跃出水面吸氧气，掉在冰面上成了人们的美食，大自然施惠的幸福往事使拉驼人几十年后还甜甜的回忆着。冬季，他们在大淖上凿开一道十多米的长型冰窟窿，大鲫鱼、小泥鳅纷纷跳出水面掉在冰面上，一会儿就冻僵了。他们用铁锹把鱼扔进带柳条围子的牛拉勒勒车，一天能捕上千斤鱼。据张家口文史资料记载中的拉驼人讲："上世纪四十年代，在正蓝旗放牧骆驼不愁人畜饮用水，找不到淖时在草地上挖个一尺多深的坑，就能见到清澈甘甜的水，人和骆驼都渴不着。但是内地人到草原放牧骆驼，水草银子不能少，一个骆驼放牧一夏天，要向当地的蒙古族官员交两吊铜钱的水草费，合半块银元。"

正蓝旗淖多，鱼多，每到夏季就成了飞禽的天堂。一群群从南方飞来的天鹅、大雁、野鸭、鸳鸯等禽类纷纷飞到淖中觅食。远看雪白的飞鸟，像飘动的云朵，十分美丽。内地的牧驼人在淖边欣赏大自然的美景，过起了神仙般的浪漫生活。清晨，他们提着篮子漫步大淖。朝霞染红了淖水，波光涟涟，浮光耀金；鱼儿跃出水面活蹦乱跳，鸭、鹅、鸳鸯成双成对地在水中嬉戏；丰茂的水草丛中，大白鹅蛋、雁蛋、鸭蛋一颗颗、一窝窝遍地都是，白花花的一片；鸟蛋虽然多，但年长的牧驼人不让年轻人拣，教育他们要爱护生灵，保护鸟类。有的年轻人很顽皮，会背着年长者，偷偷地淌着淖水到水草丛中拾雁蛋、鸭蛋。要想捉鱼更省事，就像捞水饺似的，一网下去捞好几条活蹦乱跳的大鲫鱼，鱼跃人欢，心里爽快极了。微风吹来，淖边飘过一阵阵花香、草香和碧波的清凉，沁心入脾，让人荡气回肠。在往驻地走的路上，采摘些野韭菜、野蒜、苦菜、蘑菇，中午就是一顿丰盛的午餐。有的牧驼人捉住几只刚出壳的小天鹅就养起来，每天小天鹅跟着人走，牧驼人乐滋滋的。当它翅膀长硬了，就不恋人情地飞走找同伴去了。

张家口的牧驼人到了秋季就要离开驼乡往南行了。因此，正蓝旗的蒙古族人从入夏就准备好了蘑菇和奶豆腐等待出售。过去，这里的蒙古族妇女做奶豆腐工序是用10斤酸奶加半斤鲜奶放进铁锅中，用牛粪烧慢火熬，用木棍搅和，越搅越筋，出锅的奶豆腐放在布里，用石头压成半干后放进四方的木框中，晒干了就成了方方正正的奶豆腐了。酸羊奶则做成奶酪。这儿的蒙古族人一到夏天就择水草丰茂的地方搭蒙古包建夏营盘来放牧牛羊。牛羊轰到滩上就不管了，他们在草滩上采摘蘑菇，采多了就运到蒙古包前晾晒。蒙古族妇女用上下透气的荆笆晒蘑菇，晒干了就用线穿成串，一串串的干蘑菇运到张家口加工之后就成了醇香入脾、美誉天下的"口蘑"了。

浑善达克沙地上的蓝旗榆

浑善达克沙地是中国十大沙地之一，也是我国著名的有水沙漠，同时也是内蒙古四大沙地之一。浑善达克沙地位于内蒙古中部锡林郭勒盟南端，地势西南高、东北低，距北京直线距离180公里，是离北京最近的沙源地。浑善达克沙地东西长约450公里，面积大约5.2万平方公里，海拔1050~1300米，平均海拔1100多米。正蓝旗位于浑善达克沙地腹地，面积10182平方公里，其中沙地面积6700平方公里，占全旗总面积的67%。

走进这片形成于22万年前神奇的浑善达克沙地上，你会看到一点点或一片片的绿色，那就是应着地名、和着树种生长有几百或上千年姿态各异的"蓝旗榆"。她用自己顽强的生命力，在"稀树草原"上把无垠的沙地装扮得更加壮观，更加奇特，更加迷人，更加叹为观止。其中，许多百年以上古榆树的根虽然被风吹得裸露出来，但须仍然深情地亲吻着大地，袒露着铮铮铁骨的躯干，吸取着草原的营养，也保护着浑善达克生态，如同千百年来守护着这片草原的牧人，从骨子里都透着挺拔的风韵，令人肃然起敬。

在这里，我想特别向大家介绍一下"稀树草原"。所谓"稀树草原"就是点缀着稀疏树木的草原，这种景色在非洲最为常见。研究表明，如果把热带雨林、针叶林、草原等诸多景观的图片放在一起，让不同性别、年龄、国别的人挑选他们愿意在其中生活的地方，结果多数人选择是"稀树草原"。科研人员综合研究后认为人类起源于东非，因为那里的景观是稀树草原。我国是陆地植被类型最丰富的国家，在中国可以看到常绿阔叶林、温带落叶阔叶林、寒带针叶林、红树林、草原、高寒草甸、荒漠，甚至还有热带雨林和苔原，唯独缺少"稀树草原"。近年来，有越来越多的学者认为中国有"稀树草原"，她就在北京之北的内蒙古正蓝旗境内。

蓝旗榆，又名沙地榆，是白榆的地理生态型变种。因产于内蒙古锡林郭勒盟正蓝旗浑善达克腹地，故得名"蓝旗榆"。蓝旗榆既是浑善达克沙地一种重要的珍贵稀有植物资源，又是研究植物区系起源、演化及森林植被历史变迁的"活古董"。蓝旗榆属于榆科落叶乔木，树皮呈灰黑色，纵裂。树冠呈圆球形，小枝纤细，灰色。叶椭圆状卵形或椭圆状披针形。蓝旗榆是一种喜光树种，耐寒性强，耐干旱，耐盐碱，抗风力强，不耐水湿，生长快，寿命长。有关专家学者曾这样形容过蓝旗榆的特点，那就是"生千年不死，死千年不倒，倒千年不朽"。因其耐旱、生长在沙地、生命力强、对人类生存作用大，当地牧民则形容蓝旗榆是植物界的"骆驼"。

历史上，蓝旗榆在正蓝旗这一带分布很广，面积很大，苍劲茂盛。史籍文献记载，从上都城向东北方向行数十里，便可见"平地松林"和"阴阴松林八百里"，这"松林"当中便包括数不清的"蓝旗榆"。若上推到辽金时期，浑善达克沙地面积不仅明显小于现在，而且其生长环境较今优越很多，形成与上都区域连为一体的疏林草原环境。由于几千年来人类生产活动、战争、人为破坏和自然灾害等方面的影响，导致我国天然榆树林面积不断缩小，致使在内地很难再见到大片天然的榆树林。

调查结果显示，蓝旗榆现今大部分呈集群片状分布在正蓝旗的宝绍岱苏木、那日图苏木、赛音胡都嘎苏木、扎格斯台苏木和桑根达来镇一带，全旗榆树疏林面积达到37230亩，自然生长态势良好。生长在浑善达克沙地干旱环境中的蓝旗榆，经过漫长的自然选择，其基因不断发生变异，形成了蓝旗榆特有的喜光耐寒抗旱，根系发达不惧风沙的生态适应性。因此，浑善达克沙地上的蓝旗榆个体矮化，树干弯曲，枝密叶疏，分枝多而柔软，冠幅大，能够很好地起到防风固沙作用。

2011年，自治区有关人员在对525株蓝旗古榆树的研究中发现，其树高一般为10~15米，平均株高10.9米，平均胸径61厘米，平均基径77.8厘米，平均冠幅面积136.2米。宝绍岱苏木、那日图苏木高格斯台嘎查一带的蓝旗榆为"增长型"结构，幼龄林占有较大比例，而赛音胡都嘎苏木那岱庙一带蓝旗榆种群为明显的"衰退型"结构，严重缺乏幼树。在340亩保护区范围内，有300年以上的蓝旗榆1800余棵，其中六七百年以上的蓝旗榆有60余棵，堪称"国之瑰宝"。从整体上来看，蓝旗榆至今仍保持着较为旺盛的生殖能力，正蓝旗政府和当地牧民充分利用这一特征，自2000年以来采取围封禁牧、生态移民、严禁砍伐等措施，促进了蓝旗榆的天然更新。

蓝旗榆是以稀疏状态生长在浑善达克沙地上的树木，树下土壤比较干燥、地面凋落物很少，所以不能形成真正意义上的森林环境，称为沙地榆树疏林。榆树疏林灌丛草原是浑善达克沙地植被演替的顶级群落，是当地唯一能形成疏林的乔木树种。榆树疏林的存在不仅能够分散地面上的风动量，减少气流与沙尘之间的传递，直接阻止浑善达克沙地起沙，对烟及有毒气体的抗性很强，有利于环境保护。羊和骆驼喜欢食其枝叶，木质坚硬，可供建筑、家具、农牧用具所用。树皮可入蒙药，主治小便不通、水肿等症。同时，蓝旗榆还为鸟类提供了栖息地，用其不息的力量伴护着小花小草，为林下植物提供了一个较好的小环境，对维持整个生态系统的结构与功能起到了不可替代的重要作用。

蓝旗榆的树根具有材质坚硬、木质细腻、木性稳定、不易龟裂变形、不蛀不朽和能够长久保存等特点，是根雕创作的理想用材。近年来，正蓝旗的民间艺人借助浑善达克沙地风化枯死的蓝旗榆，化腐朽为神奇，创作出了成千上万件蕴含大自然鬼斧神工和无穷魅力的根雕作品，被国内外前来旅游观光的人们购买收藏，用另外一种形式展示出了蓝旗榆的无穷魅力。

蓝旗榆是生长在内蒙古正蓝旗的一种特有树种。到过浑善达克沙地的人，都会看到在浩瀚的沙地中生长着的蓝旗榆，都会被她顽强的抗争精神所感动，为她给茫茫沙地带来的绿色所动情。国家一级美术师孙海晨，曾多次到正蓝旗写生。期间，密密麻麻的根系暴露在风沙中的蓝旗榆以其顽强的生命力感动着他。孙海晨带着速写本，徒步翻越沙丘，绘出了一批珍贵的画稿。在艺术家的眼里，那些与大自然抗争中傲然挺立的蓝旗榆，形成了一种极具自然的韵律之美，体现出生生不息的顽强生命力，是一种精神的象征，画家对此感动不已。其实，蓝旗榆也代表着草原人在严酷的自然环境里拼搏生存的能力和精神，这里的人和动物与繁茂的植物共生共荣，造就了一片和谐美丽的生态景观，一代代的草原人适应并热爱着这片土地，在这里建设起了自己幸福美丽的家园。蓝旗榆是沙地的呵护者、草原的守护神、牧民生产生活中的好伙伴。她又如同朴实无华、坚韧不拔、不畏艰难、无私奉献的正蓝旗各族优秀儿女一样，在深化改革的道路不断开拓进取，奋力前行。蓝旗榆,已成为正蓝旗的一种文化、一种品牌和一种精神。

2011年9月,正蓝旗人民政府在那日图苏木高格斯台嘎查设立了古榆树重点保护区,该嘎查有林地面积3237.1公顷,其中蓝旗榆面积220.6公顷,主要坐落于高格斯台河西岸。2016年3月该嘎查被授予全国生态文化村,成为当地十大旅游景点和全国乡村旅游扶贫重点村,在季节的轮回里,形成了"春观古榆吐绿生机,夏赏沙地繁盛飒爽,秋品林之浸染绰约,冬踏白雪傲骨嶙峋"的自然景观。如今,当人们从浮躁的城市来到这里,大都会用事先准备好的哈达、鲜奶虔诚地祭洒傲然仰视苍穹的千年古榆,崇敬她的坚韧不屈,体味她的亘古沧桑,感受她的神奇壮美,用灵魂深处对大自然的敬畏,神圣庄重地祈求心想事成,将人与大自然的关系融入到一个超凡入圣、精妙绝伦的佳境,使人类的感恩默默地转换为一种精神,缔造出了一方榆树情怀的脉脉传奇。2019年4月12日,正蓝旗第十五届人大常委会第十二次会议通过了《正蓝旗人民政府关于确定旗花、旗树的议案》,批准蓝旗榆为正蓝旗旗树。

有柳条串起来的日子

柳这种植物包含两大体系：一种是旱柳，就是大家平常说的柳树；另外一种就是我们这里所说的柳条。柳条有黄柳、红柳、紫柳、灰柳、黑柳、沙柳、山柳等多种，蒙古语一律称作"包尔嘎斯"，汉语意为"柳条"。

在内蒙古正蓝旗北部草原上，生长着较大面积的黄柳、红柳、灰柳等柳条，这是一种非常好活的植物，有的牧人在围封草场时，不注意落下几把柳条，它们就会自己生根发芽，验证了那句"无心插柳柳成荫"的俗语。

柳条耐旱抗风沙，生长迅速，枝叶茂密，根系庞大，固沙保土能力强。生长在正蓝旗浑善达克沙地上的柳条，最深、最长的根可达30多米，以更好地吸取水分。柳条把被流沙掩埋的枝干变成根须，再从沙层的表面冒出来，伸出一丛丛细枝，顽强地开出淡红色的小花，给早春的沙地带来一道美丽的风景，使寸草不生的荒漠和沙丘变为林草茂盛的绿地。

二十世纪八十年代前，草原上的柳条长得比现在要好许多，如那日图、扎格斯台、宝绍岱一带，柳林方园数百里，有的地方不透阳光，牧民称之为"黑柳林"。其主要原因之一就是那时牧民们的生产生活都离不开柳条编制品，人们每年都要分片割许多柳条。元末明初著名高僧楚石，在从杭州北游上都期间，用315首诗写下了一部北游记，其中《细柳》一诗中便有"细柳军营掩，长杨猎骑归"的诗句，可见当时元上都周边区域柳条之茂密。

柳条每隔两三年必须割掉一次，叫做"平茬"，会越割越旺。如果不割，就会"顶死"，不像大多数树木那样怕砍伐。现在牧民们大都转移进城，留在牧区的也住上了砖瓦房，牲畜用上了暖棚，柳条编制品失去了原来的作用，人们不再大量采割柳条，天然柳条反而变得越来越少了。

自治区非物质文化遗产柳条编制代表性传承人，正蓝旗赛音胡都嘎苏木巴音查干嘎查牧民吉·巴雅尔图，给我们讲了不少关于柳条的传奇故事。他说年轻时，他曾抓住一根湿柳条一端，让他的朋友在另一端使劲扭曲，结果柳条就是不断，而且越扭曲承担力越大，挂上一桶水都断不了。有时牧民在野外赶勒勒车，半路上牛鞅子下面与车辕子拴在一起的那根绳子断了，人们便会找一根湿柳条换上去，完全可以坚持一天，走到家里。

过去，牧民住的是柳制蒙古包，牛羊圈是红柳扎的，草垛是黄柳围的，草库伦的围墙是用柳条编的，车上的囤笆子是用柳条穿的。此外，制作奶食品用的笊篱，拾粪用的背篓和叉子，装草料用的大筐，接羔保育时节用的栅栏，当做仓库、伙房使用的崩克等生产生活用品，也都是牧民用柳条编制而成的。就连孩子们吹的口哨，也是用要发芽的柳枝脱去外皮制作出来的。他们人人是制作者，人人又是消费者，他们不是职业匠人，没有传统的秘诀技艺，那时候也不谈什么柳编文化，但实际上柳编已经"化"在了生产生活的方方面面，成为蒙古族民间艺术中重要组成部分，到处散发着一种自然的清香和温馨。

柳条编制是一门科学，有许多要求和讲究。牧民由于长期和柳条打交道，对它的性能了如指掌，知道什么样的柳条适合编制什么样的生产生活用品，什么季节割的柳条最好用。据牧民老乡介绍，一般来说，最好在春天发芽前、秋天上冻前割柳。柳条春天发芽后开始生长，上手容易脱皮，夏天正在发育，质量欠佳。秋天已经成熟，皮与心结为一体，质量最好。冬天柳条上冻，脆而易折，也不好用。采割柳条时不能成片连根打光，察哈尔蒙古人有"背阳割柳、不抱阳打柳，落叶割柳、不绿叶打柳"的说法。割好的柳条不能马上用来编制，起码要在外面晾晒5天，让它变得更加柔韧有弹性，且不易折断。

编织柳制品不需要任何工具，有一双勤劳而灵巧的手就行。但前期需要一种特殊的镰刀，称为柳镰。柳镰柄儿比普通镰刀长，但刀头很短，看惯普通镰刀的人觉得它畸形，其实这是一种自然选择。柳条丛生密集，必须单根采割，刀头宽了不好出入而且易割了别枝。打枝杈的柳刀刀头也小，刀柄短得出奇。这两种柳刀，刀柄不是长就是短，完全是为了适应柳编生产需要。编制柳制品的柳条，都要打杈，光光地留一根，不用旁枝逸叶。

柳条编织制作技艺是正蓝旗旗级、盟级和自治区级非物质文化遗产。虽然随着现代化进程的加快以及牧民生产生活方式的转变，柳条编制用品从人们的视野中渐渐淡出，但正蓝旗通过在旗蒙古族中小学校开办柳条编制工艺美术课、举办柳条编制讲座展览、为非物质文化遗产传承人录制音像资料、扶持民间艺人从事柳条工艺品编制、开展民间艺术作品交流评比等形式，不断加大对柳条编制这项自治区级非物质文化遗产的传承和保护力度，使人们至今仍然能够从中感受到其厚重的历史文化内涵和高超的传统技艺。

　　为了保护生态环境，近年来正蓝旗开展了人工种植柳条工程。柳条喜温好光耐寒，而且根系发达，宜繁殖，夏季小暑前后都可以种植。打好畦后先浇一遍透水再插，湿插的成活率较高。无论是干插还是湿插，株距都是10厘米，行距都是40厘米。不同的是干插后，一定要浇一遍透水，以保证土壤的湿度，充足的水分是保证柳条茁壮成长的关键。榆木千年守望，红柳相依百年。如今，在浑善达克茫茫沙地上，大面积生长着以蓝旗榆为主的沙地疏林，其间柳树幽深、湿地草浓、淖尔如镜，柳树丛中的生态屏障已初步形成，由沙海茫茫变为浓浓绿色，柳浪滚滚。柳丛与蓝旗榆如同兄妹般地牵拉着，留给浑善达克沙地一道美丽的风景线。

　　苍穹、毡包、骏马、牧歌和那一片片柳条，形成了金莲川草原上人与自然和谐发展的生存模式，展现出了蒙元文化的无穷魅力。这正如同牧民老乡所说的那样"有柳条串起来的日子，人们的生存空间才更加清新洁净"。

上都河国家湿地公园中的文化旋律

　　湿地与森林、海洋并称全球三大生态系统，被称为"地球之肾"。人类的生存离不开湿地，尤其离不开湿地所提供的淡水。"湿地"一词，最早是1956年美国政府进行湿地清查时提出来的。1971年2月2日，18个国家的代表在伊朗拉姆萨尔签署的《湿地公约》中给出的定义是：湿地系指不问其为天然或人工、长久或暂时性的沼泽地、泥炭地或水域地带，带有静止或流动的淡水、半咸水或咸水水体，包括低潮时水深不超过6米的水域。2018年3月5日，习近平总书记在参加十三届全国人大一次会议内蒙古代表团审议时强调，要加强荒漠化治理和湿地保护，在祖国北疆构筑起万里绿色长城。

　　2014年12月31日，内蒙古锡林郭勒盟正蓝旗上都河湿地公园被国家林业局批准晋升为国家级湿地公园（试点）。上都河是华北境内第二大河滦河上游的常年流水河，蒙古语意为"相德因高勒"，因其流经元上都而得名，上都河弯弯曲曲逶迤在金莲川草原上，犹如闪电，故又称其为闪电河。

　　上都河国家湿地公园，以两岸低洼地势形成的原生态沼泽和沼泽化草甸湿地为主，西起正蓝旗黑城子与河北省沽源县交界处，沿上都河途径上都镇，东至五一种畜场元上天地旅游区，以河道为中心，南北宽50~100米范围内的狭长地带，规划建设面积11950公顷，其中湿地面积为8869.76公顷，自然湿地为8734.34公顷，人工湿地为135.42公顷。是由河流、淖尔、沼泽、草原、沙地、草甸及公园组成的复合型内陆湿地，区域内有湿地植物210多种、禽鸟220多种，其中国家重点保护动物达30多种，包括被世界自然保护联盟列入2012年濒危物种红色名录的珍稀物种"凤头䴙䴘"。这里，是中国候鸟三大迁徙线路之一，也是全球八条候鸟迁徙通道之一的东亚至印度通道的中转站，是距北京最近、保存最为完好的蒙古高原湿地。

我国北魏时期著名地理学家、文学家郦道元在他所著的《水经注》中对上都河有专门解说，它是坝上草原的母亲河。古称濡水，唐末改称滦河，上都河为滦河上游，穿过沽源迤逦北行，绕内蒙古正蓝旗折向东流。上都河流域北魏建有御夷镇，辽代为皇帝夏"捺钵"的地方，在滦源大马群山有"炭山"或"凉陉"等避暑圣地，辽人称作"旺国崖"。金世宗多次到此避暑，并筑有景明宫、扬武殿等宫殿。这里野生的金莲花，"花瓣似莲，较制钱稍大，作黄金色，金黄七瓣环绕其心，一茎数朵，若莲而小。六月盛开，一望遍地，金色灿然"。大定八年（1168年）五月金世宗以"莲者连也，取其金枝玉叶相连之义"，将原名"曷里浒东川"改为金莲川。虽然朝代更迭，但金莲川这个名字一直沿用至今。

1215年夏天成吉思汗亲征漠南时，曾在金莲川驻扎避暑休整军队。1251年，忽必烈看准了这块令人如痴如醉的宝地，此后几年金莲川成了世界瞩目的地方。他建立了有名的"金莲川幕府"，在金莲川北部的上都河湿地，崛起了蒙古族在漠南草原上的第一座城市——上都。满腹经纶的学者、精通治道的谋士、身怀绝技的巧匠纷至沓来，元上都成为蒙古族入主中原并统一全国的战略基地，元朝鼎盛时期的政治、军事、文化中心，当时的世界大都会。元朝11位皇帝中有6位皇帝是在上都举行继位仪式的。元代"儒林四杰"之一虞集在《贺丞相墓志铭》中这样评价上都，"控引西北，东及辽海，南面而治天下，形势尤重于大都"。

上都河湿地早在五千多年前就有人类活动，是古代少数民族游牧区，先后有戎狄、匈奴、乌桓、鲜卑、柔然、突厥、契丹、女真、蒙古等民族在此地游牧。该地域春秋战国属东胡、乌桓辖地。秦属匈奴驻牧地，西汉属上谷、渔阳郡北境。东汉属鲜卑活动区，北魏属燕州怀荒镇。西魏属突厥汗国辖地，隋唐属幽州总管府，五代十国属契丹辖地。辽属西京道辖地，金属西京路桓州辖地，蒙元时期在此设开平府后命名为上都，明设开平卫，隶北平都司管辖，后属察哈尔林丹汗辖地。清设察哈尔八旗左翼正蓝旗，民国时期归察哈尔省管辖。长期以来，在上都河湿地及湿地周边地区各民族文化交汇融合，使湿地文化呈多元化发展。

自有人类历史以来，人类的文明发展就离不开河，逐河而居成了人类的生存本能和天性，事实上几乎所有的文明也都是在河的怀抱中诞生的，如黄河、恒河等都曾孕育了人类最古老的文化，孕育了村庄和城镇。直到现在，人们仍能从一些文化遗址中追寻到远古人类在湿地生存发展的痕迹。1981年，在属于滦河流域的辽西凌源市与建平县交界处，发现了以牛河梁为中心的约50平方公里的红山文化遗址，把中华文明史向前推进了1000年。史学界研究证实，黄帝部落早期阶段主要活动于燕山南北、滦河流域，殷商民族也产生于滦河最大支流——青龙河流域，这充分表明滦河同黄河、长江一样，是人类文明的摇篮，是华夏文化的重要发祥地之一。滦河流域历来是连接中原和北方的战略要地，是农耕文明和草原文明的交汇处，形成了独具特色的文化品格。

上都河古称濡源，是滦河的源头。唐朝时因河畔五女坟周边生长着一种三尺高、形似人的蒿草叫栾草，古人以草取名，把濡水改为栾河，后写成"滦河"。滦河一衣带水，贯穿内蒙古、河北、辽宁3省、自治区含正蓝旗在内的27个旗县市区，是滦河流域各族人民的母亲河。地理学根据滦河河谷地貌和水流特征将滦河分为三段，其中源头到内蒙古正蓝旗上都镇为上游，上都镇至迁西罗家屯为中游，罗家屯至渤海为下游，分别流经草原、山地、平原三个地貌区。上都河带着蒙古草原的粗犷，携着燕山山地的豪放，拥着滦河三角洲平原的热情，将生活的美好带给两岸人民，以生命之源滋养着两岸生生不息的万物，也孕育出历史上八百里金莲川代代豪杰和风流人物。

上都河湿地在历史上生活着以游牧为主要生产方式的各少数民族。"游牧"的特点就是行则车室，止则毡庐，这些民族在政治、经济、文化方面相对汉族滞后。汉民族定居中原，文化科技发达，生产力先进，物质丰富。北方游牧民族对汉族生产的生活必需品多有依赖，这就使那些有远大抱负、有开疆扩土志向的民族精英们紧盯汉地不放，古语道"定中原者定天下"，因此我国古代史从某种意义讲就是北方民族不断南侵，汉民族不断北伐的历史，战争使生灵涂炭，但也促进了民族和民族文化的融合。上都河湿地所处位置恰好就在内蒙古高原南部边缘，是出入边塞的咽喉要地。这里不仅水沛草丰，夏季凉爽宜人，而且地域相对开阔平缓，便于大军集结，辽、金、元都在此建行宫，在消夏避暑、纳凉休憩的同时更有问鼎中原战略上的考量。上都河湿地也就在南北战争和各民族的相互交流中成为多元文化融合的载体。即使在主流文化整合力非常强烈的现代社会，也可以从方言、服饰、工具、饮食、信仰、习惯等细微处看到多元文化的痕迹。

辽代采取的是"四时捺钵，北南面官"的政治制度。"四时捺钵"就是皇帝四季出行游猎，设外帐叫捺钵。春天在长春州钓鱼，夏天到上都河湿地避暑张鹰；秋天在东北庆州伏虎林射鹿，冬天在永州广平淀猎虎。皇帝在四季捺钵时不是游玩打猎，歌舞笙箫，而是经常和枢密院、中书省随行的官员商议军国大事。辽在中华大地群起角逐的激烈争斗中，处于奴隶制的契丹少数民族，能够驾驭包括已进入封建社会的汉民族在内的各族人民，并且叱咤风云百余年不可不谓奇迹。辽朝在历史长河中是智慧的，也是强大的，更是辉煌的，原来许多影响深远的重大决策和谋划，竟是在两湖清水一条河的上都河湿地做出的。

金代，上都河湿地属西京路恒州管辖（正蓝旗境内），一直为南侵备战的牧马地，从大定六年（1166）开始，金世宗每年夏季临幸上都河湿地，并将曷里浒东川的闪电河湿地更名为金莲川，承安五年（1200）在上都河湿地西部的库伦淖（时称绿水池或羊城泺）北岸建景明宫，自此景明宫便成为辽代皇家避暑办公和狩猎必至之地。景明宫在元代已是断壁残瓦仅留下了"峨峨景明宫，五云涌蓬莱"的赞美之句。

元代，忽必烈总领漠南就在上都河湿地的金莲川幕府办公。他广聚人才，重用汉人儒士刘秉忠、元好问、张学谦等一大批饱学之士，并命刘秉忠在桓州（正蓝旗东北）的龙岗建营盘、房屋，扩建上都，在此开启了他南征、西讨、北伐一统天下的雄心。到1262年忽必烈削平了割据，废除了地方长官世袭的旧制度，压制了地方上的豪强势力，终于实现了继秦始皇之后中国最大疆域的统一，对于推动我国多民族统一国家的发展作出了历史性贡献。因此，称上都河湿地为忽必烈的龙兴之地毫不为过。上都城是元朝的夏都，在百年来的民族融合过程中，始终是全国政治、经济、文化、军事中心之一。上都河区域内的经济发展既包含北方游牧、狩猎、渔猎、采集等经济类型，同时也包含中原地区传入的农业、手工业、商业等方面的经济类型。可以说，上都河湿地内的元上都，是融北方、中原等地各类经济类型为一体的聚集地和辐射传播地。民族融合带来的经济多元化与人口、自然的结合，促进了经济的突飞猛进，日新月异，出现了前所未有的盛况。如今，在世界文化遗产元上都遗址约2.7万亩保护区内，上都河自西向东流过。保护区内植被种类丰富，景观类型多样，主要植被有贝加尔针茅、大针茅、克氏针茅、羊草、隐子草、冷蒿及杂类草等。

随着地形分布成了草甸草原、典型草原、沙地和沼泽湿地等八种主要特色景观类型，内有金莲花、蒙古石竹、黄芪、草地凤毛菊等常见野生植物121种，隶属于36科86属，植被资源和生态景观得到了有效保护。

以湿地为生存载体所体现的人类精神文化，使湿地不再局限于一般的物质概念，而是植入了人文精神的文化升华，这在自古至今的文艺作品中均有体现，在人类的精神深处已留下了深刻的"湿地"印记。两千多年前的中国第一部诗歌总集《诗经》，就有关于湿地的众多爱情诗篇，其中《关雎》中的"在河之洲"的水鸟、"左右流之"的水草，传达的都是美好动人的情意。在绮丽的富春江，元代山水画家黄公望晚年隐居于此。他五十岁始学山水画，近八十岁时，开始创作的《富春山居图》写尽了富春江两岸的湿地秋景。元代大德四年（1300），文臣刘敏忠扈从上京之行。他的朋友韩从益在上都湿地建有一处小楼，取名为"江山胜概"，楼下面是潺潺的河水，取名为"无忧"。刘敏忠作《韩云卿新居》，诗曰："泉中就啜无忧水，楼上闲吟胜概诗。"可见，那时生活在上都河湿地的文人雅士，是十分清静悠闲的。从先秦时代开始，春季有个很著名的节日叫"上巳节"，每逢农历三月初三，男女老少都要穿上新缝制的春装，倾城而出，在水边举行祓除不祥的祭礼，名曰"春禊"。到山谷采摘兰草，到湿地嬉戏洗浴，到郊野宴饮行乐。已被列入人类非物质文化遗产代表作的端午节，是另一个与湿地直接相关的重要节日。

在正蓝旗，关于上都河湿地也有着一个美丽而神奇的传说。据说，有一次，成吉思汗带领着他骁勇善战的士兵围猎来到了现在的上都镇。当他们猎后准备做饭时都发现附近找不到水源。这时，成吉思汗就把手中的宝剑抛向不远处，锋利的宝剑牢牢地插在一块洼地上，只听成吉思汗在祈祷："长生天保佑，请赐予这里甘甜的水吧。"说着，便把宝剑拔了出来。当时就有一股泉水喷涌而出，慢慢汇集，最后形成一条河。人们为了纪念此事，就将这条低洼处的河流叫做上都河，而坐落在河边的塞外小镇也就被叫做上都镇。《忽必烈汗》记述了英国著名浪漫主义诗人柯勒律治的神奇梦境。他在诗中这样写道："忽必烈汗降旨在上都建造壮观的行乐宫阙，艾佛圣河穿越此间的幽深岩洞，向冥冥沧海奔泻而去。"柯勒律治笔下所说的艾佛圣河，就是元上都的护城河上都河。当代台湾著名诗人、散文家、画家席慕蓉女士的祖籍，也是正蓝旗人（原明安旗人，后与正蓝旗合并）。由她作词的歌曲《父亲的草原母亲的河》唱遍了中华大地。这首歌名短短9个字，便把草原父亲豁达的胸怀，草原母亲的恩泽尽收心底，字里行间孕育流露出丰富的草原文化内涵，歌词中"母亲总爱描摹那大河浩荡"的大河，或许就是金莲川草原湿地上著名的上都河。

  对于游牧民族来说，水资源同草场一样重要，二者缺一不可，好的草原常常被称为"水草丰美的草场"。上都河湿地作为正蓝旗地下水的重要补给源，对维系沿河两岸生态平衡，保障居民生产生活正常用水发挥了重要作用，沿河两岸也因水资源充沛，成为当地水草最为丰美的地区。元代带有蒙古族独特风格的著名宫廷音乐《白翎雀》，便是以生长在上都草原的白翎雀（蒙古百灵）为曲名，因其翅膀下有白色长羽，飞翔时从下面可看见两翅伸展开来的一片白色，遂得名白翎雀。元朝教坊大曲《白翎雀》曲调"始甚雍容和缓，终则急躁繁促"。元代诗人王沂写道："乌桓城边春草薄，草际飞鸣白翎雀。"萨都剌《白翎雀》："凄凄幽雀双白翎，飞飞只傍乌桓城。"写桓州（今正蓝旗上都镇侍郎城）的诗，多半会写到白翎雀，说明这一带蒙古百灵鸟特别多，上都河湿地如元人贡师泰所赞："野阔天垂风露多，白翎飞处草如波。"清代著名学者高士奇曾随康熙皇帝亲征噶尔丹时到过这里，其《过上都河》一诗中，也有"云垂野水流俱远，鸟入长空去不停"的诗句。1872年秋，英国人卜士礼与使馆秘书一起到长城以北旅行，9月16日到达上都。他在所发表的学术报告《蒙古旧都上都札记》中说，上都遗址周边"满是长长的青草和香气袭人的灌木丛，其间跳跃着数不清的羚羊。草原缓缓倾斜，终于抵至一片河谷沼泽，宽达二十英尺的河流贯穿其中（1英尺约为0.3048米）"。可见，100多年前上都河湿地的动植物还是很丰富的。据俄国地理学家阿·马·波兹德涅耶夫在《蒙古及蒙古人》一书中记载，1893年5月23日作者冒雨从多伦诺尔启程探访元上都遗址，由西向东蜿蜒流过的上都河河宽为8俄丈（1俄丈约为2.134米），深为11俄尺（1俄尺约为0.3048米），河底是硬砂底，也就是说百年前的上都河宽有17米，深为3米多。1985年10月编印的《正蓝旗土壤资源》普查结果显示：当时，上都河流经正蓝旗50余公里，外流水系排水通畅，补给充足且水质好。流域内有广阔的阶地与河漫滩，近代地质作用明显。此后，由于上游修建水库、工业化开采、生态恶化、气温升高、降水减少、蒸发量增大等原因，导致上都河失去径流补给，地下水位下降，河道断流干涸，湿地逐渐消失，湿润草原生物物种减少，原有的草甸草原一度曾经退化为干旱草场。

湿地是分布于陆生生态系统和水生生态系统之间具有独特水文、土壤、植被与生物特征的生态系统，在蓄洪防旱、降解污染、净化水质、涵养水源、调节气候、保护生物多样性和维护区域生态平衡等方面发挥着其他生态系统不能替代的作用。湿地保护事关你我，环境就是民生，青山就是美丽，蓝天也是幸福。对此，正蓝旗采取以自然恢复为主与人工修复相结合的方式，实施湿地保护修复工程，以上都河河道为中心，建起了国家级湿地公园，其中包括上都镇内占地130万平方米、水域面积33万平方米的金莲川公园，全力打造草原湿地生态小镇，还自然以宁静、和谐、美丽。通过退耕还湿、退牧还湿、草原轮牧休牧等措施，恢复湿地生态功能，使之形成了大面积的河滩沼泽湿地，成为候鸟迁徙、鱼类等生物生息繁衍的重要场所，草原又现绿草如茵的美丽景象。与此同时，正蓝旗又选定羊肠子河下游的骆马湖为上都水库库址，建设了正蓝旗第一座水库，使其在丰水期和枯水期能够调配使用，为上都河湿地的良性循环，改善世界文化遗产元上都遗址的水环境及周边生态环境提供了保障。

在正蓝旗各族人民的心目中，上都河是成吉思汗渡过的河、元朝古都诞生的河、金莲川草原浇灌的河；上都河是纳·赛音朝克图诗歌流淌的河、朝鲁歌声传唱的河、阿格旺彩笔绘过的河，是正蓝旗各族人民的母亲河，上都河国家湿地公园让金莲川草原活力无限、生生不息。远在异地他乡的游子回家后，都不忘舀上一罐上都河的圣水，以这样虔诚的方式，接受最圣洁的洗礼。

上都与大都两地一千五百多米的海拔差距，造就了两地强烈的温差。每年天气暑热之前，元朝皇帝一行便会由大都开赴上都，秋凉后再返回，史称两都巡幸制。正蓝旗上都河国家湿地公园距北京直线距离仅260公里，是离北京最近的内蒙古草原，开车只要三四个小时就能轻易嗅到这片草原的香气，如今一入夏，在正蓝旗的金莲川草原上都会看到许多前来旅游的"京牌"等外地车。为扩大上都文化在国内外的影响，正蓝旗通过举办中国·元上都文化旅游节，开展"湿地——我们的家园"摄影大赛等形式，搭建起了经济和文化交流新平台，挖掘、传承、弘扬和发展上都文化，展示草原湿地之美，成为祖国北疆生态旅游的沃土和热点。

锡林郭勒草原上升起的第一面五星红旗

在内蒙古锡林郭勒盟锡林浩特市文物展厅，有个红色展览区域，这里陈列着一面用红色粗棉布制作而成的五星红旗，这件格外引人瞩目的珍贵革命历史文物，就是锡林郭勒草原上升起的第一面五星红旗，是草原各族儿女心中的旗帜。

1949年6月16日，新政协筹备会决定成立国旗、国徽图案初选委员会，7月15日至26日在《人民日报》《北平解放报》《光明日报》等连续发表征集启事，共收到应征作品2992幅（一说为3012幅），初选委员会从中选出38幅国旗图案印发全体代表讨论。最终，在上海工作的曾联松设计的"红底五星旗"图案被选用，作品编号为1305，复字为第32号。

9月25日晚，毛泽东主席召开国旗、国徽、国歌、纪年、国都协商座谈会。在关于国旗的讨论中，会议研究决定去除原设计稿中意识形态浓厚，且与苏联国旗相仿的镰刀斧头标志，最后形成以红色为底色，四小星拱卫大星的五星红旗方案。9月27日，中国人民政治协商会议第一届全体会议继续举行，周恩来主持会议，大会通过了关于中华人民共和国国都、纪元、国歌、国旗的决议。新华社将这一重大新闻通过无线电波传送到各地。

此时，位于内蒙古的锡、察两盟工委的领导同志，无比激动地围坐在当时工委唯一的一部收音机前，收听着来自北京方面的新闻。根据新华社播发的消息："中华人民共和国国旗为五星红旗，长方形，红色象征革命，旗面左上方缀黄色五角星五颗，象征中国共产党领导下的中国人民革命大团结，星用黄色象征红色大地上呈现光明。"同时明确要求"除北京在十月一日庆祝大会举行升旗典礼并在全市悬旗外，全国其他各地一律在十月二日庆祝大会上举行升旗"。

据此，大家精心描绘出了国旗图案，由时任锡林郭勒盟副盟长的朝洛濛亲自督办，指派财经处长和兴革筹集制作国旗的布料，并请来贝子庙手艺最好的裁缝，大家一起动手，精心赶制出一面五星红旗。9月28日，盟委又派专人把国旗的图案稿油印成文件，分别送往附近各地的人民政府。

1949年10月1日，在中华人民共和国的开国大典上，毛主席在天安门城楼庄严宣告中华人民共和国成立，并升起了第一面五星红旗。开国大典筹备处将制作五星红旗的任务交给了北平永茂实业公司。缝制新中国第一面五星红旗的重任，落到西单一家缝纫社女工赵文瑞的身上。飘扬在天安门广场上的第一面特大号国旗，用五幅红绸子拼接缝制而成，旗面长460厘米、宽228厘米。1951年，北京市政府将第一面五星红旗交给中国革命博物馆，永久保存和陈列。1994年，曾联松也将自己珍藏多年的一份五星红旗图案设计原稿及1950年中央人民政府委员会办公厅的通知公函和国庆观礼证一起捐赠给了中国革命博物馆。

1949年10月2日上午9时许，贝子庙（今锡林浩特）地区的党政机关干部、解放军指战员、学校师生、牧民和喇嘛代表等700余人，在工委大院门前（明干寺院山门前）隆重集会，喜气洋洋地隆重举行升国旗仪式，庆祝中华人民共和国成立，庄严的五星红旗在全体与会者激昂的国歌声和炽热的注目礼中冉冉升起。各旗各界代表带着对共和国的深情祝福，向凝聚着奋进力量的锡林郭勒草原上的第一面五星红旗致敬。

升国旗仪式由锡察工委书记吉雅泰同志主持，吉雅泰和锡察剿匪司令部副总指挥那庆双合尔分别讲话。会后，干部群众排队从大庙至西商街进行游行庆祝。3日至4日，在贝子庙广场举办了文体比赛活动。从此，锡林郭勒草原上的农牧民同全国各族人民一起站了起来，真正当家做了主人。这面五星红旗被珍藏至今，成为全盟各族干部群众进行爱国主义教育的珍贵文物。

努图盖毡坊与一段红色革命史

二十世纪二三十年代，河北省枣强县的刘玉乡跟随内地破产手工业者和贫困农民来到坝上草原给人放羊谋生，挣到一些钱后，刘玉乡开始从事毛毡经营。先是春来冬去，用他们制作的毡制品换取牧民的皮毛运回去加工，后来在内蒙古正蓝旗宝绍岱苏木努图盖定居下来，创办了努图盖毡坊。努图盖毡坊当时由三人集资合办，商号名称每人取其一字命名为"玉长圣"。因刘玉乡入股最多，所以他名字中的"玉"字排在了商号名称中的首位，并成为毡坊的掌柜。努图盖毡坊主要用羊毛擀制毛毡、围毡、坐垫、门帘、毡疙瘩、毡袜、毡帽、鞍屉等毡制品，也有用驼毛、马毛、牛毛混合擀制成的杂毛毡制品。制作毛毡制品是草原上蒙古游牧民族传统的家庭手工业，在长期交往和交流过程中，蒙古族传统的擀制毛毡技术被工匠们所掌握，并在实践中得到不断提高，在精心选配各色牛羊毛擀制成的毡帘、条毡等基础上，再配制上富有民族特色的各种图案，就会制作成非常漂亮的毡制品。当时，正蓝旗努图盖毡坊所生产的毡制品十分有名，在锡察草原享有盛誉。

1946年9月19日，晋察冀中央局和军区在聂荣臻主持下召开干部动员大会，时任内蒙古自治运动联合会执行委员会主席兼常务委员会主席的乌兰夫同志参加大会。聂荣臻代表中央局宣布放弃张家口的决定，号召晋察冀军民紧急行动起来，一方面加紧部署兵力，打击来犯之敌，另一方面积极疏散机关人员和物资。中央局决定，晋察冀军区及中央局机关撤向老根据地卓平方向，内蒙古自治运动联合会机关撤到锡林郭勒草原的贝子庙，继续组织和领导内蒙古的自治运动。据王铎的回忆录《五十春秋》记载：1946年9月23日，在向中央请示成立内蒙古党委的同一天，乌兰夫、刘春和王铎率少数机关干部、机要人员，携带电台、文书档案等，作为先头部队分乘三辆大卡车和一辆小汽车撤出张家口，经太仆寺左旗、化德、西苏尼特、东苏尼特、西阿巴嘎,向贝子庙进发;由刘景平指挥的各单位人员和撤退物资的队伍陆续起程,经炮台营、宝源、哈叭嘎、道英海日罕进入锡察草原。当时,在茫茫草原的千里交通线上,撤退的队伍汇成了车流人流,载人载货的汽车、马车、勒勒车,骑马的、步行的、骑骆驼的,还有骑毛驴的……大家满怀胜利的信心朝贝子庙方向走去。国民党军队对我北撤的大队人马围追堵截,还派出飞机轰炸,锡察地方叛匪也趁机骚扰。撤退队伍历经千辛万苦,千里跋涉,用了将近一个月的时间,按预定计划全部到达锡林郭勒盟,并分别驻扎在以贝子庙为中心的喇叭庙内。

　　1946年10月,内蒙古自治运动联合会部分人员从张家口撤退时曾途经今正蓝旗宝绍岱(宝绍岱时为明安旗民主政府所在地),察哈尔盟分会、察哈尔盟民主政府也从哈叭嘎撤到宝绍岱,随后又有十六师、巴乌大队及锡林郭勒盟政府的部分人员到来,加上军政学院的教职工和学员,一时间宝绍岱人山人海。旗政府和旗自卫队肩负着繁重的接待任务,一方面要保证内蒙古自治运动联合会和有关人员的安全撤退,另一方面还要安排好这些人的食宿和转送交通工具等。由于各方面的共同努力,没有发生任何问题。其中一部在途经宝绍岱道英海日罕时,发现努图盖毡坊有急需的毡制品,便从毡坊选购了些毡疙瘩、毡袜等毡制品,主要选用的物品是鞍屉。鞍屉是为了防止马身被磨破而垫在鞍子下面的毡子,前部稍厚些,用丝绸镶边,一般都有三层毡子,汗湿了的鞍屉夏天晒太阳、冬天烤火弄干,保持其干燥,使马儿能够在风霜雨雪的大草原上自由驰骋。因该部所带现金不足,所以相关人员便以"乌兰夫队伍"的名义给刘玉乡的儿子、毡坊掌柜刘锡宽打了一张欠条,表示革命胜利后可凭条兑款。当时该部之所以以"乌兰夫队伍"的名义给毡坊掌柜打欠条,足以说明内蒙古自治运动联合会执行委员会主席兼常务委员会主席乌兰夫在草原上的威望之高、影响力之大。据刘锡宽的儿子刘金栋(正蓝旗蒙古包厂原业务科长)2017年5月30日向笔者回忆说,这张欠条他父亲一直珍藏在身边。"文革"期间,因乌兰夫受到非难和迫害,他父亲怕这张欠条被造反派抄走而受到牵连,思来想去,最后还是忍痛毁掉了。另据已退休的正蓝旗蒙古包厂原厂长赵振华回忆,他在多伦县皮毛厂当厂长的叔叔赵贵柱生前也向他讲述过此事。从中我们真实地感受到,在中国共产党的领导教育下,当年革命队伍中的干部战士都能够模范带头遵守党的群众纪律,这种精神永远值得我们学习和发扬。

二十世纪五十年代,我国开始对个体手工业进行社会主义改造。通过努图盖毡坊自清自估、自报财产,然后由工作队评议核对和审查确定后,将该毡坊的人员组织起来,厂房、资金、工具、设备等均折价入股,取消雇佣关系,彼此平等,共同劳动,按劳取酬,刘锡宽和20多名师徒过渡为集体企业工人,使其顺利实现手工业合作化。

努图盖毡坊在实行社会主义改造后,虽然先后划归多伦县皮毛厂及正蓝旗乳品厂、毛织厂(正蓝旗皮毛厂前身)、皮毛厂等企业管理,但由于其生产原料和工艺的特殊性,所以生产地点一直在原厂址及正蓝旗的胡鲁图庙附近(今那日图苏木境内),车间具体生产经营事务仍由刘锡宽一直负责。1988年,该车间人财物统一划归正蓝旗蒙古包厂。据统计,在此期间正蓝旗有毛毡企业6家,其中集体企业和个体工商户各3家,从业人员41人,年实现销售收入5.9万元。

随着人们生活水平的提高,消费者对毛门帘、毡疙瘩、毡袜、毡帽等传统毡制品的需求量日益减少,加上当时市场上的羊毛收购价格也很高,所以该车间于1996年从那日图苏木全部迁回上都镇,12名工人在旗蒙古包厂主要擀制蒙古包毡套,后传统蒙古包的毡套逐渐被防雨防潮功能好、经久耐用的丙纶毡、维纶有机硅帆布等新型材料所替代,这些毡业工人便开始从事蒙古包的生产加工。1998年,正蓝旗蒙古包厂的毡业车间撤销,有着70年左右发展历程的正蓝旗努图盖毡坊从此成为历史。

古道新歌

清代雍正十二年（1734），漠北蒙古活佛哲布尊丹巴呼图克图率部移往元上都开平和多伦诺尔，1741年移回漠北。沿着哲布尊丹巴呼图克图走过的古官道（也称"黄道"），一路向南便进入今内蒙古锡林郭勒盟正蓝旗桑根达来镇。

桑根达来镇地处浑善达克沙地腹地，历史上往返于这条古道上的人们以勒勒车和骆驼为主要交通工具，日行程不过百里。如今，桑根达来镇境内207及239国道、锡张高速和呼海大通道纵横交错，过境集通和锡多铁路形成了草原小镇至锦州港、天津港及曹妃甸三条通疆达海通道，是距北京最近的草原牧区。

内蒙古第一条草原公路

清代，从今蒙古国乌兰巴托至多伦县的胡日希勒扎莫官道，到阿巴嘎旗进入正蓝旗后向南偏东行，经乌日图塔拉、巴彦门都、巴彦塔拉、额莫格德音沃尔特、沙日海、柴达木、小扎格斯台淖后进入多伦淖尔。此路不仅是清代通往外蒙古的一条重要商道，同时也是一条官兵换防、邮差传递、押解犯人的一条必经之路，因此也被称为官道。

据桑根达来镇巴音淖尔嘎查81岁的张德拉老人介绍，在这条古官道上，巴音淖尔嘎查曾经就是一个南来北往的驿站。这条古官道后来成为拉运牲畜、食盐、茶叶或走亲访友的一条草原自然路，路况很差，条件也特别艰苦。在正蓝旗上都镇白音乌拉嘎查有一个龙盘井，就是过去人们行走在这条路上给驼队补水用的。张德拉老人见证了古官道从土路、沙石路、柏油路到高速公路的发展变化。

据了解，1943年日本侵略军按照汽车、坦克、运兵车的平均轴距，开始修建多伦至贝子庙的轨道式水泥混凝土公路，工程主要在今正蓝旗浑善达克沙地进行。1945年8月日本投降时，公路已修到今正蓝旗那日图苏木乌日图社区以北、锡林浩特白音库伦军马场一带，此段公路被苏蒙联军反攻日军所用。此段公路绝大部分已被浑善达克沙地的流沙所掩埋，少数路段残迹尚存。

1958年，锡林郭勒盟与察哈尔盟合并，为改变锡林郭勒盟至宝昌（原察哈尔盟政府所在地）直通道路，同年10月开辟了正蓝旗羊群庙至灰腾河段沙石公路。1982年9月，内蒙古第一条进入草原的三级黑色柏油路锡宝三（锡林浩特市至宝昌镇至河北省三号地）公路，历经九年全线通车，全长306.5公里。

1981年，国家将途经正蓝旗乌日图、桑根达来、哈叭嘎等地的内蒙古锡林浩特市至广东省海安镇的路线规定为国家级公路，编号为207国道。207国道全长3667公里，其中锡林郭勒盟境内306.5公里、正蓝旗境内134公里，2003年4月由三级路改为二级路沿途开始设立收费站。207国道穿越内蒙古、河北、山西、河南、湖北、湖南、广西、广东，不仅是内蒙古第一条草原公路，同时也是一条中国最长的国家级干线公路，是锡林郭勒盟最重要的公路交通干线。该条公路的正蓝旗段是在元朝和清朝时期形成的驿道、官道、商道、盐道、牛马车道和喇嘛教进香线路基础上，于二十世纪五十年代后逐步修建而成。

锡林郭勒盟公路车辆通行费管理处桑根达来收费站统计数字显示，2015年度累计往返207国道正蓝旗境内的大小车辆64.1万台次，其中免征惠农惠牧车辆16.7万台次，设立了鲜活农产品运输绿色通道，促进了全旗经济社会各项事业的繁荣发展。

风情小镇伊和塔拉

想来一场欧式乡村牧野之旅吗？不用去欧洲，在正蓝旗桑根达来镇伊和塔拉嘎查就会给你一个完美体验。

盛夏七月，天高云淡，绿草如海，野花繁盛，牛羊成群。在这草原最美的季节，记者沿着宽敞的柏油路，直接将车开到了伊和塔拉嘎查。100户装饰一新的牧民新居被沙地、绿草、黄柳和榆树包围着，牛羊成群、百灵歌唱、奶乳飘香，文化广场精致实用，超市、卫生室一应俱全。与其他地方有所不同的是，嘎查成立了诺明塔拉旅游专业合作社，租赁16户牧民新居搞起了旅游接待，使游客在绿草深处感受到了一种全新的旅游方式。

在餐厅，记者看到10多名客人正在大碗喝奶茶，大口吃手扒肉，一点也没看出他们是外地游客。从随行的元上都旅行社导游高福云口中得知，她所带的旅行团来自河北省石家庄市，前一天从旗里的上都镇出发，看了元上都遗址、小扎格斯台淖尔后到这里吃晚餐，住到了牧人之家观草原夜景。吃完早餐后，她将带客人到高格斯台河"空中牧场"赏天然沙地风光。

"我们很喜欢这里，喜欢这里的自然风光，喜欢这里的风土人情。在这里住的十分清静，人休息得好自然精气神十足。"游客小梅边说边用无线网往朋友圈里发图片。

"6月16日开业后，我们接待的第一批客人来自北京，当时别提有多紧张了，不知道怎么接待才好，也弄不清一斤手扒肉该卖多少钱，喝壶奶茶都要向人家收钱感到很不好意思。20多名客人吃了一顿晚饭、住了一夜便给我们带来了2600元的收入，乡亲们很高兴。"今年39岁满脸黝红的呼和其其格，由牧民变成了经理一下子还真有些不适应。

诺明塔拉旅游专业合作社的管理和服务人员全是当地清一色的牧民，年龄最大的已是50多岁，在家门口不耽误养牛喂羊还可以挣到工资，这让他们很开心。

据了解，在伊和塔拉牧民之家住宿一天，每个床位仅需40元钱，比旗里的大宾馆饭店便宜好几百不说，还可以近距离地体验蒙古族民族风情。在浑善达克沙地上食宿如此方便，这是昔日从这条古道上走过的达官贵人们做梦也没有想到的。

钢铁巨轮飞跃百年古道

如今的古道旁、绿草边，不仅公路四通八达，坐在张德拉老人家中，不时可以听到一公里外火车进站的鸣笛声。走进桑根达来火车站，记者看到笔直的钢轨铺在排列整齐的轨枕上，下面是密实的道床和坚实的路基。一辆直达列车从新疆乌鲁木齐昂首而来，客人上下站后又奔吉林长春呼啸而去。据副站长王朝云介绍，现在每天途经该站的客货列车多达50多趟次，日均进出站旅客300多人次，主要是锡林浩特市、阿巴嘎旗、正蓝旗和多伦县的往返人员。所有客货列车的司乘人员到了桑根达来站后都要换班休息，昔日古道成了现代驿站。

在铁路沿线不远处的网围栏内，记者看到一群骆驼正在悠闲地吃草，这些昔日古道上的主要运力，如今也被解放出来，成为牧民参赛娱乐的宠物。

集通铁路是国家和内蒙古自治区人民政府酝酿多年的项目。1994年5月4日集通铁路全线铺轨贯通，1995年12月1日，正式与国铁并网运营通车。这条由原铁道部和内蒙古自治区共同出资修建的全国最长的地方铁路，西起集宁二连线的赉红站，东接通辽霍林河线的通辽北站，横穿内蒙古腹地，正线全长943公里，其中锡林郭勒盟境内194公里，正蓝旗境内约112公里。目前，集通铁路已由刚开通的年运量不足400万吨发展到如今的年运量5000万吨。这条连接、贯穿东北、西北、华北的钢铁巨轮，不仅助推北疆草原走向了繁荣富强，也让淹没在浑善达克沙地古道的重要节点焕发出了新的活力，展现出广阔的发展前景。

当时，内蒙古集通铁路公司有一个发展规划叫做"鱼刺战略"，即把集通铁路比做一条鱼的脊梁骨，把各条铁路支线比做鱼刺，就是要大力发展支线，以增加集通干线铁路的运量，提高集通铁路的整体效益。对此，盟委、行署强抓机遇加快发展，在有关单位和沿线牧民关怀支持下，2002年8月对全盟建设至关重要的锡桑铁路竣工通车投入运营。桑根达来至正蓝旗段也于2003年破土动工，2004年全程206公里的锡蓝铁路全线通车。锡蓝铁路的开通，促进了内蒙古西电东送重点项目上都电厂的建设进度，2006年8月上都电厂竣工发电，草原古道又多了一条向京津唐送电的空中绿色通道，成为锡林郭勒盟新型工业化标志性项目。

在桑根达来镇207国道与呼海大通道交汇处，记者与陪同采访的镇党委有关人员握手道别。汽车沿着宽阔的柏油路向元上都遗址飞速前行，我仿佛又听见了昔日叮咚的驼铃在耳边鸣响。回首眺望植物生长茂密的浑善达克沙地和一处处牧民新居，心中不禁为古道上的草原新歌而感到振奋和自豪。

日前，锡林郭勒盟快速进京通道太子城至锡林浩特铁路被中铁列入2019年储备项目，以"草原丝绸之路"为纽带的昔日草原古道，将与锡多、崇礼和京张铁路，构成锡林郭勒盟快速进京通道，贯通内蒙古自治区东西向便捷客运通道，与北京、呼和浩特等地形成快速通达的交通网络，助力国家"一带一路"战略。

鸟是我们人类共同的朋友

候鸟具有沿纬度季节迁徙的习性,夏天的时候这些鸟在纬度较高的温带地区繁殖,冬天的时候则在纬度较低的热带地区过冬。千百年来,每年春季和秋季,全球有数十亿只候鸟进行洲际迁徙,成千上万的候鸟有规律的、沿着相对固定的路线,定时地在繁殖区和越冬区之间进行长距离往返,构成了地球上最大规模的生物迁徙。除非发生意外,候鸟迁徙的时间、途径是年年不变的。据了解,全球候鸟迁徙一共有8条路线,其中3条迁徙路线经过中国。内蒙古湿地是这条生命线上的重要一环,每年都有百万余只候鸟途经这里,呈现出波澜壮阔的迁徙景观。在迁徙途中,它们飞跃崇山峻岭,跨越千山万水,对保持生态平衡起着重要的作用。

内蒙古锡林郭勒盟正蓝旗境内有大小河流共21条,湖泊147个,每年4月份和10月份都会吸引天鹅等百余种候鸟的到来。其中更会有数不清的白天鹅飞到"洪图淖尔"(蒙古语译为有天鹅的湖)寻找食物和繁殖,这里成了鸟的天堂。它们摇曳生姿,在涟漪阵阵的碧波上悠闲地游荡、嬉戏与觅食。不时有天鹅结伴飞过天宇,划出一道道美丽动人的弧线,发出悦耳的鸣声,为浑善达克沙地带来了勃勃生机。

白天鹅,蒙古语称查干鸿,被人们视为纯洁美丽和吉祥善良的象征,在蒙古族民间传说中,天鹅是仙女的化身,自古就有禁猎天鹅的传统习俗。可就在天鹅成群结队的从西伯利亚、内蒙古草原等地起飞,经东、中、西三路飞往中国南方地区越冬的关键节点,在金钱的诱惑下,一些非法捕鸟者的活动严重侵害了鸟类的迁飞生存,一些贪婪的人们以毁灭性的方式将一条"千年鸟道"变成了候鸟的"黄泉路",使这些本可以自由飞翔30年左右的白天鹅有翅难飞。2016年10月19日,一对到洪图淖尔摄影的老夫妇发现湖内漂浮着大量水禽死体,于是马上联系当地人报警打捞。经查证,共发现候鸟死体259只,其中小天鹅233只,绿头鸭26只,均是国家二级保护动物。内蒙古权威检测机构出具的检测报告显示，送检候鸟死体内检出高毒杀虫剂克百威成分，排除了感染疫病死亡的可能性，是一起刑事案件，天鹅湖一时成了天鹅的"伤心之地"。这起伤害天鹅的事件不但伤害了迁徙鸟类，更伤害了人们热爱大自然的心。

"洪图淖尔猎杀候鸟案"得到了国家林业局，内蒙古自治区林业厅、自治区森林公安局、锡林郭勒盟委、行署和正蓝旗党委、政府的高度重视，召开会议制定方案，就进一步加大对野生动物保护力度，确保候鸟安全过境作出具体安排部署。锡林郭勒盟、正蓝旗两级公安部门迅速成立专案组，加紧侦破。为了给被毒杀的小天鹅和绿头鸭"申冤"，当地公安机关发出悬赏通告，呼吁群众积极提供有价值的破案线索，悬赏奖励人民币由3万元很快便提高到10万元。

通过现场勘查、摸排走访、悬赏征集线索等多种工作途径，公安机关逐步掌握了关键线索，最终9名犯罪嫌疑人全部落网。社会各界对此欢欣鼓舞，美丽的天鹅湖又恢复了往日的安静。12月12日，正蓝旗党委、政府对侦破案件有功的正蓝旗公安局刑警大队等5个先进集体和20名先进个人给予表彰奖励。2017年4月17日，正蓝旗人民法院对这起非法猎捕、杀害珍贵、濒危野生动物案依法进行了公开审理。作为政协委员，我与部分旗人大代表、政协委员、牧民代表等近百人旁听了庭审。7月14日，正蓝旗人民法院根据本案被告人的犯罪事实、性质、情节和对社会的危害程度，依法对8名被告人作出一审判决，其中最高判处有期徒刑十六年并处罚金五万元，最低判处拘役六个月，缓刑一年，并处罚金两千元。

没有交易就没有伤害，食客们对候鸟的贪婪，是导致其被伤害的根本原因。依法打击偷猎者、运输者虽有必要，但他们屡抓屡犯、由明变暗、难以杜绝，关键是要摒弃食鸟习惯，以习俗、文化带动护鸟。众所周知，小燕子是我国最常见的候鸟，但全国各地都没有捕食燕子的习惯，即使小燕子来自家屋檐下筑巢，每天被叽叽喳喳声吵扰不停，人们不仅不会反感反而乐在其中。究其原因，就是人们普遍认为"燕子入家"是一件十分吉祥的事情，保护还来不及呢，谁还会打它？如果要说吃燕子肉，那就更不可能了，因为这会被认为是不吉祥的事情，会遭到亲朋好友的唾弃。由此可见，习俗、观念、文化的护鸟力量不可忽视。

又是一年候鸟迁徙时。2018年4月，北京林业大学贾亦飞博士等一行，对正蓝旗、多伦县、阿巴嘎旗等地进行了湿地和水鸟调查。此时，正值候鸟北返季节，大量水鸟聚集在洪图淖尔及周边湿地，其中部分水鸟利用此处繁殖，其他水鸟则为继续北上进行短暂停歇。此行记录到各类鸟类76种，总数超过2万余只，其中包括4000余只天鹅。从遥远的地方如期赴约的天鹅们，带来了这个季节特有的风景，它们迈着轻盈的舞步、伴着舒缓的节奏、穿着素洁的纱衣走来，告诉我们，属于正蓝旗的轻轻浅浅、柔柔淡淡的春天又回来了。天鹅迁徙，是最优美的旅程，是关于承诺的故事。鸟是我们人类共同的朋友，是大自然中的重要成员，也是大自然留给人类的宝贵财富，人类在为候鸟提供优质栖息环境和避风港的同时，也为自身生存环境增添了生机和活力，保护鸟类、维持生态平衡是我们义不容辞的责任。

扎格斯台苏木一日行

当看见候鸟摆翅一路向北的身姿，我仿佛听到小草破土的声音，在春天这样一个给人以无限生机的季节里，心开始放飞草原。

2018年4月22日，是锡林郭勒盟文联帮扶单位正蓝旗扎格斯台苏木巴音宝力格嘎查浩勒图河牧人之家举办那达慕的日子。于是，我和旗文联常务副主席特古斯等人便有了明确的行程。

沿着环绕浑善达克沙地中的207国道行驶了一个多小时后，又在沙丘中走了30多公里水泥路，眼前突然呈现出一片辽阔和淖尔，原来这就是养育巴音宝力格嘎查父老乡亲的浩勒图河草原，汉语的意思为"一条草原"。嘎查返乡创业大学生阿拉达日图开办的牧人之家，就是以这片美丽的草原命名的。虽然马上就要立夏了，可一大早仍略感有几丝凉意。抖落点滴细雨，随着身穿节日民族盛装的人们走进敞开的牧人之家，一碗热茶一声问候，草原依旧宁静温暖。

据了解，阿拉达日图这次自发组织的牧民那达慕活动，是以喜迎全区旅游发展大会在正蓝旗观摩为契机，力求通过民族传统文化展示，让游客欣赏到草原优美的自然风光，感受民族风情，共享发展成果。途中，我们遇到了两位骑摩托车问路的人，原来他们是东苏旗那仁宝力格苏木巴音苏盖嘎查的牧民，是专门赶来看摔跤赛马的。现场的人越来越多，旗乌兰牧骑的演员们也前来登台助兴。参赛的马儿大都是乘主人的皮卡车往返，骑手们开着车，马儿身披用彩绸包着毯子的"马甲"，稳稳地站在车上养精蓄锐，期待着主人跃马扬鞭，奋力一搏。耳边，那渐渐远去的马蹄声又重新响起……

赛场上，搏克手们出奇制胜一跤定胜负，骑手们策马感受速度激情，射手们一秀绝技论箭天边草原，观众的惊叹声和加油声更是此起彼伏。经过激烈角逐，阿巴嘎旗的查干扎那获得搏克赛冠军，呼伦贝尔市的色勒苏获得射箭冠军。阿巴嘎旗达布希的灰马获得速度马比赛冠军，苏尼特右旗阿迪亚的黑马获得鞍马赛冠军，正蓝旗扎格斯台苏木希热图嘎查布和巴特尔的黑马获得蒙古马选美赛第一名。

听说扎格斯台苏木巴音杭盖嘎查有一处早已被废弃的军事设施，我们决定去看看。因为是休牧期，所以一路上闻不到牛羊咀嚼青草的气息，但牧民们都打心眼儿里支持休牧政策的实施，知道一时的限制是为了更长远的发展。赶到牧民巴图月斯家时，女主人正在给自家圈养的50多头（只）牛羊喂草料。看到有客人来了，不善言谈的她又进屋忙了起来，很快为我们端上了清香可口的蒙古面条，随后便骑着摩托车去饮马了。

生活不只有眼前，还有诗和远方。一直以来，这句令无数人牵肠挂肚的美好憧憬，始终让人难以放下脚步。去哪里寻找诗和远方？到了大诗人纳·赛音朝克图的故乡、中华诗教先进单位正蓝旗扎格斯台苏木，一切便有了答案。这里的牧人张口就来诗，可以说个个都是即兴诗人，诗歌成了他们生产生活中的一部分。仅有初中文化的巴图月斯，家中有百余册关于诗歌方面的藏书，创作了100多首与这片草原有关的诗歌，并被收入《正蓝旗文艺作品集》诗歌卷，自费出版了诗集《杭盖之韵》。正蓝旗现有各族文学作者300余名，其中农牧民达60%。在今天的正蓝旗草原上，牧民自费出书和录制民歌专辑已不甚新奇，互赠自己的著作和专辑是牧民们礼尚往来的流行时尚。写诗、出书在牧民看来，并非专业性的文字工作，或者有意识的附庸风雅，而是生活情感与劳动心得的自然流露。

年仅三十几岁的巴图月斯已有两个可爱的女儿，都在旗蒙校读书，小两口还准备要个三胎，他从小便教育和引导孩子们热爱民族传统文化和牧区的生产生活，希望孩子们长大后返乡做一个有知识的新型牧民。很敬佩他们这种朴素负责的人生态度，毕竟无论是精神成果还是物质成果，最终都还需要有人来欣赏和传承。不远处，电力工人正在立杆架线，为周边已实施风光互补的牧户免费接通网电。这里，虽只有巴图月斯一户人家，但电杆也已立到了他家房前，估计六月份就能用上网电。交流中，主人通过微信便了解到了那达慕会场的赛事情况，看得出牧区的无线网络信号都很强。

二十世纪六十年代末，因我国北方边境地区形势紧张，全民皆兵，举国备战。在这一大背景下，1969年至1971年，内蒙古锡林郭勒盟军分区在正蓝旗扎格斯台公社巴音杭盖大队境内建起了一处地下军事建筑。时隔四十多年后，在巴图月斯的引领下，我们来到了位于苏木西南11公里处的沙地上，找到了这处被柳条和榆树掩隐曾经神秘一时的建筑物。该建筑呈窑洞式，拱门长方形，用水泥砖木钢筋建造，有4处16间且大小不一，间距一公里左右，建筑规模约有700平方米，其中包括三个地洞、一个洗澡间、两个马圈、一处饲料间，看得出这是为骑兵准备的备战之地。走进洞内，发现地上有很多牛粪、马粪，如今这里已成了牲畜防风避雨的好去处。该军事建筑历经时代变迁，所幸没有被人为地强制拆除，墙体内外及顶端至今仍保存完好，十分坚固。据了解，该建筑物当时属于军事重地，由内蒙古锡林郭勒盟军分区1788部队二团承建和管理，除军事管理等有关人员外其他人一律禁止入内。当地公社和大队的主要干部、医护人员、兽医经批准同意后方可进入，但必须在限定的时间内离开。随着国际国内形式的变化，"备战"气氛日渐减弱。1972至1974年，该军事建筑被移交给巴音杭盖大队民兵守护，部队不定期派人查看，要求当地居民不得随意入内。1974年秋，这里先后成为巴音杭盖的大队部和民办学校。1982年，巴音杭盖实行包产到户，该军事建筑被废弃后再无人看护，木头门窗等建筑材料被人拆走。

　　来的路上，我们还拍摄了原那日图苏木所在地的汽车站、旅馆、供销社等老建筑，这些房屋均保存完好且维持原貌，由当地居民居住使用，社会人文底蕴和乡愁情感厚重，让有所经历的一代人倍感亲切。一天的专程寻访，让我对扎格斯台这片草原有了更深的了解。说实话，很羡慕牧区那种淳朴的乡风和惬意的生活，虽说有些劳累，但那种收获的喜悦能冲淡疲惫，少了世事纷杂，多了乡情乡音的亲切，这有多好啊！

　　期待着与她再一次握手与对话。

途经宝格图浩特

2016年8月5日,笔者随同正蓝旗上都诗词学会常务副会长吴建庆、旗文联常务副主席特古斯一行,到扎格斯台苏木推进中华诗词之乡创建工作,返回途中,颠簸过一段不太平坦的沙石路后,我们绕道来到了宝绍岱苏木贺日木图嘎查宝格图浩特牧民敖特根贺希格家。

敖特根贺希格、哈斯古和夫妇是同事哈斯的妹夫和妹妹。听说我们要来,热情好客的主人早已为我们准备好了热腾腾的奶茶、楚拉、嚼克拌炒米、炸饽饽。大家就着手扒肉和新鲜的凉拌蔬菜,洒脱豪放地喝着60多度的"套马杆",毫无生疏之感地倾心交流着,非常给力过瘾,醉得也心甘情愿。晚上十点多,当我们起身告辞时,哈斯按照蒙古族的习俗,将饭桌上汤盆内的勺子拿出来放在一边,表示祝客人一路顺风。

饭前,我和建庆登上营子前面的一个小沙包,透过茂盛的蓝旗榆树隙,看夕阳的余晖,金色映衬着绿色,眼前是一处处宽敞明亮的牧民庭院,就连棚圈的墙也大都是用红砖砌成的。砖瓦房周围有的还搭建着蒙古包,小车随意停在房前屋后,放了暑假的孩子们在树荫下和小狗嬉戏玩耍着。夜色渐渐吞没了牧野新村,屋里亮起了电灯,电视机里的主持人用蒙古语播报着新闻节目,传统生活习俗和现代文明组成了一幅诗情画意的生活场景,让人除了感叹无法措辞。这就是浑善达克腹地草原上的牧区,牧民习以为常的生活。

酒喝了不少,牧人家的美食也不能错过。大家用嚼克风干牛肉汤蘸着松软的蒙古黄油蒸饼,连声称赞"好吃、好吃"。吃完后,大家普遍的感觉是没有"饱"只有"撑"。据哈斯介绍,只有在牧民家里才能吃到正宗的风干肉嚼克汤,因为立夏之后到打秋草之前笨牛挤出的奶子奶质最好,上面会浮有一层淡淡的黄油，吃起来香而不腻、营养丰富、回味无穷。在这碧波万顷、繁花似锦的日子里，正是品尝"好吃得差点连舌头都一起咽下去"的蒙古黄油蒸饼蘸风干肉嚼克汤的最佳时节。

贺日木图嘎查现今主要以养牛为主，放牛时主人不用跟着，嘎查60多户牧民的牛全部撒在宝格图浩特夏营盘一个1.2万亩的大网子里。据老乡介绍，草场既是牲畜吃饭的地方也是它们运动的场所，所以山地、平原、沙地、河滩和盐碱地都不能少。草场划分到户30多年来，当地没有一户牧民将其用网围栏分割，夏营盘一直以来都是集中使用。乡亲们会根据自己家庭人口多少、草场面积大小，自觉调整着放养数量，使草场得到了合理有序使用，人们和谐地在这片草原上幸福生活着。散落在夏营地的牛，牧民们平时也用不着去专门照看，谁家去给牛饮水时，顺便将别人家的牛自然也都给饮了。

凑巧的是，我们到该浩特那天正赶上一户牧民家娶儿媳妇，儿媳妇是正镶白旗人。娶亲那天，男方还派出了身着节日盛装的迎亲马队，婚礼是在桑根达来镇一家饭店按照蒙古族传统习俗办的，在此之前浩特的牧民已热闹好几天了。一段时间以来，农村牧区的年轻人婚后大都到城里打工或从事个体经营，现在已很少见到年轻人在牧区安家落户从事牧业生产劳动了。虽然我无缘见到这对新人，但我很佩服他们，因为社会主义新农村新牧区建设需要返乡创业的年轻人，只有后继有人，优秀的民族传统文化才能得到保留和传承。

这片热土，滋养了这里的草木生灵生息不止，代代相传，因此也就有了这片热土上的人和事。当历史延续到今天，人们才觉悟到草原生灵、风土人情是构造这片热土上民俗文化的源头。回头看看，能够长期留在人们心中的乡愁，往往也就是这些。事实上，有了阳光、绿地、牛羊、牧歌、奶酒和新人，人们就永远不会去寻找传说中的美丽草原，草原上有人在等你，也会有人陪你一起去看草原，那么就让我们真诚地祝福这片吉祥草原上的人们吧！

草原上的百灵鸟——乌英嘎

2011年7月18日,在第三届中国·元上都文化旅游节暨第十四届那达慕大会开幕式上,我被评为正蓝旗先进工作者,受到旗委、政府的表彰奖励。期间,看到一位端庄大方、形象气质颇佳,身着艳丽传统民族服饰的演员正远离表演队伍,一个人手拿着唇笔和镜子站在绿草地上补妆。我走上前去提出与她合影,她微笑着分别与身佩授带、胸前挂着记者证的笔者及许多牧民老乡一起,以蒙古包和准备上场表演的队伍为背景,在会场内留下了一张张令人难忘的照片。

事后,我了解到她叫乌英嘎,二十世纪八十年代出生于正蓝旗,那达慕大会期间专程回到家乡演出,为正蓝旗的文化旅游事业助力。乌英嘎这只从金莲川草原飞出去的百灵鸟,现已成长为蒙古族著名青年军旅歌唱家。她是中国首位长调民歌硕士研究生,内蒙古长调艺术交流协会理事,现为陆军政治部文工团独唱演员。2007年她参加了维也纳金色大厅中国新春音乐会,在"天籁草原移动传情"首届歌曲草原星全民选举、央视《星光大道》承办的总决赛中荣获金奖,2009年荣获全国第九届全军汇演二等奖,2011年参加了由中宣部、文化部、国家广电总局、解放军总政治部等举办的庆祝中国共产党成立90周年文艺晚会,2012年荣获全国少数民族汇演金奖,2013年荣立内蒙古军区政治部个人三等功,2014年荣获全军第十届文艺汇演金奖,2016年参加了中央电视台春节联欢晚会。主要代表作品有长调专辑《美丽的声音》,通俗民歌专辑《深秋清风》等。2018年11月,在入选内蒙古好人榜名单发布仪式上,乌英嘎被授予"锡林郭勒盟志愿服务活动形象大使"称号。

乌英嘎,蒙古语意为旋律,她为旋律而生,在旋律中优雅地成长。古老的蒙古民族对音乐旋律的追求和向往奔腾在她年轻的血脉中,她用天籁般无与伦比的歌喉,成长为蒙古族长调民歌新声代领军人物,荣幸地成为蒙古长调这一世界非物质文化遗产的第四代传承人。乌英嘎的代表作品大都源自草原上流传千载的古老蒙古长调民歌,传承是她的人生使命,让祖先的创造和辉煌在歌声中永生;创新是她的追求,在继承传统的基础上发扬光大。乌英嘎的演唱把握了民族风格和时代特征,让经典老歌焕发了勃勃生机,令人耳目一新。 有意思的是,乌英嘎还有一个与草原红色文艺轻骑兵乌兰牧骑有关的传奇小故事。那就是她出生的头天晚上,恰巧旗里的乌兰牧骑到牧区慰问演出,妈妈特别喜欢看,就忍着产前疼痛坚持看完了演出,妈妈还在心里默默地想着,这个孩子长大后一定要进入乌兰牧骑学习唱歌跳舞,第二天上午女儿就出生了。爸爸妈妈商量着给孩子起个名字,曾经当过骑兵的姥爷说就叫乌英嘎吧。就这样,一个草原天籁在乌兰牧骑的歌声中诞生了。乌英嘎从小爱唱爱跳,当时家就在正蓝旗乌兰牧骑的旁边,10岁起乌兰牧骑的叔叔阿姨就带着她到牧民家里参加演出,乌兰牧骑与牧民同吃同住同劳动同台演出的精神一直影响着乌英嘎,乌兰牧骑的广阔舞台成为她热爱艺术的起点。2018年11月20日,一场主题为永远做草原上的"红色文艺轻骑兵"惠民演出在内蒙古锡林郭勒盟苏尼特右旗上演,乌英嘎和乌兰牧骑的演员一道把歌声献给草原,带给牧民老乡。

九年专业院校的锻造,十余年部队宣传文化生活的淬火,数度在全国声乐大赛中揽金夺银的历练,使乌英嘎成为深受观众喜爱的青年军旅歌唱家。她曾连续多年参加国家级大型演出活动,演唱了《八千里边防大北疆》《长长的红飘带》《亲爱的青春》《永远的乌兰牧骑》等观众喜爱的歌曲,并作为国家的文化使者活跃在世界的舞台上,百灵鸟从美丽的内蒙古大草原飞到了维也纳金色大厅,把中国的非物质文化遗产带出了国门,带到了世界。她被业内专家赞为最有灵性的歌唱者,她兼容并蓄,融民族、通俗、原声态于一身,形成了大气、唯美的演唱风格,在歌坛独树一帜。她音质清澈纯美,富于变化,涵浑大气,灵秀韵致,极具张力与穿透力,极富艺术表现力与感染力,被专家、观众誉为"草原天籁之音"。

乌英嘎进入陆军政治工作部宣传文化中心后,在军旅歌曲的演唱上有了长足发展和进步。2017年7月30日,庆祝中国人民解放军建军90周年沙场阅兵在内蒙古锡林郭勒盟的朱日和训练基地隆重举行后,央视晚会隆重推出新创军旅歌曲《凌晨一点半》,在乌英嘎的倾情演唱下,令人身临其境,兵味野味战味十足,感受到了新时期士兵临战演训的报国情怀,耳目一新,情趣盎然,成为当代军旅文艺中难得一见的好作品,充分体现了新生代军旅歌唱家的实力和发展潜力。在中国人民解放军建军90周年之际,在习近平主席沙场阅兵后,这部作品应运而生,具有很强的时代感,成为乐坛新风尚,让家乡人民为其深感骄傲和自豪。

2017年10月9日,由中央电视台大型活动中心倾力打造的《中国民歌大会》第二季经过七期联播后,迎来巅峰对决。最终,被喻为"草原天籁"的乌英嘎现场亮嗓惊艳众人,婉转悠扬的蒙古长调《黑骏马》和旋律宽广舒展的《草原上升起不落的太阳》,让观众感受到了草原的心跳,凭借完美实力过关斩将,成为《中国民歌大会》第二季总擂主,用民歌唱响了中国故事。2018年9月11日,乌英嘎个人第三张专辑《心之寻》发行。这是继《美丽声音》《深秋清风》专辑大获好评后,乌英嘎历时两年,潜心制作,倾注了艰辛汗水和工作热情的新专辑,以更具特色、更加成熟的音乐作品打造的纯正蒙古族草原歌曲专辑,新专辑收录了《永远的长调》《爱的眼神》《勒勒车》等10首音乐作品。蒙古族著名作曲家乌兰托嘎说:"乌英嘎从锡林郭勒大草原走来,带着独有的长调,听她的歌声,突然从心底感觉到像是祖先的声音,我想,那可能是古老草原血脉固有的基因的魅力,而且只有音乐才能表达得如此震撼。"

2019年1月1日,乌英嘎参加了"放歌新时代"央视元旦晚会,登台献唱《天边》,让观众领略到了草原之美。在面向国内外开展的新时代元上都新歌创作征集活动的基础上,1月11日正蓝旗人民政府对外集中发布了10首入选新歌作品,其中包括旗人大常委会副主任、文联主席巴·乌云达创作的《爱的缘分》。本次所征集发布的《上都怀古》《蔚蓝的游牧故乡》《爱的缘分》《家乡的老榆树》《英勇的察哈尔》《丝路上都》《金莲花》《蓝色的家园》《金色的浑善达克》《乳香飘飘的夏营地》10首新歌作品,大都以民族通俗类型歌曲为主要形式,以歌颂蒙元文化、上都风情和新时代牧民生活为主要内容,呈现出了正蓝旗鲜明的地区人文特点和文化发展成果。2月13日,乌英嘎又专程回到家乡,参加了正蓝旗"上都神韵"春节晚会,演唱了《爱的缘分》,为家乡文化事业助力,祝愿正蓝旗的明天更加美好,人民幸福安康。

从那达慕会场走出去的国际柔道冠军

2010年以来，从国内外赛场上接连传来好消息，中国男子柔道队运动员赛音吉日嘎拉一路摘金夺银，成为中国体坛上一颗冉冉升起的新星。

赛音吉日嘎拉，蒙古族，1989年12月4日出生于内蒙古正蓝旗桑根达来镇宝力根查干嘎查一个牧民家里。他14岁被教练选中开始学习柔道，是内蒙古乌兰察布市体校培养输送出的优秀运动员，曾在海口等地练习柔道，后被选入国家队集训。参赛以来，先后获得过2010年全国男子柔道冠军赛第五名；2011年第七届全国城市运动会男子柔道66公斤级冠军，全国男子柔道冠军赛金牌；2014年全国男子柔道锦标赛73公斤级冠军；2015年全国男子柔道锦标赛冠军，世界柔道大满贯赛阿布扎比站73公斤级第五名。2015年，在蒙古国乌兰巴托举行的世界柔道大奖赛中，夺得73公斤级金牌；在阿塞拜疆举行的2016年世界柔道大满贯赛（巴库站）暨奥运会积分赛中，为中国队获得一枚宝贵的铜牌。

通过参加上述国际大奖赛、锦标赛、大满贯赛等积分赛，赛音吉日嘎拉最终获得奥运会参赛资格。2016年北京时间8月8日晚21点56分，在巴西里约奥运会男子柔道73公斤级淘汰赛32强的比赛中，赛音吉日嘎拉战胜了东道主巴西运动员席尔瓦，晋级16强。11月20日，世界柔道大奖赛中国站在青岛体育中心体育馆收官。世界柔道大奖赛属于奥运积分赛，涉及下一届奥运会参赛资格，因此云集了英、美、日、俄等国家和地区20支队伍180多名世界顶尖柔道选手，竞争非常激烈。代表中国队出战的赛音吉日嘎拉在男子73公斤级角逐中一路过关斩将杀入半决赛，在面对中国台北选手庄尚晋时，赛音吉日嘎拉完胜对手闯进决赛，但最终在决赛中不敌俄罗斯选手库尔耶夫，获得一枚银牌。同年12月9日，在瑞士苏伊士举行的第37届国际军体柔道锦标赛中，赛音吉日嘎拉代表中国人民解放军出战73公斤级男子个人赛并一举夺冠。因比赛成绩突出，2017年1月21日，赛音吉日嘎拉被中国人民解放军北部战区陆军政治部授予三等功。同年6月30日至7月2日，他又在内蒙古呼和浩特市举办的世界柔道大赛中获得73公斤级世界冠军。8月28日至9月3日，世界柔道锦标赛在匈牙利首都布达佩斯市举行，赛音吉日嘎拉代表中国队一路过关斩将，经过5场比赛的激烈角逐，最终获得并列第七名。由于成绩突出，赛音吉日嘎拉还先后获得"体育道德风尚奖""敢斗奖""一本奖"运动员等荣誉称号，成为草原人民的骄傲。

为表彰赛音吉日嘎拉取得里约奥运会参赛资格，正蓝旗人民政府奖励了他一套商品住宅楼。2016年8月20日，当赛音吉日嘎拉从里约奥运会载誉而归回到家乡后，正蓝旗的父老乡亲们在桑根达来镇为他举办了隆重的那达慕传统盛会，欢迎体育健儿荣归故里。

银幕上的战神宝音格西格

2018年4月28日,由中国电影股份有限公司、内蒙古电影集团有限责任公司联合出品的传奇冒险片《战神纪》在全国上映,该片讲述了青年铁木真历经系列艰难困苦,最终成长为一代战神的故事。

博尔术,又作孛罗忽勒,蒙古国大将,在战场所拾,由成吉思汗之母诃额仑抚养,被称为大蒙古国四杰之一,是蒙古开国十大功臣,与铁木真一起长大。少年时期,曾帮助铁木真夺回被盗取的牧马,与铁木真情同手足,并肩征战。在铁木真成为可汗之后更是成了铁木真的左膀右臂,辅佐铁木真一路开疆拓土,成就了一代战神的伟绩。

在这部讲述铁木真生平故事的电影中,博尔术这个角色占据重要分量,而出演这个重要角色的则是内蒙古锡林郭勒盟正蓝旗籍演员宝音格西格。

1984年,宝音格西格出生于正蓝旗宝绍岱苏木,2014年毕业于北京电影学院。从小生长在战神征战过的地方,宝音格西格和他的祖先将铁木真奉为神一样的存在,传承着勇敢无畏吃苦耐劳的精神,将战神视做心中的骄傲,崇拜的偶像。作为一个蒙古族演员,宝音格西格身上流淌着战神的血液。能够出演名将博尔术,始终伴随在战神身边的一个人物,让他感到荣幸自豪。作为一个蒙古人,他始终没有忘记自己的根,他也曾用自己的努力导演过有关内蒙古的宣传片,而能够参与《战神纪》的演出更是让他倍感激动和自豪。宝音格西格通过自己的演技,诠释出了博尔术大将身上英勇无畏的精神,也让更多观众了解到一代战神成吉思汗的传奇人生。

此前,在电视剧《忽必烈》中,宝音格西格成功扮演了成吉思汗大马群的守护者洪格尔。洪格尔在剧中的镜头一直从30岁到80岁,这样一个从年轻到衰老的角色，演绎起来难度极大，演员不仅在容貌上会有很大变化，在心理状态和言语举止等各个方面都需要展现出明显的差距。宝音格西格还参加过《狼图腾》《寻龙诀》《铁木真传奇》等影视剧拍摄，是观众喜爱的优秀青年演员之一。

寻找恩师的足迹

初春的一个双休日,记者走进内蒙古正蓝旗桑根达来镇卫生院,今年(2017年)7月份将要退休的恩和太翁院长身披上衣,内衣里面拔着火罐正在给患者把脉。曾荣获全国优秀卫生院院长、全国农村基层优秀中医、全区责任担当服务先进个人、全区基层名蒙医和全盟优秀共产党员等多项荣誉称号的恩和太翁,随着岁月的流逝经常想起自己的恩师桑日布,而且这种情感是越来越浓、越来越深。

上了207国道,下了通乡水泥路,沿着弯弯曲曲、高低不平的沙地,我们驱车赶往桑根达来镇图古日格嘎查达明塔拉浩特。如果不是桑日布的侄子、嘎查党支部书记苏伊拉图做向导,外人是很难找到这个地方的。在浩特东北方一片古榆树的网子前,恩和太翁激动地停下车跑过去,介绍说:"这就是我的老师桑日布儿时长大的地方,当时这片草地上扎有十多顶大小不一的蒙古包,都是他们家的,他的父辈当时是大户人家,生活很富裕。"

1972年12月,恩和太翁初中毕业不久便被父亲送到正蓝旗医院蒙医科学徒。他的老师桑日布是正蓝旗乌苏查干苏木(今桑根达来镇)图古日格嘎查达明塔拉浩特一个大户人家的孩子,新中国成立前被父亲达希道尔吉、母亲赞德尔娃送到羊群庙出家当喇嘛。羊群庙是清代察哈尔正白牛羊群的庙,朝廷将其命名为惠来寺,蒙文匾的原意是柔远寺。由于正白羊群比牛群人口多、畜群多,在寺庙的喇嘛人数和建筑物也多,所以被后人称之为羊群庙。羊群庙的旧址在正蓝旗上都镇西北方30公里处,207国道西侧,曾是近代正蓝旗境内30多座庙宇中最大的寺庙。该庙始建于康熙四十九年(1710),1966年被毁,有250多年的历史。

寺庙是传统培养蒙医人才的地方,内蒙古近代著名蒙医多出自寺庙。中华人民共和国成立后，蒙医教育才逐步从传统的师承方式过渡到学历教育。在正蓝旗的羊群庙相当于蒙医学校的曼巴学部，恩和太翁的恩师桑日布先经后医、经医双修，继承了他的舅舅、喇嘛医师占布双努精湛的医术，并从这里走向社会。新中国成立后，桑日布的老师占布拉双努到内蒙古医学院从事蒙医教学研究。占布拉双努是著名蒙医学家、藏学家和翻译家，曾到西藏自治区及印度、尼泊尔等地和国家进行学术交流。1956年首次用蒙文翻译出版了《四部医典》，1962年在他的家乡正蓝旗宝绍岱苏木翻译出了20多万字的《都日本阿拉善》，为我国蒙医药事业的发展作出了突出的成绩和贡献。占布拉双努生活节俭，心地善良仁慈，行医时如遇到生活特别困难的人家，都会让徒弟们送上些食物。占布拉双努老师优秀的品行影响着草原上一代又一代的蒙医，成为他们行医的榜样。

在此期间，桑日布响应政府号召，积极参加各种世俗活动，利用从寺庙回家探亲的机会为牧民开方施药，不收分文。1955年，桑日布出寺还俗，后随同当地牧民在奎苏沟修水库。与此同时，桑日布边劳动边继续向精通蒙医的舅舅占布拉双努虚心请教，医术大有长进。二十世纪六十年代初期，桑日布被师傅介绍到内蒙古医学院，在该院中医系从事蒙医教学临床工作。因自小生活在牧区，爱人又没有工作，家里四个小孩在城里生活负担重的原因，七十年代初，桑日布主动申请从呼市回到正蓝旗医院工作。当时，该院蒙医科由于缺医少药已陷入瘫痪，桑日布克服重重困难，重新建起了蒙医科。生产大队拿出一顶蒙古包，帮助他在家乡的草原上重新安了家。1987年1月正蓝旗蒙医院成立，主治医师桑日布调到旗蒙医院担任业务副院长一直到退休。由于桑日布医术高超人品好，所以不仅当地的老乡找他看病，就连城里的患者也常常到乡下找他把脉开药。据《正蓝旗志》记载，1982年8月，内蒙古医药总公司党委书记被狂犬咬伤，危难之时就是桑日布妙手回春将其治愈。

1972年至1980年，是恩和太翁最宝贵的一段人生历程。在这九年里，恩和太翁不仅学到了恩师桑日布精湛的医术，在医德方面也受到了很大影响。虽然恩和太翁在参加工作前没有在医药高等学校接受过系统的专业学习，但在旗医院那些年跟班学徒的收获，用恩和太翁的话来说就是要远远大于在学校学到的书本理论，让他受益终身。

2016年10月，恩和太翁应邀赴内蒙古呼和浩特市、乌兰察布市和广西南宁市、桂林市参加全国卫生计生系统巡回报告会，并在会上以"守护牧民健康是一种幸福和责任"为题作了典型发言。也正是因为有了师徒心心相印、代代相传的责任感，才有了恩和太翁40多年来诊治病人30多万人次、出诊万余人次不觉累、无怨言的奉献精神，有了被人惦记、被人需要的职业幸福感。前不久，他自筹资金出版了图文并茂的《上都药物志》，对金莲川草原上800多种天然野生蒙药材进行了整理介绍，将自己的从医实践知识留给年轻一代更好地研究和传承。恩和太翁说，《上都药物志》的作者虽然是他，但每每翻开书中的章节，都仿佛看到恩师桑日布带他上山手把手教他采药的情景……

返回途中，恩和太翁的大徒弟额日和木陶格苏打来电话，说他收诊的患者康复出院了，恩和太翁欣慰地笑了笑说"好"。车子翻过沙丘，视野一片开阔，我们看到牧人在轻轻扬鞭，悠长的牧歌飘向远方。

每天"限号"的基层蒙医

如果不是亲眼所见，谁都不会相信在内蒙古正蓝旗蒙医医院每天天不亮就会有人前来排队挂号，而且为了保证诊疗效果每天不得不限号70人，这位一号难求的蒙医大夫就是普·达布希拉图。

普·达布希拉图，从小生长在正蓝旗宝绍岱苏木哈拉盖图的一个牧民家庭。由于母亲身体不好，他经常陪母亲到苏木和旗蒙医院看病，当地传统蒙医精湛的医术和高尚的医德让普·达布希拉图心存敬意和感恩，立志要成为一个为患者解除病痛的医者。

"达布希拉图"汉语意是"积极向上"的意思，父母当初为其取名"达布希拉图"，就是希望他将来能够成为一个优秀的人。2000年，这个立志从医的牧区小伙，带着梦想从内蒙古民族大学蒙医学专科班毕业回到家乡。由于体制上的原因，他当时未能如愿进入医院从医。母亲相信自己的儿子，亲手为他用祖传的黄羊皮精心缝制出了40多个蒙药袋，在当地老蒙医拉西东日布的支持下，普·达布希拉图在家里为乡亲们开出了第一张处方。老前辈的关爱鼓励，左邻右舍的信任托付，患者康复后的笑脸夸赞，让普·达布希拉图自信满满。期间，他先后到内蒙古民族大学附属医院、内蒙古医学院、内蒙古中蒙医院、锡林浩特市医院等地实习和进修，并取得了蒙医学函授本科毕业证书。

机会总是青睐那些有准备的人。2009年11月，在妻子家乡西乌旗白音华镇开个体诊所的普·达布希拉图，如愿考入了西乌旗蒙医院并担任五疗科主任。中蒙医越老越吃香，这是绝大多数人眼中的"铁律"。但在西乌旗蒙医院，不少就诊患者却乐意问诊这位30多岁的小伙子。一开始，前来找普·达布希拉图的患者，更看重的是他那张面对病人时刻温暖的笑脸。渐渐地，人们发现这个小蒙医大夫不简单，他开出治疗风湿关节炎、心脏病、高血压、肠胃等病症的药不仅便宜,疗效也好,日排队就诊的患者很快达到百余人。虽然在西乌旗工作的条件和待遇都不错,但在他内心深处,总有一种割舍不断的情感,那就是感恩父母,回报家乡。

有句话叫"无巧不成书"。2013年6月,普·达布希拉图发表在《中国蒙医药》杂志上的论文《论策格疗法》,在内蒙古草原文化节蒙医药论坛上获得了二等奖。颁奖大会上,普·达布希拉图恰好被会务组安排与正蓝旗蒙医医院院长达布希拉图住一个房间。虽然当初因规定限制达院长未能帮普·达布希拉图实现从医梦,但学有所成的"小达"从未走出过求贤若渴的"老达"的视线。七天的学术研讨会开完了,"老达"与"小达"也达成了合作意向。

回到正蓝旗后,达院长马不停蹄地找相关单位和有关领导,全力为普·达布希拉图办理调动手续。这边"老达"一遍遍解释调动是为了引进人才而非优亲厚友,那边"小达"也是面对不愿签字放人的领导心怀感激,可又不得不"心硬"地一次次要求非走不可。

功夫不负有心人,2016年7月,普·达布希拉图如愿以偿调回了家乡正蓝旗蒙医医院,并担任五疗科主任。2018年10月,他又被任命为副院长。宝绍岱苏木恩格尔嘎查牧民那松吉日嘎拉,因患面瘫导致口斜眼歪,普·达布希拉图用蒙医传统针灸、拔罐、按摩相结合的方法,让他的脸部恢复如初。赛罕塔拉嘎查贫困户娜仁高娃身患类风湿十多年,腿部各关节肿胀疼痛,走不了路、睡不好觉,普·达布希拉图为其办理住院手续进行诊疗,出院后又吃了几个月的蒙药,她的病情明显好转,恢复了生活自理能力。旗敬老院退伍老兵根登的心脏不好,行动不便,普·达布希拉图便利用双休日的时间义务上门为老人诊疗。截至2019年3月,仅调回正蓝旗蒙医医院两年多的时间里,普·达布希拉图便接待患者53100多人次,为该院创收620余万元。

人们在惊叹普·达布希拉图精湛医术的同时,很少有人知道他背后的付出。这些年来,他到处收集民间传统验方,每天晚上坚持看书学习,总结分析病历,最大的愿望就是治好更多的病人。"不管是和我,还是和其他同事闲聊,没多久他就会不自觉地把话题扯到工作上,转到病人的病情探讨上。"同事陶德格日勒介绍说。

春节休假期间，普·达布希拉图发出的第一条信息就是一张与内蒙古中蒙医院一名老教授探讨如何治愈一名皮肤病患者的照片。在普·达布希拉图的1654位微信好友里，有1386位是患者联系人，每位都有互动，大家咨询的病情总能得到详细回复。他的手机24小时开机接诊，晚上10时还在家中给西乌旗等地的患者解难答疑，凌晨5时就会有电话打来预约……同在正蓝旗蒙医院工作的妻子乌云毕力格介绍说："丈夫热爱这个职业，病人的疑难杂症有时让他好几天吃不好饭、睡不好觉。哪怕是哄着不满周岁的儿子睡觉，他也会拿着手机和患者互动。"有时，乌云毕力格觉得两个人真的是不在"一个频道"上。但是，当一次次从同事、患者、领导口中听到大家对丈夫的称赞，面对丈夫全旗青年岗位能手、身边好人、卫生系统先进个人、优秀政协委员和全盟优秀医师等荣誉称号时，她内心又是满满的自豪。2019年3月20日，作为正蓝旗第十届政协常务委员，他又在政协正蓝旗第十届委员会第二次会议上作了题为《全面推进医药体制改革，促进蒙医药业健康发展》的发言，为保障人民群众健康，传承民族医药医疗献言献策。

患者梅子说："第一次带年幼的女儿去看蒙医，达大夫特意告诉说所开蒙药也可以用糖水或奶送服，这样孩子喝起来就不会太苦，家长喂药可以省事很多。"这个细节，让梅子非常感动。医生的名气靠的是患者的口碑，就是这样一件件微不足道却暖人至心的小事，让正蓝旗蒙医院的招牌越来越亮，就诊的患者也越来越多，这使普·达布希拉图有机会接触各类疑难杂症，业务水平突飞猛进，慕名而来的不仅有全盟各地的患者，甚至还有区外大中城市的患者。河北省张家口市一位重症患者，一年前曾被诊断为无法医治。在普·达布希拉图的精心调治下，老人病情稳定，身体安好，一家人都成了蒙医的铁杆粉丝。

身体弱小的普·达布希拉图，每天仿佛都有用不完的精力。"我从没有把医生这个职业当成养家糊口的工作，而是把它看作回报家乡父老乡亲的一种责任。我多学点、做点，患者就可以少受些苦，康复得快一些。"这是普·达布希拉图接受采访时和记者说得最多的一句话。

付出和回报，总是对等的。普·达布希拉图从医后始终坚持传统蒙医诊疗手段，并试图挖掘常规蒙药药效和传统五疗法的最大化。从最初的求职四处碰壁，到擅长通过蒙医把脉判断人体基本生理病理状态，擅用蒙药诊治内科、骨科、儿科等疑难杂病,成为主持开展按摩、拔罐、针灸、放血疗法治疗肩周炎、腰腿疼、风湿病等方面到处抢着要的"名医",普·达布希拉图仅仅用了十年的时间。

高尚的医德哺育出精湛的医术,普·达布希拉图真的"红"了起来。可是他一直都控制挂号的患者人数,并坚持开一些最常见的蒙药减轻患者的经济压力。"蒙医诊疗时间长,接诊太多,答复就详细不了,对不住那些大老远天不亮就跑来排队的人们。"普·达布希拉图介绍说。"当然,对那些远道而来当天返回没有挂上号的农牧民患者,我都会尽力为他们加号诊疗的。"面对哈毕日嘎镇民乐村前来诊疗的一对母子,普·达布希拉图又笑着补充道。

2019年2月,为创新蒙医药特色优势,保护濒临失传的老蒙医药专家学术思想、医疗经验和特色诊疗技术方法,培养造就一批蒙医药继承创新型人才,加强蒙医药人才梯队建设,内蒙古确定了293名老蒙医药和中医药专家学术经验继承工作指导老师。经过严格筛选,普·达布希拉图成为全区老蒙医药专家学术经验继承工作指导老师之一。作为蒙医药临床方面的带头人,普·达布希拉图认为,推广发展蒙医药事业不是一朝一夕的事情,医院在践行国家提出的"文化自信"中,诠释着更深层次的意义。蒙医药的推广与发展,最终就是要实现人们对蒙医药的文化认同感和自信感。对于蒙医药的发展趋势,普·达布希拉图表示,正蓝旗蒙医医院广大医务人员在做好临床工作的同时,将刻苦钻研医学技术,不断提高诊疗水平,推动医、教、研协同发展,为群众身体健康提供保障。

平顶山上寻风景

在祖国的正北方有一片辽阔的草原，那就是锡林郭勒，在这片草原上有一座被誉为草原明珠的城市，这就是锡林浩特。相约草原明珠锡林浩特，既是文字的盛宴，又是友谊的约会，更是心灵回归大自然的机会。2017年6月17日，我随同参加锡林浩特市文联、锡林郭勒盟诗词家协会、锡林浩特市作协组织的"放歌时代，纵笔草原"创作采风活动的50多名笔友一起登上了平顶山，用心感悟着草原的辽阔和她的安静与壮美。

沿着全长30余公里的锡林河生态景观旅游区行走在前往平顶山的路上，不时因突如其来的野兔而惊喜交加，还会为从草丛中窜起的一群群百灵鸟而喜出望外。置身于一片绿色的海，使你不得不发呆，最美的季节，展现着只有仙人才能染出来的那种绿，飘荡着别有天地非人间的那种香，十分的情绪，倒有八分的醉了！余下的两分呢，也被平顶山那特有的粗犷所压迫着。当然，是轻松和愉悦的压迫。

沿着人工铺好的石阶缓慢登顶，平顶山四周的草儿长得并不太高，山沟中偶见几棵千年古榆，虽看不到散放的牛羊，但肆意飞奔的黑色骏马仍让你放声歌唱，就像是回到了传说中的时代。飘过的云儿浮刻着一座座山的倒影，干燥的风儿从天空的咽喉登陆北方，随着文友们的到来静静的石头上开始带着草原的灵魂流淌诗情。山顶上，游人用裸露于地表吸纳了日月星辉之精华、储存了古往今来信息的一片片岩石，堆起了许多"敖包"，那一块块石头饱含着多少人的期待与祝福？是草原上的风，把祝福带向了四面八方。

站在平顶山举目远眺，洁白的云朵变得离地面很低，仿佛伸手可及。夕阳将牧民新村照得一片通红，盘旋的苍鹰守候着草原的骄傲。当人们从平顶山的高度起飞的时候，那颗绿宝石似的心源源不断地给人力量与希望，草原明珠自然缝补了倾斜的时光,让锡林浩特露出了美丽和辽阔。

平顶山位于锡林浩特市南、207国道35公里处以西两公里处的贝勒克牧场。远远望去,平坦的草原上巍然呈现出十余座山顶平如刀削,山坡悬崖陡立,且排列有序,错落有致神秘而奇特的自然景观。平顶山远看虽平如刀削,但当登上此山顶,你会发现山顶高低不平,且布满大小不等火山喷发留下的凝灰岩岩块,许多地方基岩裸露,植被稀疏,但火山喷发时形成的痕迹,令人思绪万千。据地质学家考证,平顶山为千百万年前火山喷发造成的奇迹。当时这一带多处火山爆发,岩浆吞没了平坦的草原,给大地盖上了一层厚厚的火山岩。后来由于地壳的升降,形成了平顶山和马蹄山,平顶山北依典型草原,南偎沙地疏林景观,东西均为典型草原风光,成为锡林浩特市草原旅游著名景区之一,入选国家特种邮票画面。

关于平顶山,民间有很多与圣祖成吉思汗有关的传说。其一,成吉思汗在此追一只白狐,白狐忽然不见了,成吉思汗一怒之下拔剑而挥,遂削平了此山山顶。其二,成吉思汗南下灭金久而不克,他气冲霄汉,纵马挥刀,山尖应势而落。其三,很久以前,经常有妖魔出来吃人和牲畜,成吉思汗西征时挥刀斩了这些妖魔,把山削为平顶……据了解,河南省平顶山市因建在"山顶平坦如削"的山下而得名。在美国、加拿大等国家和地区,也有类似平顶山这样山坡陡峭但山顶平坦的山峰,但只有来自草原上的平顶山,才有如此震撼的传说。

伴随着伙伴的那声惊叫,我们看到夕阳西坠,俗称"平台落日"的余晖似为平顶山抹上了一层胭脂红,使平顶山显得格外妩媚动人,宁静致远。山下,那银白色的蒙古包依稀可见,像大海中漂泊的一艘小船,各种生命在霞光中展示着内在的、充实的、自由的一面。面对如此景致,我也想大叫,但又害怕影响了圣洁之光,所以只能安静呆望,接受着来自于她的映射,欣喜地收获着自然界给予的每一种惊喜。此时,我仿佛听到草原上那青青牧草拔节和成群牛羊咀嚼的声音,那声音在古老的平顶山中,变得低沉而悠长。当摁动相机快门合影的那一瞬,我们已变成了草原上的风景,一种情怀,一种思念,一种感悟,深深地珍存在记忆里。

明天,那文字勾勒的欢声笑语将破网而出……

国家地理标志保护产品：察哈尔羊肉

2016年7月11日，经国家质检总局第63号公告批准，察哈尔羊肉成为国家地理标志保护产品。此次批准的察哈尔羊肉地理标准保护产品地为镶黄旗、正镶白旗、正蓝旗、太仆寺旗、多伦县5个地区，这是锡林郭勒盟继苏尼特羊肉、乌珠穆沁羊肉获得国家地理标志保护产品后，第三个获此殊荣的肉类产品。同年9月，正蓝旗五一种畜场国家毛肉兼用细羊毛养殖农业标准化示范区也通过验收。在正蓝旗，察哈尔羊主要分布在赛音胡都嘎苏木、上都镇、宝绍岱苏木、桑根达来镇和五一种畜场。目前，全盟察哈尔基础母羊存栏26万只。

"察哈尔羊"是在内蒙古自治区锡林郭勒盟南部细毛羊养殖旗，为适应当地自然、资源条件和市场需求，从二十世纪九十年代初开始，运用杂交育种的方法，以内蒙古细毛羊为母本，德国肉用美利奴羊为父本杂交育种、横交固定和选育提高，培育而成的一个体型外貌基本一致，抗逆性强，肉用性能良好，繁殖率高，遗传性能稳定的优质肉毛兼用羊新品种。2013年9月24日，国家畜禽遗传资源委员会羊专业委员会有关专家，对察哈尔羊新品种进行现场审定。认为"察哈尔羊"新品种符合国家畜禽新品种审定和遗传资源鉴定要求。2014年2月27日，农业部第2068号公告颁发畜禽新品种证书。因育种区正蓝旗、镶黄旗、正镶白旗是蒙古族察哈尔部落的主要居住区域，所以培育出的品种称为"察哈尔羊"。

察哈尔羊具有肉毛兼用、生长发育快、繁殖率高、耐粗饲、适应性强、遗传性能稳定、产肉性能高、肉质好、适合干旱半干旱草原放牧加补饲饲养，养殖效益高等特点。察哈尔羊肉先后被国家质检总局、中国好羊肉组委会、内蒙古羊产业行业协会等有关部门列为国家地理标志保护产品和中国好羊肉十强品牌，对锡林郭勒盟发展肉羊品牌产业，保护南部羊只细毛品质，增加农牧民收入，打造优质绿色羊肉品牌，促进草原生态保护具有积极的作用。

羊分为绵羊和山羊，察哈尔羊属于绵羊范围。绵羊在蒙古语中被称为"哈伦胡舒图"，直译为"有热嘴喙的家畜"，比喻吉祥，是蒙古族宴会、祭祀等活动中上乘的乌兰伊得（红色的食品）。在汉语中，一些美好的字词都与羊有关，如羊大为"美"、鱼羊为"鲜"、有羊为"祥"。羊是人类最早驯养的家畜之一，宋朝之前宫廷宴席上大都以羊肉为主，蒙元时期羊肉在宫宴上更是居于统领地位，元代太医忽思慧在中国饮食治疗和保健品领域中的经典之作《饮膳正要》中对羊肉的食用营养价值多有记载。马和羊是蒙古人游牧生涯中的主要畜种，《元史》中有"国家以兵得天下，不藕粮食，惟资羊马。马以备军需，羊以充赐予"。为了保证内廷有充裕的食用羊，除地方上贡羊之外，朝廷还于至大四年（1311）十二月，设立了专职机构尚牧所。清朝时期，锡察草原上的羊也被作为皇室贡品，为王公贵族所享用。

羊肉是蒙古人饮食文化的主要材质，没有了羊肉也就无从谈及蒙古族饮食文化。羊肉的吃法很多，有手扒肉、烤羊腿、烤全羊、做馅、涮羊肉、煮羊头羊蹄、灌肠等，其中最常见的吃法是手扒肉和涮羊肉。所谓的"手扒肉"就是用手拿着吃的羊肉，清煮后把肉放在大盘中置于桌子中央，大家手拿蒙古刀大块大块地割着吃。涮羊肉多选用羊的外脊、后腿、羊尾等部位，切成薄片，放在火锅沸汤中轻涮后蘸料食用，有"翻滚即食的羊肉最鲜香"的美誉。由于草原上散养的羊吃的是纯天然优质牧草，所以羊肉几乎是自带调料，因而牧民祖祖辈辈流传下淡盐水煮肉的做法成为最佳的烹饪方法。

正蓝旗金莲川草原环境与人口密集的城市相比，没有空气污染；与过度依赖化肥农药的农田相比，没有土壤污染问题；与大量耗水排水的工业地带相比，没有水污染问题。在当今环境问题越来越严重的情况下，草原上牛羊无疑是生活在"世外桃源"。由此，察哈尔羊肉肉质细嫩、肥瘦相间、滋补开胃，被称为"肉中人参"，当地妇女在产期有喝羊肉汤、羊肉粥的习俗。羊肉不仅是草原上人们喜欢的食品，同时也受到各地消费者的欢迎。在我国上海、安徽、山东、江苏、湖北、浙江一带，有三伏天吃羊肉的习俗，2002年7月11日，这个习俗被正式命名为伏羊节。伏羊节是从入伏的第一天（夏至后的第三个九天，也称初伏）开始，末伏（立秋后的第一个九天，也称三伏）结束，持续近一个月。伏天吃羊肉暗合"天人合一"的质朴养生理念，有"伏羊一碗汤，不用神医开药方""吃伏羊享健康"的说法。伏天吃羊肉是以热制热，排汗解毒，将冬春之毒、湿气驱除，补虚健体。伏羊节食羊，既是对羊肉本身鲜美味道的品尝，也是对羊肉药用功能的充分利用。各大城市一年一度的伏羊节，为内蒙古锡林郭勒察哈尔羊肉提供了广阔市场。

冬天里冻不住的欢声雀跃

骏马奋蹄奔腾，场面惊心动魄；驼铃声声悦耳，草原幸福欢歌。

2016年12月25日，由正蓝旗人民政府主办，正蓝旗文化体育广电旅游局、桑根达来镇、正蓝旗骆驼文化协会、正蓝旗马文化协会筹备小组、察哈尔搏克俱乐部、正蓝旗摄影协会、正蓝旗射箭协会、正蓝旗沙嘎协会筹备小组承办的正蓝旗第十四届浑善达克冬季那达慕在牧人夏营地小扎格斯台淖尔举办。活动内容包括15公里骆驼耐力赛、骆驼选美赛、蒙古马选美赛、五公里鞍马赛、搏克比赛、蒙古族服饰展示赛、传统射箭比赛、冰上沙嘎比赛、现场摄影比赛和洛杉矶中国摄影节获奖作品颁奖仪式。同时，为内蒙古正蓝旗国际摄影家联盟创作基地、内蒙古正蓝旗江西省数字影像创作基地揭牌。自治区党委书记李纪恒关于冰天雪地也是金山银山，要大力发展旅游业，把自然风光资源、民族文化资源等优势转化为经济优势的绿色发展理念，在正蓝旗得到了具体展现，使"冷资源"发挥出了最大的"热效应"。

骆驼是草原游牧民族饲养的五畜之一，至今仍在北方牧民的生产生活中发挥着一定的作用。骆驼对人忠诚，耐饥耐渴，号称"沙漠之舟"，生活在沙漠边缘的人类早在公元前3000年就已经开始驯养骆驼作为役畜，用以驮运和骑乘。骆驼有两排睫毛保护眼睛，耳孔有毛，鼻孔能闭合，视觉和嗅觉敏锐，这些均有助于适应多风的沙漠和其他不利环境。随着近年来驼文化的兴起和骆驼观赏价值、经济价值的日趋上升，牧民养驼积极性也日渐提高。桑根达来镇钢根塔拉嘎查牧民新吉勒图家养了100多峰骆驼，这次他是赶着自己家的驼群，带着年仅6岁、正在上幼儿班的儿子乌斯呼额日登前来赛驼。小家伙骑在骆驼上，整个身子被驼峰包裹着，双腿虽然还够不着驼镫，但和大人一样挥鞭驱驼疾跑，十分勇敢可爱。

虽然是数九寒天，但并没有影响选手和观众们的热情。一大早，白雪皑皑、牧歌悠悠的小扎格斯台淖尔便是车来人往，数百峰骆驼和蒙古马赛手云集浑善达克沙地。这道具有浓郁民族风情和文化特色盛宴，吸引了成千上万名游客、媒体记者和摄影家。正蓝旗每年举办的冬季那达慕不仅成为周围牧民欢聚、比试和展示的重要平台，也成为来自国内外摄影家和游客体验冬季草原的一次绝佳机会，皑皑雪原上人们近距离体验冰雪那达慕盛况，尽情享受北国风光带来的无限乐趣，蒙古服饰展演更是把皑皑白雪与浓郁的民族风情巧妙地结合在一起，尽显独特的草原文化魅力。

随着号令的发出，骑手们挥舞驼鞭，你追我赶，不甘落后。骆驼高昂着头，脖子上红缨飞舞，彩带漂浮，在银装素裹的草原上踏雪而过。比赛场面惊心动魄，观众热血沸腾，在围观群众的欢呼声中，赛手们一一冲过终点。作为蒙古男儿传统三艺中最重要的赛事摔跤，更是博得了大家的喜爱，为冬季的浑善达克草原增添了亮丽色彩，让沉静在冰雪中的草原一片欢腾。整个活动内容丰富新颖，牧民们觉得亲切，客人们觉得新奇。一名牧民老乡说："过去是牧民骑着骆驼追着汽车看，现在是人们开着越野车来赏骆驼、拍照片，正蓝旗不仅让传统的蒙元民俗文化得到了保留和传承，人们的生活也变得越来越好了。"专门开车从天津来的游客安晓敏按捺不住激动的心情，说："过去只知道金莲川草原夏秋之际如诗画一般的美丽，而现在真诚地感受到了正蓝旗独特的民族风情文化和迷人的北国冰雪风光。这里真是大自然赋予人类的一片圣土啊！"

小扎格斯台淖尔位于正蓝旗浑善达克沙地腹地，具有典型的沙地草原特点，这里的地理和自然环境条件很适宜骆驼生长生活，生活在这附近的牧民饲养着大量的骆驼，这里有着赛骆驼的传统习俗。场地是环淖设立的，地势开阔，白雪皑皑，很适宜骆驼比赛。参赛的牧民个个穿的是皮袍，头戴特制的"大尾"皮帽，脚蹬马靴，有的还穿的是多年看不到的"毡疙瘩"。就连组织赛事的工作人员都是"全副武装"，把压箱底一年的"行头"全部穿戴齐全。他们穿的"得勒"，外形要比夏季穿的蒙古袍宽大，里边是缝着的羔羊皮或是山羊皮，刚穿起来时"得勒"及地，再用6~10米长的彩色绸布做成的腰带一圈一圈缠绕，既把皮袍提到脚部以上，也起到保暖的作用，腰带以上的胸襟就是便携式的"旅行包"，随身用品都装在这里。

　　骆驼比赛之所以要安排在这种数九寒天里举办，是因为正蓝旗的双峰骆驼具有体型大、绒毛好等特点和耐粗饲、耐饥渴、耐严寒、耐负重、抗干旱、抗风沙、抗疾病等特殊能力，经过夏秋季节的补饲和调养，到了冬季已是膘肥体壮，这时候也正是骆驼的发情期。本来平时骆驼的奔跑速度也就是每小时10公里左右，但到12月份的公驼发情季节，人们发现，公驼追赶母驼的速度，远远超过平时的速度，每小时可达40~50公里，一般的骏马根本赶不上它。人们这一发现使它有了"沙漠飞船"这一美名，同时也有了在这个季节举行赛骆驼的设想。骆驼比赛是根据参赛的骆驼数量多少来编组的，选手大多是青年人，男女都有。比赛时，分组不分男女，身着艳丽民族服饰的选手骑在驼背上，在起跑线排成一行。裁判员发令后，众骑手挥鞭驱驰骆驼疾跑。赛程一般为10~30公里，以先到达终点者为胜。别看骆驼形体笨拙，一旦奔跑起来却是疾如飞马，互不相让。赛后按到达终点的顺序绕着象征时运的火堆小步跑三圈并向火祭酒，绕火小跑意在尊崇和鸣谢火神的护佑。比赛前期各选手要到早已确定好的线路起点聚集，赛程是15公里，一些越野性能好的汽车，随着选手赶往起点，然后再跟随赛手一起回跑，能够全程看到精彩的场面，大多数群众是在终点等候，期待赛手冲刺的时刻。冬季那达慕的搏克赛，激烈的程度也不会受寒冷气候而降低，受周围观众热情气氛的感染，势均力敌的对手也有对峙近半个小时的，虽然气温在零下十七八度，也没有谁愿主动放弃，所以搏克赛也是其中的一个重头戏。

　　蒙古民族素有"马背上的民族"之称，而历史上始终托起蒙古民族的就是蒙古马。蒙古马是蒙古族心中的图腾，是以主要原产地命名的世界古老马种之一。特殊的物种基因、严酷的生存环境和长期的遗传变异，造就了蒙古马耐寒、耐旱、耐力强的特殊属性。蒙古马体形矮小，其貌不扬，然而，在风霜雪雨的大草原上，其却能不畏艰辛、纵横驰骋、屡建奇功，铸就了蒙古马独特的品格和精神。内蒙古民谚说："千里疾风万里霞，追不上百岔的铁蹄马。"在边疆少数民族发展史上，蒙古马常常担负着转牧场、踏坚冰、战疆场等重任，只要接受指令，就无所畏惧、勇往直前，它的足迹可谓踏遍北方大草原的每一寸土地。

　　赛马开始时，上百名骑手一字排开，个个扎着彩色腰带，头缠彩巾，英俊潇洒，起点和终点都插满彩旗，观众翘首两侧。只听号角长鸣，骑手们便飞身上马，似箭离弦，扬鞭跃马，骑手们的名次不断发生着变化。沿途红巾舞动，金驹踏雪，观众欢腾，声震四野。"在冰天雪地里赛马难度要求更高，好看、好看。"牧民通嘎拉嘎翘着满是冰凌茬的胡子笑着说。赛马结束后，一位口才超众的民间艺人手端鲜奶，捧着哈达，对着头马即兴吟诵，对马的身姿倍加赞赏。最后将鲜奶涂抹在骏马的脑门上，剩余的鲜奶敬给赛马的骑手并将哈达系在骏马的缰绳上。

12月24日，在上都镇生态园举行了冰上沙嘎和传统射箭比赛。沙嘎游戏作为根植于畜牧业基础之上的娱乐活动，千百年来智慧的中国北方游牧民族利用小小的沙嘎发明了许多游戏方法，蒙古族更是将其发扬光大，有百余种，涉及了蒙古族生活的方方面面。主要可以分为畜牧生产、生活风俗、民族三技、抛掷手技、棋局对弈、机智竞猜等六个类别，比如"繁衍畜群""接羊羔""生驼羔"等玩法体现了游牧特色，"骆驼载货"反映了迁徙活动，"贩卖牲畜"反映的是畜牧交换贩卖。

沙嘎指动物的踝骨、距骨，汉语按照不同的动物种类称之为"羊拐"或"牛拐"等，满语叫做"嘎拉哈"。沙嘎有宽有窄、有凸有凹、有正有侧，六面六个形状，蒙古族人民根据畜牧业中的五畜"马、牛、绵羊、山羊、骆驼"进行了命名，也成为沙嘎游戏中技巧花样的依据。有民谚说："高高山上绵羊走，深深谷地山羊过，向阳滩上骏马跑，背风弯里黄牛卧。倒立起来叫不顺，正立抓个大骆驼。"宽凸面称绵羊，宽凹面称山羊或牛，窄凸面称马，窄凹面称骆驼。当天，来自锡林郭勒盟东乌旗、西乌旗、阿巴嘎旗、正镶白旗、镶黄旗、锡林浩特市、正蓝旗和乌兰察布市四子王旗、呼和浩特市的92名选手，身着靓丽的蒙古族服饰参加了冰上沙嘎比赛，选手年龄最小的12岁、最大的70岁，其玩法为在30米距离的冰面上直接投送。赛前，人们将起点的冰面上洒上水，然后将两张羊皮铺在水上冻实，以便选手比赛投掷沙嘎时不被滑倒。每名选手分别用10个被染成红色的牛踝骨，挥臂瞄准对面用沙嘎垒起的高低不等、分值不同的目标，沿着冰面准确投掷，精彩的表演吸引了众多沙嘎爱好者驻足观赏。工作人员手提用羊皮做成的袋子，来回跑着捡送沙嘎，观众纷纷拿起手中的相机、手机记录下了这一独特的民俗竞技场景。

蒙古族射箭，源于早期狩猎时代用弓箭自卫和猎获野兽的活动，后来在作战中他们又用弓箭射杀对手。在成吉思汗时代射箭比赛已经出现，成为蒙古族一种竞技娱乐活动和蒙古民族擅长的武功之一。蒙古族射箭比赛,分为骑射和静射两种。弓箭的式样、重量、长度、拉力都不限。骑射,就是从奔跑的马上向左右目标射箭;静射,就是站在起点上向前方固定的目标射箭,均以射中靶心的精确度来决定成绩。当日,来自锡林郭勒盟正镶白旗、镶黄旗、正蓝旗、阿巴嘎旗和鄂尔多斯市、北京市的40多名业余射手身着民族盛装,抽弓搭箭,向现场观众一展沿袭了上千年的射艺风采,热情的观众不断给优胜者喝彩助威。

  近年来,为了更好地发挥得天独厚的冰雪旅游资源优势,传承丰富多彩的民族民俗文化,正蓝旗通过每年一次的冰雪相约,把独具特色的蒙元文化和察哈尔民俗风情与传统那达慕融合在一起,让游客走进蒙古包,体验家庭牧户游,为冰雪旅游增添了新的内涵和创意,也为户外运动爱好者、摄影爱好者,以及感受自然冰雪的旅游者提供了风格迥异的旅游产品,使其成为正蓝旗冬季旅游的重要品牌之一。这既是对民族文化的传承和发扬,也是正蓝旗各族人民团结和睦、绿色发展的象征。

《中国影像方志》中的正蓝旗

2018年2月16日（大年初一）21时43分，中央电视台十套科教频道播出了《中国影像方志》第43集内蒙古正蓝旗篇，带广大观众走进了距都市最近的一片天然草原。该方志分为地名记、人物记、音律记、风俗记、手工记、美食记和后记7个部分，时长近50分钟，得到国内外亿万观众的关注和喜爱。

2016年9月7日，中央电视台地理中国特别栏目组大型纪录片《中国影像方志——世遗篇》拍摄组一行3人，来到镜头偏爱的正蓝旗草原选景，旗委书记霍锦炳陪同座谈。《中国影像方志》是一个以县域和地方史志为蓝本，对旗县文化历史通过影像记录形式对外宣传展示的纪实性栏目。由于正蓝旗境内有内蒙古自治区目前唯一的一处世界文化遗产元上都遗址，又是蒙元文化的发祥地、察哈尔民俗文化之乡典型代表、中国蒙古语标准音示范基地、中国察干伊德文化之乡和蒙古族现代著名诗人纳·赛音朝克图的故乡，所以成功入选该栏目首批前10个拍摄地和内蒙古自治区首播旗县，在全国2800多个县级行政区划单位中脱颖而出。

在深入选景精心策划的基础上，11月5日至12日，央视十套《中国影像方志——正蓝旗》摄制组一行10人，深入到元上都遗址博物馆、元上都民族特色文化产业园和相关企业及嘎查牧户家中，对元上都遗址内外景观、奶食品加工、蒙古包搭建、查干苏鲁锭祭祀、阿斯尔宫廷音乐演奏、骑马狩猎、蒙古族寿宴、勒勒车制作、毡秀技艺、察哈尔民族服饰展示等方面进行了采访拍摄。拍摄内容覆盖了蒙元文化、民俗风情、草原风光、经济社会发展等领域，通过影像志的形式，反映出了正蓝旗厚重的文化基因和发展变化。

11月7日，是2016年立冬的第一天，摄制组到那达慕大会主会场南侧拍摄了查干苏鲁锭祭祀仪式。苏鲁锭是蒙古族传统而崇高的象征物。古老的苏鲁锭起源于萨满教，祭苏鲁锭跟祭天一样，是敬天文化的一种表现形式。苏鲁锭是成吉思汗的军旗或军徽，也是蒙古战神的化身，又是太平盛世时的吉祥物。北元之后，察哈尔部落的一部分人把苏鲁锭带到了鄂尔多斯。2008年7月19日，在首届中国·元上都文化旅游节上，正蓝旗作为蒙元文化的发祥地，从千里之外的鄂尔多斯市乌审旗毛布拉格乡阿拉布尔之地将北元最后一个皇帝林丹可汗的珍贵遗物苏鲁锭请回到元上都遗址，并举行了隆重的安放祭祀仪式。2010年6月，为恢复元上都遗址保护区内自然景观面貌，正蓝旗元上都遗址申遗领导小组责成旗文体局，将元上都遗址大门外的苏鲁锭又搬迁安放到了正蓝旗那达慕大会主会场南侧，并每年举行祭祀仪式，意在永远仰望苍天，日月相照，平安吉祥。该苏鲁锭自北元之后，祭祀仪式延续至今已有300多年的历史。

"察干伊德"意思是圣洁纯净的食品，汉语译为"白食"，也就是奶制品。察干伊德包括鲜奶、奶豆腐、奶皮子、乳油、奶酪、奶干、酸乳、酸奶、酸马奶、黄油、黄油渣等，正蓝旗察干伊德传统技艺已被列入国家级非物质文化遗产，正蓝旗也被命名为中国察干伊德文化之乡和中国察干伊德文化传承基地。《中国影像方志——正蓝旗》摄制组拍摄了奶豆腐的加工制作。那些丝滑的乳白色液体，被牛粪烧的灶火熬煮成糊状，最后倒进模子中风干，整个过程十分诱人。其中从忽必烈时期开始传下来的"图德"，现在只有正蓝旗拥有该项传统奶制品加工制作技艺。"图德"有象棋子般大小，奶子里添有白糖、红糖、蜂蜜等甜料，混入炒米做成。入口酥嫩有嚼劲，唇齿留香，余味悠长。

祝寿是蒙古族的一个重要礼仪庆典，蒙古族一般在61岁时过寿，61岁、73岁、85岁最为隆重。11月9日，摄制组成员专程赶到忽必烈夏宫度假村旅游点全程拍摄了蒙古族传统寿宴过程。席间，上都镇白音吉呼兰嘎查85岁的罗布森扎木苏的子孙们把老人簇拥到上位，辈分大的长辈左右相陪，其他人依次落座。主持人致传统祝寿辞，子女们和来宾为罗布森扎木苏献上蓝色的哈达，用银碗给老人敬奶子酒，祝老人健康长寿，吉祥如意。寿宴在欢乐的气氛中进行，大家喝奶茶、饮奶子酒、吃手扒肉、品烤全羊，唱歌跳舞，整个场面欢乐吉祥。过去，前来祝寿的亲朋好友一般都带些哈达、白酒、砖茶等祝寿礼物，现在主要是以现金随礼的形式祝寿。祝寿完毕，客人不能空手而归，主家还要回赠哈达、月饼、碗、奶子等礼品，以示长寿者对来宾的祝福和儿女们的谢意。

在《中国影像方志——正蓝旗》的拍摄过程中，不少干部群众自发参与，成为影像方志中的志愿者。作为正蓝旗少数民族非物质文化技艺的传承人，胡日查、赵富荣等人热爱这里的一切，能够通过《中国影像方志——正蓝旗》自豪地将草原故事讲给全世界听，成为他们人生中一段最美好的经历。

发生在写稿人身边的变化

改革开放40年，人人从中都能道出许多身边变迁的感人事例。作为一名为党报写稿30多年的优秀特约记者和文艺工作者，在见证了改革开放给生活带来翻天覆地巨大变化的同时，还切身感受到在写稿、投稿、读报上带来的方便。

1981年9月11日，我在正蓝旗哈叭嘎乡庆丰小学从事教学工作时，在《锡林郭勒日报》三版上以读者来信的形式发表了第一篇新闻作品《应当重视队办学校学生退学问题》。稿件是八月份暑假期间采写邮走的，收到报纸的时间大概是9月20号左右，一篇稿件从采写到看到样报历时一个月的时间。有时稿件要投给几家新闻单位，便会用复写纸垫在稿纸的后面写上好几遍，由于手劲有限，一般只能复写2~3份，否则字迹不清晰，影响采用率。遇到几千字的通讯稿，复写几遍就十分艰难，而且会耗费许多时间。稿件复写完成后，只能通过邮局寄往有关媒体。正常通邮情况下，向呼市《内蒙古日报》《呼和浩特晚报》《党的教育》等媒体投稿，一般要6天才能到，往锡林浩特市的《锡林郭勒日报》《锡林郭勒》《锡林郭勒青年》和旗广播站投稿也需要3天的时间。稿件刊播时间就更长了，往往要在十天之后。那时见报稿大多用"前不久""日前""最近""近日"等开头，许多新闻在见报被读者阅读时已经不"新"了，这与当时的写稿、发稿方式有很大关系。冬天，赶上大雪封路，苏木乡投递更加艰难，读者手中的日报就真正变成"月报"了。

1993年8月，我应聘到正蓝旗电杆厂从事文秘工作。当时，企业已经有了打字机，打字机由专人负责，除了打印生产经营管理材料外，一般不让打印其他东西。不过，当时的厂领导对我是特别照顾，只要写出新闻稿，打字员即使工作再忙，也要抽出时间帮助我打完。为了感谢打字员的辛勤工作，我经常用稿费买些雪糕、瓜子等"贿赂"打字员。当时，打字机采用铅字键盘，"咔嚓""咔嚓"不断重复，打几百字也很不容易。然后，把蓝色蜡纸整齐铺在油印机上，用滚筒印出后邮到报刊社或传真给有关新闻单位。

2000年5月，我在旗医药公司负责办公室工作时，个人贷款一万元率先购买了一台电脑和针式打印机，一方面为单位及社会上打些材料"以文养文"，一方面便于自己打印稿件。由于自己不会操作，所以还是用笔写稿，然后由妻子和儿子晚上用电脑打印到设计好的方格稿纸上寄出。2008年9月，我应聘到旗委宣传部创办旗委机关报《上都新闻》，部里为我配备了电脑，发稿也开始用上了电子邮箱。新闻稿件从网上传送后，编辑马上就能看到，重要稿件次日便可见报。前些年，各报都建立了新闻网，稿件见报与否，通过手机上网一查便一目了然，并可马上转发朋友圈，天南地北的人瞬间都可以看到。

2017年我到旗文联工作后，自费购置了一台可用手写板、语音输入的新型电脑，解决了电脑卡机、求人帮忙打字的困难。现在，我不仅能够录入文字图片、排版编辑，还学会了收发电子邮件，无论是文字还是图片，鼠标一点，稿件瞬间就送达编辑手中，和以前埋头"奋笔疾书"相比，电脑写稿变得轻松省力。由于避免了在同一张稿纸上反复涂改，改稿也变得更加简便清晰，再也不用担心反复修改誊写了。工作之余，轻触屏幕不仅可以免费浏览到全国各地300余种当天的最新报纸，还能下载到所需资料，真是神奇妙极。由于电脑的广泛应用，互联网的发展，人们的阅读习惯普遍都在改变，新闻网站成为受众获取信息的重要渠道。这些，都是40年前根本不敢想象的事情，我从心底里感谢党和国家的改革开放，是其辉煌成果，照耀了我们爬格子人的幸福之路。

感受坝上蒙元遗风

捻指一闪，2018年的夏天来了。合上书本，推开电脑，敞开心情，相约文友采风去。

5月5日一大早，内蒙古正蓝旗的9名文学作者，在旗文化中心文联办公楼前合影后，嗅着小草初绿的气息，开始了以"纪念改革开放四十周年·繁荣草原文学创作"为主题的创作采风之行。天空清澈蔚蓝，窗外的景物是流动的，思绪也是流动的，仿佛置身于流畅的梦境，感慨如决堤的海在笔尖蔓延，让人从中得到了一种滋养和润泽，这既是一种回归，更是一种成长。因一辆车坐不下，雇车费用又太高，苏蓝汽车钣金烤漆中心的李宏昌为采风活动义务出人出车，让笔友夸赞不已。

采风团一行首先来到位于正蓝旗黑城子示范区东北方向的李陵台遗址和西北方向的李陵台驿遗址。李陵是汉朝大将李广的孙子，今甘肃秦安人，汉武帝时为骑都尉。《史记·李将军列传》记载，公元前99年秋，李陵率领将士五千人与匈奴八万骑兵作战，后因弹尽粮绝被俘，不得已投降匈奴。匈奴单于封其为右校王，并把女儿嫁给他。李陵兵败的消息传到长安后，汉武帝大怒，后听信流言说李陵在北地帮助匈奴训练军阵，于是草率地处死了李陵的母亲、妻子、儿子和族人百余口。虽然汉朝对李陵恩断义绝，但李陵心在汉朝，无时无刻不思念故乡。今天的锡林郭勒草原是当时李陵这个右校王的管辖范围，所以他在匈奴与汉朝边界缓冲地带（正蓝旗黑城子）筑台，登高遥望中原方向，以表思乡之情。元周伯琦《李陵台驿》中写道："汉将荒台下，滦河水北流。岁时何衮衮，风物尚悠悠。"宋朝汪元量《李陵台》："伊昔李少卿，筑台望汉月。"元朝，在李陵台不远处设置了皇家驿站，后被称为李陵台驿，是元朝皇帝每年巡幸元上都的必经之地。元代蒙古族著名诗人马祖常，在《车簌簌行》一诗中写道："李陵台西车簌簌，行人夜向滦河宿。滦河美酒斗十千，下马饮者不计钱。青旗遥遥出华表，满堂醉客俱年少。侑杯小女歌竹枝，衣上翠金光陆离。细肋沙羊成体荐，共诧高门食三县。白发从官珥笔行，毳袍冲雨桓州城。"诗中记叙了李陵台驿的热闹情景：滦河边的酒馆内有美酒、歌女，李陵台西边的驿道上车水马龙，路人傍晚时都来到滦河边消夏。华丽的衣服上金银闪烁，筵席上有整只肉嫩肥美的黄羊可供食用，醇香的菜肴令人惊叹不已。当时，经过这个驿站的诗人都会登上李陵台寄情凭吊，如柳贯《望李陵台诗》："李陵思乡台，驻马一西向。"黄溍《李陵台诗》："日暮官边道，土室容小憩。汉将安在哉，荒台独仿佛。"李陵台是汉将李陵被困匈奴间思念故乡之所，也是今人凭吊历史之所，采风团一行睹物怀古，赋诗作曲，抒发感慨。

内蒙古正蓝旗与河北省沽源县接壤，同属八百里金莲川，民间交往由来已久。金莲川地处内蒙古高原向华北平原的过渡带，是一条南北走向、蜿蜒曲折、风光占尽的广袤川地，上都河水宛转流淌于此。这里曾是辽、金、元三代帝王游幸、狩猎、避暑胜地，也是他们政治、外交和军事的重要基地。到了清代，这里又成为皇宫养马场的重要地带。时至今日，金莲川草原已与世界文化遗产元上都遗址融为一体，成为国内外知名的文化旅游胜地。当年，忽必烈以此为创业根据地，招募天下名士，组成了文武兼备的政治集团，此即历史上著名的"金莲川幕府"。正是在金莲川幕府的鼎力辅佐下，才有了后来元朝的辉煌与繁荣。

元代建立两都巡幸制度后，为便于两都之间往来，也为了大宴群臣或游猎生活出行需要，忽必烈在上都东西两侧建造两座行宫，一座位于今内蒙古多伦县白城子，称为"东凉亭"；另一座位于河北省沽源县小宏城村的察罕脑儿（"察罕脑儿"蒙古语意思为白色的湖泊或水淖）行宫，称为"西凉亭"。从沽源县政府所在地平定堡驱车向东北行走20多分钟后，汽车在路边停下，小宏城遗址石碑寂寞地竖立在那里。放眼望去，遗址已接近于"看不见摸不着"了，使人很难把它与华丽的皇帝行宫联系在一起。小宏城遗址是以小宏城遗址为核心，包括分布在四周的东小城、芨芨包、灰坑等遗址群。城垣呈长方形，南北长360米，东西宽330米，周长1380米，外有护城壕沟，门址在东、西两墙和南墙中间。2006年5月，小宏城遗址被国务院确定为全国重点文物保护单位。城垣内正中偏北有南北长70米、东西宽35米、高3米大型宫殿平台基址一座，这里就是察罕脑儿行宫大殿享丽殿遗址。平台为夯土筑成，台基平面南北呈长方形，周边已经倾塌，大台基北面有两排五座小台基，这些台基可能是后妃的居住宫室遗址。大台基南面东西对称各有两座小台基，这是皇帝在行宫办理政务时大臣上下朝休息等候宣召的偏殿遗址。整个行宫布局严谨、设计精巧、主次分明，体现了封建王朝皇城前朝后寝的建筑风格。

"阳春三月麦苗鲜，童子携筐摘榆钱。"下午，车出沽源，首先映入眼帘的是一片榆树，桃红柳绿的季节，榆钱儿也撒了欢似地窜上榆树枝头，几个女孩子正在摘那一串串诱人的榆钱儿。榆钱儿也叫榆荚，是榆树的种子，因它形似古代一枚枚绿色的铜钱儿，故称榆钱儿。榆钱儿可以生吃、煮粥、笼蒸，也可以做馅。清代诗人郭诚在《榆荚羹》中赞美："自下盐梅入碧鲜，榆风吹散晚厨烟。拣杯戏向山妻说，一箸真成食万钱"，说的就是榆钱儿的味道。这次，我们虽然没有品尝到榆钱儿美味，但一盘蒲公英蘸咸菜汤、几屉山药鱼伴蘑菇汤，仍让人吃的十分有感觉。远远又见久违了的缕缕炊烟，我仿佛看到了热闹的农家小院，闻到喷香的佳肴，伴着鸡鸣狗吠，一家人说笑谈天，春种秋收，家长里短，所谓地老天荒，也就这样了。

《辽金·本纪》《金史·食货志》记载，上千年前曾有一北方牲畜交易场，位于一座草原古城内，此城曰"北羊城"。"北羊城"位于河北省张北县城北15公里的白城子村附近，附近的村民称之为"白城子"。《大清一统志》中可以寻到这个名字："此城土人名插汉巴尔哈逊城，周四里，门四，故址犹存。""插汉巴尔哈逊"是蒙古语，其意即为"白色的城"。清乾隆二十三年（1758年），在河北一带任职的黄可润俯察地理，纂修《口北三厅志》时，提出"白城子即是北羊城"之说。1981年，白城子依此被列为县级文物保护单位。

不过，有个人很快就对结论提出了疑问。二十世纪八十年代初，陪同我们参观的尹自先老先生发现，1934年许闻诗纂修的《张北县志》曾提出过："是否为北羊城待考。"尹自先开始频繁地骑着自行车进出古城，他根据采集的楠木碎片、均窑、龙泉窑青瓷器残片，以及汉白玉螭首石刻残块若干，认为这座草原上的废墟之城，应是与元大都（今北京）、元上都（今内蒙古正蓝旗）齐肩的元代都城——在历史中消逝了700多年的元中都。不久，历史考古专家也纷至沓来，对白城子的城址及城内遗址进行调查。时隔10年后，在1999年全国考古十大发现名单里，"元中都"的名字赫然在列。2001年，元中都遗址被公布为第五批"全国重点文物保护单位"，白城子终于掀掉了盖头,露出了元中都神秘的面纱。

元中都南离大都265公里,北接上都195公里。在辽、金、元三代都是北连漠北、西通西域、南接中原的交通枢纽、军事重地。史载,元大德十一年五月(1307年),元朝第三帝武宗海山在上都登基,六月甲午即命"建行宫于旺兀察都(即白城子一带),立宫阙为中都"。七月庚辰"置行工部于旺兀察都"。次年七月"旺兀察都行宫成,立中都留守司兼开宁路都总管府"。其后陆续"立中都万亿库""立中都虎贲司"和"中都立光禄寺"。至大三年(1310年)十月。从城池、宫殿的建设,到机构的设置,已完全具备了都城的职能。中都从开工到建成仅费时一年,建造速度之快,堪称奇迹。只不过,废都的速度比建都更快。至大四年正月八日,武宗在大都玉德殿去世。正月二十日继任者便"罢城中都",四月九日又宣布"罢中都留守司,复置隆兴路总管府,凡创置习存罢之"。至此,元中都被废为行宫。元中都,从动议兴建到被废仅三年零十个月。

元中都为回字形的"三套城",除了比较清晰的中央大殿以外,三冠两阙三门道的南宫门,端立南宫墙正中,面阔88米、进深18米,仅一座城门,占地面积就达1584平方米。门道分三条,分别铺垫着坚固的石灰岩条石。门道中心的将军石,高出地面35厘米左右,门道两边铺地石之上又有地栿石、门枕石若干。西门道东门处保留了一个完好的承门轴半圆形铁球,西门砧石上保留了一个完好的海窝(铁质桶状,底端为圆形凹窝,套在门木轴上,落在鹅台上),大略可以看出一对大门的旋转结构。元中都历尽沧桑的断垣残壁,像遍体鳞伤的巨龙平伏在平坦的坝上草原,在周围的绿树中包藏起元中都的神秘过往。

虽然河北省沽源县的察罕脑儿行宫遗址,张北县的元中都遗址和内蒙古正蓝旗的李陵台驿遗址,现今属于不同的行政区域,但它们都是蒙元文化的组成部分,与世界文化遗产元上都遗址一脉相通,向世人揭示出了一条历史文化之路和精品旅游路线。采风归来,深感坝上草原处处有历史、有故事,犄角旮旯里全是宝,这就是蒙元历史文化的特点。所以,还有太多的地方需要我们去了解品味,也只有走出去才会有新的感知并写出好作品。

蒙古马的故事

蒙古马是以主要原产地命名的世界古老马种之一。特殊的物种基因、严酷的生存环境和长期的遗传变异，造就了蒙古马耐寒、耐旱、耐力强的特殊属性。蒙古马体形矮小，其貌不扬，然而，在风霜雪雨的大草原上，其却能不畏艰辛、纵横驰骋、屡建奇功。蒙古马不仅是蒙古族人的工具，还是他们的心灵朋友。就像他们的视线里要有草原一样，草原上有了马，他们心里才踏实。牧人说蒙古马认得自家的毡房，认得炊烟，认得主人的气味，而主人也能看懂坐骑的眼神。

2014年，席慕蓉在内蒙古博物馆演讲时一位教授告诉她，1972年，一个去越南开会的内蒙古画家同许多艺术家在海边一片草地上聊天，发现远处有一匹马边吃草边不时抬头望他。忽然，那匹马径直朝这位画家急急走来。画家仔细打量这匹白马，虽然身上很脏，但画家还是认出那是一匹蒙古马。有人想拦住这匹马，不让它靠近。奇怪的是，马尽管骨瘦如柴力气却大得不得了，不顾一切地来到画家身旁。这位西装革履的画家激动万分，搂住这匹又是眼泪又是鼻涕的蒙古马，摸它的头、拍它的脖子，连声说："你是怎么认出我来的？你是怎么认出我来的？"显然，这位内蒙古画家唤起了这匹马的久远记忆——马知道画家来自它的故乡内蒙古草原，亲近之余，热切希望画家把它带回故乡。可惜画家当时没有能力满足马跟他回乡的愿望，只能泪流满面地久久摸它、拍它。后来画家在回忆录中用很大篇幅表达了自己对这匹马的愧疚之情，并把这匹蒙古马的乡愁讲给所有内蒙古同胞。

无独有偶，在正蓝旗五一种畜场志中，也记述有这样一件事情：1964年，兰州军区来内蒙古正蓝旗五一种畜场调拨军马，那次选中的军马共有60匹，都是实龄骟马，大致4~6岁，由人力押运到集宁市上火车，装车后由军人接管押运。当火车行驶进甘肃省武威市火车站停下来卸车时，有一匹0号枣骝马冲出车厢，发出一声长鸣，抖了抖身上的毛，顺着火车进站的方向沿着铁轨奔跑，出了车站向北一路而去。部队派人追找未发现踪影，便给附近的旗县和五一种畜场发出电报请求协助查找。13天后的一天早晨，五一种畜场八分场黑风河马配种站的职工在河边发现了这匹已是奄奄一息的0号马，人们被这匹蒙古马的归乡情结所深深折服。人们不得而知，从甘肃武威到内蒙古五一种畜场大约2000公里的路程，它是怎样一路涉黄河、过马路、踏乡野，以日均150公里左右的速度，最终以坚定的归家信念和日夜兼程的坎坷倒在了孕育它生命的这片土地上，给人们留下了无尽的遐想和感叹。在2017年第三期《锡林郭勒》刊发的小说《道尔基转业》中，作者以纪实的手法讲叙在二十世纪八十年代，一匹蒙古枣骝马被主人卖到了千里之外的农区，结果这匹身上流淌着战马血液的蒙古马不甘心耕田拉车，也是一行蹄印孤独而坚决地奔向北方，回到了当年皇帝的御马场白音宝力格草原。英国作家詹姆斯·奥尔德里奇在《奇异的蒙古马》一书中写道，英国人为了搞科研从蒙古戈壁带走的一匹蒙古马在当地怎么照料也待不下去，跑了多少个日日夜夜，经过了多少山山水水，终于回到了自己的草原。作家惊叹，这匹蒙古马的乡情真是难以理解。据说，许多身在异乡的蒙古马，每当刮起清爽的秋风时，它们就像嫁到远方的姑娘似的思念蒙古高原，常常扬起头向家乡的方向嘶鸣。

　　马是蒙古族人的翅膀，鼓动了他们的雄心，把他们变成了雄鹰，让他们放眼世界。历史上，成吉思汗统帅的蒙古军队之所以能取得非凡的战绩，跟蒙古马有着密不可分的关系。经过驯化的蒙古马，在战场上不惊不诈，勇猛无比，任何障碍都阻挡不住它凌厉的步伐。成吉思汗视马为神圣不可侵犯的神物。在关键时刻，马也多次保佑着他。传说，成吉思汗在追击敌人"扎木合"部落时，敌方法师呼风唤雨，狂风大作，飞沙走石。就在这时，天空响起一声惊雷，一道耀眼的闪电落在草原上。闪电落地的一瞬间，一匹白色的骏马跑了过来，冲向敌人。风马上随着白马转换了方向，吹向敌方，法师用法术招来的飞沙走石纷纷砸向敌人自己，成吉思汗大获全胜。蒙古族民谚说："千里疾风万里霞，追不上百岔的铁蹄马。"在边疆少数民族发展史上，蒙古马常常担负着转牧场、踏坚冰、战疆场、驿站传输等重任，只要接受主人指令，就会无所畏惧，勇往直前。

　　马作为有灵性的动物，在蒙古民族的生活中历来有忠于主人、忠于职守的美誉,被称为"义畜"。从古至今,蒙古马虽然生性刚烈剽悍,但对主人和故乡却充满着无限的忠诚和眷恋,甚至不惜以自我的牺牲来挽救主人的生命。在蒙古族著名史诗《江格尔》中,英雄洪古尔的坐骑用马尾击翻有毒的酒杯,挽救了英雄的生命。蒙古民族英雄嘎达梅林率义军与军阀和王爷军队激战中被冷弹击中落马,千钧一发之际,嘎达梅林的乘马咬住他的衣角,将其拖到河畔密林中,使之死里逃生。《蒙古马之歌》生动地讴歌了战马对主人的深情:"护着负伤的主人,绝不让敌人靠近;望着牺牲的主人,两眼泪雨倾盆。"据文献记述,蒙古族著名作家尹湛纳希返乡途中不幸落马,在昏厥之际,其坐骑与扑过来的两条狼展开了殊死搏斗,最终挡住狼的进攻,成功保护了主人,可见蒙古马的赤胆忠心。在牧区,主人醉酒后都会被马驮回来。牧人只要和自己的马在一起,再恶劣的环境都不怕,他相信自己的马一定能把他带回家。在牧人眼里,马是兄弟,是家人。

蒙古马在风雨中与牧人共同成长,自由驰骋在草原上,在战火中与战士同命运共患难,冲锋陷阵在硝烟中。解放战争时期,蒙古马在辽阔的塞外疆场上驮着勇敢的骑兵纵横驰骋,参加了震惊中外的辽沈和平津战役,为自己的主人流血流汗、尽心竭力、鞠躬尽瘁、死而后已。骏马飞奔,做战士的翅膀,骏马卧倒,做战士的掩体,战士伤了,骏马千方百计把战士弄上自己的肩背,驮下战场,被誉为"不会说话的战友"。用美国枪炮装备起来的国民党军队,一见远方骑兵风驰电掣般袭来,无不魂飞胆丧。为此,在中华人民共和国成立以来所举行的历次阅兵式中,骑兵受阅4次,其中内蒙古骑兵部队就参加3次,这是内蒙古骑兵的光荣,也是蒙古马的荣耀。

在相当长的历史时期,马奶成为游牧民族生存的依靠。史籍记载:"饮马乳以塞饥渴,凡一牝马之乳,可饱三人。"另据记述,军队在日夜兼程或完全断粮的时候,士兵可刺穿乘马背部静脉吸取一点血,从而继续自己的征程。正因为蒙古马与蒙古人关系如此密切,感情如此深厚,所以蒙古人的祖先制造了马头琴,用马头作雕饰、马尾作琴弦、马鬃作弓弦,演奏着一个个草原为之感动的故事。

蒙古族的祭火习俗

农历腊月二十三,是中国传统的祭灶节。蒙古族称灶王爷为火神,所以这也是蒙古族祭祀火神的日子。传说农历腊月二十三,是火神密仁扎木勒哈降生的日子,崇拜火的蒙古民族最隆重的"祭火"仪式就在这一天举行。蒙古族祭祀火神通常在羊胸叉内填满红枣、黄油、冰糖、奶酪、柏叶、哈达等,用白色羊毛线缠绕九圈后煮熟。到了晚上上灯时辰,在灶膛内填入沙蒿根、香柏片,上围干牛粪,将灶火点燃。

"祭火"这天,早上要清扫屋子,中午喝奶茶,下午煮肉。祭火时,男主人点燃一炷香,绕行住宅一周来到火撑子前,举香在火撑子左右各绕三圈,把香插在火盆内,双手托起煮好的羊胸叉放入火中,向火神献祭。全家人对着火焰祈祷。之后,他们还在煮肉的汤里下米煮粥,并放入奶酪、糖和黄油等,享用"祭火"的"口福"。在这个特殊的时刻,整个家族共享文化的传统,重温传统的伦理,建立家庭之间的和谐。

祭火礼仪分为户祭、公祭、庙祭,祭火时间分为日祭(普祭)、月祭、季祭、大祭,大祭(祭火节)在每年农历腊月二十三或二十四日举行。随着牧民生活水平的不断提高,大部分居民也都搬进了楼房,给人们在家祭火带来了不便。对此,自2011年以来,每到农历腊月二十三,内蒙古正蓝旗成百上千的蒙古族群众,都会扶老携幼,身着节日民族盛装欢聚在浑善达克生态园,集体举行隆重的传统祭火仪式。祭火仪式上,主祭人向火神奉上祭祀贡品,大家依次围绕腾起的圣火虔诚祈祷,诵读传颂两百多年的察哈尔格西·罗桑楚臣的祭火经文,将羊胸骨、酒、蒙古果子、茶叶、红枣、糖等祭品放入火中,顺时针绕图拉嘎(火撑子)三周,祈求新的一年里国泰民安、人丁兴旺、风调雨顺、五畜昌盛、吉祥安康。

火是人类社会的重大发现，它给人类社会带来了历史性转变。人类可以利用火取暖和煮熟食品，避免野生动物的袭击等等，因此人类开始依赖火甚至开始敬仰，在以后的生产生活过程中逐渐形成了祭火的习俗。蒙古族认为火是纯洁的象征和神灵的化身，灶火是民族、部落和家庭的保护神，可赐予人们幸福和财富，也是人丁兴旺、传宗接代的源泉。古代蒙古族萨满教巫师认为火与火神可以驱逐各种妖魔与邪恶，医治疾病，施恩惠于人类，由此也可以说蒙古民族的祭火是原始宗教信仰的一种遗俗。史上有很多民族有着祭火习俗，但没有一个民族像蒙古族那样敬仰火。在历史长河中蒙古族形成了平时不灭炉里的火，从家族内部借火，经常将食品的精华敬献给火，赃物不得接近火源，不准敲打火灶，利器不得接触火等禁戒。

祭火时用的火撑子蒙古语叫突力嘎，是一种腰缠三箍，上有四个支撑点的火架子。有的不用火撑子，便在火盆里搭起四边形干柴架。把蓝、白、黄、红、绿五彩布条，挂在火撑子或木柴的四边上，分别代表蓝天、白云、黄教、红火、绿色的生命。火撑子前，铺一席白毛毡、摆木桌，白毡上用炒米撒上图案，蒙古语称哈斯塔吗嘎，意译即玉玺。桌子中央的碗里盛放着炒米、茶叶、红枣、黄油、羊胸脯肉等，上插燃烧着的香。桌上的盘子里盛着绵羊的肋条、颈骨、灌肠、胸脯、羊尾等。祭品留待二十四日以后、大年初一以前，每日早晚两次向火撑子里投祭，火撑子里的火至少三天不断，有的保持三个月。蒙古人把火撑子看得很神圣，将最小的儿子叫守火盘的人，含有接续家族香火的意义。外家族过来的姑娘，只要给灶神一磕头，就成了这个家族的成员。

随着时代的变迁，文化记忆的形式和文化机制都在发生变化，在传统民族文化与现代化的不断碰撞中，牧民的祭火仪式也在逐渐简化，毕竟能用锅炉、煤气灶的就不会选择火撑子。虽然仪式在简化，但火的概念已经完全渗透到牧民生活当中，尽管现在的火已经不像几千年前那样给人带来那么多的实际性功能，但千余年后人们仍然能像当初那样的尊敬爱惜它，可见"祭火"的强大生命力，不在仪式本身，而在"火"这一观念。

过去传统的祭火以家庭和寺庙为主，现在又发展成以城镇居民为群体的一种集中活动，成为传承民族传统文化的一种新形式。2017年12月，正蓝旗察哈尔祭火仪式被列入第六批自治区级非物质文化遗产保护项目。

正蓝旗的乌兰牧骑

提到内蒙古的民族文化品牌，人们自然会想到乌兰牧骑。二十世纪五十年代中期，锡林郭勒盟的剿匪和民主改革任务胜利完成，全盟广大牧民群众随着政治地位的提高和经济生活的改善，对文化生活的需求日益强烈。对此，内蒙古自治区人民政府为改善边疆人民群众的文化生活，决定组建一支能为牧民服务的流动文化工作队，并给这支文化队起了个牧民一听就懂、一说就记得住的名字——乌兰牧骑。"乌兰"一词，蒙古语为"红色"的意思，象征着光明和革命，"牧骑"是"嫩芽"的意思。这样，"乌兰牧骑"一词便被赋予了一种新的内容，即成为今天各族干部群众都非常熟悉的"红色文化工作队"。

1957年9月25日，内蒙古锡林郭勒盟正蓝旗乌兰牧骑成立，这是全区成立的第三支乌兰牧骑，全盟成立的第二支乌兰牧骑。达希巴扎尔任队长，东西格任指导员，队员有其木德道尔吉、仁钦苏达那木、敖其尔胡雅嘎、巴布道尔吉和杜贵玛。1959年至1964年，从旗直属单位、学校和农村牧区业余文艺队员中选拔调部分演员，队员增加到16人。正蓝旗乌兰牧骑成立伊始，队员们顶风冒雨、风餐露宿，常年跋涉在金莲川草原为农牧民送歌献舞，把党和人民政府的温暖送到千家万户，同时开展送书送药、参加生产劳动、放映幻灯、举办流动展览等便民活动，有时还为人代写书信、为病人无偿献血，受到牧民群众的欢迎和爱戴，亲切地称之为"玛奈（我们的）乌兰牧骑"。

乌兰牧骑突出的特点和优点是人虽少，但个个都是多面手。演出时，他们丢下这个家伙拿起那个家伙，一会儿扮演这个角色、一会儿又扮演那个角色，一会儿拉、一会儿唱、一会儿跳。除了演戏、跳舞、说唱，有时还进行各式各样的宣传，活动内容丰富多彩，生活气息很浓厚，同群众联系密切。1965年1月17日，《人民日报》

二版刊发《正蓝旗乌兰牧骑到牧区辅导群众文艺活动》。文中写道:"正蓝旗乌兰牧骑队员把他们在巡回演出中受到牧民欢迎的节目,教给这些文艺爱好者。还有表现牧民热爱集体的小型话剧《一只黑羊羔》、小演唱《请帖》《劳动牧民之歌》以及批评骄傲自满、麻痹大意的《猜谜语》《警惕》等蒙古语相声……"

1964年11月17日,全区乌兰牧骑代表队一行18人,随同内蒙古自治区艺术代表团到北京参加少数民族业余艺术观摩演出。12月10日,正蓝旗乌兰牧骑的随团演员其木德道尔吉、仁钦苏达那木、敖其尔胡雅嘎和其他地区的9名乌兰牧骑队员一起,向参加观摩演出会的首都观众和各民族文艺工作者进行了汇报表演。在15个参加观摩演出的节目中,全体队员合唱了其木德道尔吉作词的《文化轻骑队之歌》,仁钦苏达那木与他人合唱了《请帖》,其木德道尔吉、敖其尔胡雅嘎演唱了好来宝《达西是个好战士》,其木德道尔吉表演了马头琴独奏《唱支山歌给党听》,与他人表演了民乐齐奏《社员都是向阳花》,同时与全体队员合唱了《五个不可忘记》《风雪之夜》,集体表演了安代舞《歌颂三面红旗》。12月27日,毛泽东、刘少奇、周恩来、朱德等党和国家领导人,在北京人民大会堂亲切接见了其木德道尔吉等参加全国少数民族群众业余艺术观摩演出会的全体人员。在京期间,除向全国少数民族群众业余艺术观摩会作汇报演出外,还向全国人民代表大会部分代表、全国政协部分委员、文化部直属各专业艺术团体、解放军文艺工作者、首都各艺术院校、北京市所属文艺团体及首都的业余文艺工作者汇报演出24场,观众达3.3万余人次。

1965年5月31日,文化部从内蒙古自治区的19个乌兰牧骑中选出40多名队员,组成3支全国巡回演出队前往北京。正蓝旗乌兰牧骑的队员贡其格、贡·娜仁其木格入选第三巡回演出队,先后在宁夏、甘肃、青海、西藏、新疆进行了巡回演出。离疆返京途中,应陕西省西安市各界观众要求,又下车作了4场演出,后随同第一队离开西安返京。周恩来、朱德等中央领导同志,接见了参加全国巡回演出返京的全体队员。联欢会上,与大家合唱《在北京的金山上》《草原儿女爱延安》《内蒙古好地方》等歌曲。本次全国巡回演出,三支乌兰牧骑代表队累计行程5万余公里,演出600余场,观众近100万人次,受到社会各界的热烈欢迎和高度赞扬。

六十年来,正蓝旗乌兰牧骑创作演出了大量具有民族地区特色的文艺节目,先后多次被评为全区和全盟乌兰牧骑先进集体，并受到了国家文化部、民政部的表彰奖励。1978年12月至1979年1月，全盟第五届乌兰牧骑会演在正蓝旗那日图苏木举办，汇演结束后正蓝旗乌兰牧骑进行了集训创作。1981年，正蓝旗乌兰牧骑队长其木德道尔吉作为先进工作者，代表内蒙古自治区乌兰牧骑的优秀队员，出席了全国农村牧区文化艺术工作先进集体和先进工作者表彰大会。2005年，在全盟乌兰牧骑巡回演出中，正蓝旗乌兰牧骑演出的舞蹈《古都之韵》获创作、服饰、设计奖，创作演出的《弯弯的上都河》《伊吉利河》《忽必烈汗》等节目由内蒙古电视台播出。2007年8月，在第四届内蒙古乌兰牧骑艺术节上，正蓝旗等4支乌兰牧骑获得团体演出银奖和"一专多能"团体奖。自2009年以来，正蓝旗乌兰牧骑先后荣获中国乡村文化旅游节目民间艺术展演群舞金奖、中外民乐交流弹拨乐比赛一等奖、全区服务农牧民服务基层文化建设先进集体等荣誉称号，进入到全区一类乌兰牧骑队伍行列。《我的家乡正蓝旗》《上都河畔盛开幸福花》《摔跤手》《牧民的喜悦》《生生不息的浑善达克沙榆》《欢乐草原》《察哈尔颂》《忽必烈汗》等文艺节目多次在全盟及全区汇演中获奖。

六十年来，正蓝旗乌兰牧骑以蓝天为幕，以草原为舞台，以群众为基础，创作演出了成百上千个突出主旋律、具有鲜明民族特点、地区特点和浓郁生活气息的文艺节目，以健康的思想内容和完美的艺术形式给人以鼓舞和美的享受，并在服务群众的实践中锻炼成长起来了歌唱家乌日柴胡，阿斯尔演奏家巴布道尔吉，其木德道尔吉等民族艺术家，为继承弘扬民族优秀文化艺术造就了一支朝气蓬勃的队伍。同时，还组织队员参加了音乐剧、电影《百花春》《战地金莲花》的拍摄，锻炼了队伍，提高了素质。

今天，在经济、社会、文化快速发展的新时期，这支"愿借明驼千里足，踏遍草原万里行"的乌兰牧骑，仍然一直保持着与牧民群众情相依、心相通、艺相习、歌相应的优良传统，不分观众多少、不分场地好坏、不分酷暑严寒、不分生活待遇、不分路途远近、不分时间早晚，坚持到基层演出，深受各族群众欢迎，年均下乡演出100余场次。2015年11月，正蓝旗乌兰牧骑搬入新建成的文化中心，排练厅、录音棚、琴房、展览室、办公室和演出剧场达到了4000多平方米。正蓝旗乌兰牧骑核定编制35个，截至2018年底有在编人员24人，不在编人员11人。在编人员中有国家级演员21名，现任队长仁·斯琴巴特尔，副队长佈和、阿拉腾松布尔。尽管队员新老交替，工作条件逐步得到改善，但乌兰牧骑仍然保持了一专多能、一队多用、艰苦朴素、服务基层的光荣传统，同时紧跟时代步伐，努力开拓创新，为加强农村牧区社会主义精神文明建设、弘扬社会主义核心价值观、促进基层民族文化事业和全旗社会经济发展作出了新的成绩和贡献。

走出草原，走出国门，这一牧民世世代代的梦想在乌兰牧骑队员的身上得到实现。如今，北京、上海、陕西、江西、内蒙古等地有正蓝旗乌兰牧骑队员的足迹，韩国、日本、蒙古国、土耳其有他们的歌声，他们把草原儿女多姿多彩的风貌，带到了草原以外更为辽阔的地域，他们的脚步走到哪里，欢乐、友谊的种子就在哪里生根发芽。乌兰牧骑的演员们，用绚丽多姿的蒙古族歌舞艺术，唱响了草原，唱红了全国，走向了世界，提升了中华文化的国际影响力。

2017年是被誉为"草原上的文艺轻骑兵"的乌兰牧骑建立60周年，成立于1957年6月17日的内蒙古锡林郭勒盟苏尼特右旗乌兰牧骑是全国成立的第一支乌兰牧骑队伍。10月9日该队16名队员给习近平总书记写信，汇报乌兰牧骑60年来的发展情况，表达为繁荣发展社会主义文艺事业作贡献的决心。11月21日，习近平总书记给队员们回信，亲切勉励广大乌兰牧骑队员要继续扎根基层、服务群众，努力创作更多接地气、传得开、留得下的优秀作品，永远做草原上的"红色文艺轻骑兵"。对此，正蓝旗乌兰牧骑认真学习贯彻习近平总书记重要指示精神，坚持以人民为中心的创作导向，深入实施文化惠民工程，出精品佳作、送欢乐文明，更好地满足了群众日益增长的精神文化需要，让各族群众从物质上到精神上都把日子过得更加红火起来。12月4日，内蒙古党委召开全区乌兰牧骑工作会议暨乌兰牧骑建立60周年表彰大会，正蓝旗乌兰牧骑的仁·斯琴巴特尔、宝音德力格尔、乌兰其其格荣获全区从事乌兰牧骑工作30年以上优秀队员荣誉称号；6月19日，在锡林郭勒盟庆祝乌兰牧骑成立60周年大会上，仁·斯琴巴特尔被盟委、行署评为全盟优秀乌兰牧骑队长，特日格勒被盟委、行署评为全盟优秀乌兰牧骑队员，仁·斯琴巴特尔、宝音德力格尔、乌兰其其格荣获全盟从事乌兰牧骑工作30年以上优秀队员荣誉称号；12月19日，正蓝旗党委、政府召开全旗乌兰牧骑工作会议暨乌兰牧骑建立60周年表彰大会，对董希格、贡其格、娜仁其木格等33名退休老队员，仁·斯琴巴特尔、乌兰其其格等5名连续在乌兰牧骑工作25年以上的在职队员进行表彰,为其颁发了荣誉证书和纪念奖章。正蓝旗乌兰牧骑原队员、内蒙古广播艺术团著名歌唱家、国家一级演员乌日彩呼,乌兰牧骑在职队员特日格勒,分别代表老队员和新队员作了表态发言。

为深入贯彻落实习近平总书记给乌兰牧骑回信精神,内蒙古组建了首批209支"小小乌兰牧骑",正蓝旗蒙古族小学和第二小学名列其中。2018年9月3日,正蓝旗举行了"小小乌兰牧骑"授旗仪式暨首场演出,并通过坚持开展各类文化志愿服务、文艺演出、地区学校间结对共建和文艺交流等活动,使"小小乌兰牧骑"成为活跃校园文化、传承传播文明、践行社会主义核心价值观的重要载体和主题实践活动平台,不仅促进了学生的健康成长和全面发展,也为培养乌兰牧骑的演艺人才奠定了群众基础。

汇宗寺附属寺庙明德拉庙

明德拉庙建于1912年，是全国重点文物保护单位汇宗寺的附属寺庙，位于今内蒙古正蓝旗五一种畜场总场所在地，距世界文化遗产元上都遗址仅2公里。明德拉庙前面是一片开阔的平地，背靠一座高约千米的大圆山，当地人称之为后山，与左前方约1公里远的小圆山遥相对应。明德拉庙又称甘珠尔庙，由五个整齐的大院组成，一色的深灰青砖青瓦，建筑所用青砖及石材大部分取自于元上都遗址，为清朝末年多伦淖尔十四位活佛之一的甘珠尔活佛所建，当年庙内有僧侣30多人。在庙的大殿后面，有一口2米多深的水井，石凿井口直径约2尺。井水常年不溢不减，保持在离井口1米的水平面上，可谓"取之不尽，用之不竭"，井傍的石碑上刻有"神泉"字样。1913年北洋军烧毁此庙，但不久补修了几座小殿和住房，建成一个小寺院，本地人称之为甘珠尔活佛院，当时活佛带部分僧俗弟子在这里供佛送经。

二十世纪三十年代，汇宗寺末代活佛第五世甘珠尔瓦呼图克图回到藏区，为躲避战乱俗家弟子们也都迁到了沙漠地带。明德拉庙属于多伦汇宗寺外围的附属寺庙，汇宗寺有两个行宫性质的寺庙，设在察哈尔地区的就是明德拉庙，该庙在对察哈尔各寺庙的管理中发挥过重要作用。当时，明德拉庙和汇宗寺是不可分割的整体，是中国北方草原的宗教统治中心。民国十九年（1930年），第五世甘珠尔活佛完成五当召的经典学习后回到察哈尔地区，因汇宗寺已被奉军破坏，就在明德拉庙进行禅修，使明德拉庙一时成为内蒙古地区的喇嘛教中心。

1953年5月1日，内蒙古察哈尔盟地方国营五一种畜繁殖改良场（今正蓝旗五一种畜场）在明德拉庙挂牌成立。寺院的几间房屋保留至今，即便是残存，也在证明着自己的存在，因为存在，也就不会被遗忘。

蒙古文的书法艺术

公元1204年,成吉思汗聘请奈曼部落的文人为其子弟和臣僚们教授回纥式蒙古文字,从此蒙古族开始有了统一的文字。蒙古族在借用回纥字母拼写蒙古文的过程中,经过不断改进和完善,形成了属于自己的回纥式蒙古文字,距今已有800多年的历史。

世界上唯一将古老文字作为艺术的是中国,这门艺术叫书法,成为中国十大国粹之一。蒙古文书法与历史悠久的汉文书法相比,尚属一门年轻的艺术。然而它从诞生时起,就形成了使用软笔(毛笔)、硬笔(竹笔、羽翎、骨签)书写的蒙古文书法艺术。这一点,足以从成吉思汗时代到元、明、清及"中华民国"历代流传下来的《成吉思汗石书》《释迦院碑记》《甘珠尔经》等手抄品、木板或石刻印刷品、碑刻、印鉴、牌匾等文化遗产和历史遗迹中得到充分印证。蒙古文字是世界上独一无二的伟大创举,是一种竖式拼音结构的象形文字,犹如蒙古人骑马行走一般,不仅字母骑字母才能组成字词的竖式结构,字形修长,线条均匀,千姿百态,变化莫测,充满律动,而且线条收放合度,形态自如,形成和谐统一的整体,宛如精美的图案画。在世界上众多民族和国家的拼音文字中,唯独蒙古民族的传统文字具备了产生书法艺术的特殊天赋条件,其独特的象形结构,经过艺术构思、巧妙布局、书写得体,便会产生浑然天成、洗练含蓄的美感,产生出言有尽而意无穷的艺术感染力。

任何艺术都随着时代的变化而发展变化,蒙文书法也不例外。从最初的回纥蒙古族文楷书发展为近代的蒙古文楷书,在此基础上产生了行书、草书、挺胸书、腾跃书、篆书等书体,现在又出现了方隶书、摇摆书、象形书等新的书体,这些发展符合蒙文书法本身的逻辑规律。在农耕与游牧文明长期交融的过程中,蒙古文书法艺术自然而然地受到了汉文书法和绘画艺术的影响,从而使蒙古文书法在造型手法及表现形式上形成了审美范畴的共同特征。

蒙古文书法艺术作为蒙古民族深厚博大的传统文化艺术组成部分,在新中国成立后才步入了兴旺发展的道路。从二十世纪五六十年代开始,蒙古语授课的小学到初中,普遍都把教学蒙古文书法艺术纳入课程,将以往那种民间师徒传授这门技艺的方式,历史性地改变为学校教育内容,这为培养蒙古文书法艺术爱好者和人才创造了条件,也为其普及繁荣奠定了基础。1986年,在北京民族文化宫举办的全国首届民族大家庭书法、美术、摄影展中,满都麦的蒙文行书《金鹰》脱颖而出,这是有史以来蒙古文书法作品首次获得国家级奖项,并被国家文博馆收藏,这对弘扬民族优秀传统文化,促进民族语言文字交流和民族书法艺术的发展,发挥出了积极的作用。近年来,群众性的蒙古文书法艺术活动蓬勃兴起,蒙古文书法艺术创作队伍不断壮大。从书法艺术字体来看,中年作者以庄重典雅的楷书和严谨古朴的大小篆体为主,部分中年和青年作者多为行、草、腾、挺胸、方隶等体字的作品。其中较有功力的蒙文书法家,在继承蒙古文书法传统艺术手法的基础上,改革探索出了摇摆书、象形书等创新字体,并大胆突破传统习惯,采用浓、淡墨结合的或淡墨书写的作品,在体裁和艺术内涵方面更加充实丰富,表现手法与技巧更为细腻和多样化,给人以别具一格和耳目一新的感觉。

2016年9月11日,内蒙古兴安盟科右中旗组织1354名蒙古文书法爱好者举办千人笔会,成功挑战了"最大规模的书法课"吉尼斯世界纪录。经认证官审核,确定挑战方以1260人成功挑战吉尼斯世界纪录,并颁发了"最大规模的书法课"证书,自治区文联也为科右中旗颁发了"蒙古文书法之乡"牌匾。蒙古文书法于2014年被列入国家非物质文化遗产代表性项目。

从考古发掘看上都商贸繁荣

上都作为元朝的都城和当时的国际大都会,每到盛夏时节,大批随臣、诸王、贵族及其麾下的人口、军队等开始前往,伴之而来的是各种生活用品需要,这些物资均由商人自远方运来,上都自然就也成为商人集中之地。"煌煌千舍区,奇货耀日出""滦水桥边御道西,酒旗闲挂暮檐低",形成了粮市、马市、菜市、柴市、盐市、珠宝市等商业区,酒肆茶坊也悄然兴起。每年春天,大批商贩蜂拥而来,以各种"奇货"换取本地土特产品。元代诗人"老翁携鼠街头卖,碧眼黄须骑象来"的诗句,形象地描绘了上都商业区市场景象,其商贸繁荣可见一斑。到元代中期,上都的商税收入已达一万二千余锭白银,约为大都收入的十分之一。元代地域辽阔,兵威强盛,也为商贾往来提供了方便。明方孝孺在《赠卢信道序》一文中评论元朝是"以功利诱天下",重视商业。元代虽然商税重,但商贾地位提高了,商人成了一个特殊的阶层。元代商人"其积而至大富者,舆马之华,宫庐之侈,封君莫之过也,故其俗益薄儒,以为不足以利"。

2016年8月至10月,内蒙古博物院、内蒙古文物考古研究所的专家学者,进入元上都遗址内的西关厢进行考古发掘。西关厢为元上都城的繁华商业区,大街南北两侧建有较多的店铺商肆建筑,是商贾集散之地。从现今地表仍可见到的纵横街道和较小建筑遗迹,我们似乎看到了当年繁华的市井、错落的商号和商贩沿街叫卖的景象。本次考古原计划发掘200平方米,后因考古工作需要,实际发掘面积大约为600平方米。在所发掘的一处屋内两旁都是通炕的客房遗址、几处住宅和一段街道遗址中,发现了瓷片、陶片、宋代崇宁通宝古钱币、铁器、铜片、石具和大量动物骨骼,印证了元人诗中颂咏上都商贾云集的繁荣景象。考古人员通过考古发掘,发现元上都西关厢的房址墙基皆用自然石块垒砌,房内均有火炕,反映了元上都居民当时的真实生活水平。同时，出土的瓷器中有一部分墨书题记，这些题记多书于碗底，内容为姓氏和姓名，为研究元代居民的风俗习惯提供了翔实的资料。

1990年8月至2016年8月，内蒙古文物考古研究所先后对元上都周围的砧子山元代墓地、一棵树元代墓地、卧牛石元代墓地、羊群庙元代祭祀遗址和墓地以及元上都城址多处地点进行了13次的考古发掘，并在元上都遗址进行了2次大规模的考古勘测，对地下文物进行了全方位的勘探，勘测总面积达540万平方米，为元上都遗址的考古学深入研究奠定了坚实的基础。

1964年10月22日，元上都遗址被确定为内蒙古自治区第一批重点文物保护单位，1988年1月13日被确定为第三批全国重点文物保护单位。1996年7月，国家文物局将元上都遗址列入中国政府向联合国教科文组织世界遗产委员会申报世界文化遗产的预备清单，元上都申报世界文化遗产工作正式启动。2012年6月29日，在俄罗斯圣彼得堡召开的第36届世界遗产大会上，被联合国教科文组织世界遗产委员会列入世界文化遗产名录。2016年5月30日，内蒙古自治区十二届人大常委会第二十二次会议，表决通过了《内蒙古自治区元上都遗址保护条例》，使元上都遗址保护有了立法规范。2016年10月31日，国家文物局将元上都遗址等内蒙古10处遗址纳入国家大遗址保护"十三五"规划，充分显示了元上都遗址的历史地位与国家对元上都遗址保护工作的高度重视。

让正蓝旗成为一道流动的风景

正蓝旗景色奇骏，四季变换，是生态旅游、休闲度假和摄影采风的好去处。2016年10月11日至12日，由正蓝旗旅游发展服务中心、正蓝旗外宣办主办，正蓝旗骏王部落文化旅游景区承办，内蒙古摄影家协会、内蒙古旅游摄影家协会、锡林郭勒盟摄影家协会、正蓝旗摄影家协会、正蓝旗上都骑士马文化俱乐部协办的"印象元上都"多彩秋季文化旅游节成功举行。来自区内外的50多名摄影师，走进草原深处，以专业的拍摄方法、独特的视觉角度和富有创造力的思维，找寻元上都的切入点，洞察金莲川草原的秋色，把看到和感受到的美好瞬间装进了镜头，将拍摄出的一幅幅精美摄影作品，在中国网图片中心、中国新闻网、大美摄影、锡林郭勒日报等媒体及相关影展中进行宣传展示，让正蓝旗成为一道生动精彩的流动风景，吸引了更多国内外朋友对正蓝旗的关注，对全旗文化旅游产业的后续影响产生出了不可替代的积极作用。

摄影是文明的手印。活动期间，摄影家们先后深入到浑善达克生态园、金莲川湿地公园、元上都遗址、查干敖包、小扎格斯台淖尔、乌和尔沁敖包林场和正蓝旗第九届察哈尔奶食节活动现场等地进行采风。每到一地，摄影家们都会争先恐后地架起"长枪短炮"、打开航拍设施、拿出自己的手机进行全方位立体化的拍摄，无声的相机代替了力不从心的语言，使蒙元文化和草原无限美景脱离了苍白的文字，在瞬间中成为永恒。虽然以前我多次去过元上都遗址，但从未俯视过遗址的全貌，这次有幸随摄影家们登上查干敖包的山顶，夕阳下向东俯视1公里外的元上都遗址，整个大地一片金黄，牧草刚刚被收割成捆，这让整个遗址城郭更加清晰可见。第一次站在高处俯视遗址全貌，给我的感觉是震撼、敬畏和感动，让人自豪到流泪。

在小扎格斯台淖尔，成群的白天鹅引起了摄影家们的极大兴趣，大家不敢靠近生怕惊动它们，只是站在远处悄悄地拍摄。举起我搞新闻配备的照相机，镜头里显示的只是一片白点，但在摄影家的专业技术和设备面前，拍出的白天鹅煞是优雅。白天鹅，蒙古语称查干鸿，被视为纯洁美丽和吉祥善良的象征。在蒙古族民间传说里，天鹅是仙女的化身，占有特殊地位。每当初夏金秋，这里的河、淖尔、沼泽中常见它们洁白如玉的身影，可称得上是天鹅之乡。

蒙古马是世界上200多个马品种中的一种，特殊的物种基因、严酷的生存环境和长期的遗传变异，造就了蒙古马耐寒、耐旱、耐力强的特殊属性，作为中国优秀地方畜种之一，已被录入畜禽保种名录中。蒙古马纵横驰骋、屡建奇功，铸就了坚韧不拔、勇往直前、忠于职守、甘于奉献的"蒙古马精神"。习近平总书记在考察内蒙古时曾指出，干事创业就要像蒙古马那样，有一种吃苦耐劳、一往无前的精神。

蒙古人马上得天下，素有马背民族之称。蒙古马作为重要的伴侣动物已成为当今草原的文化标志，它头大颈短、体魄强健、胸宽鬃长、皮厚毛粗，可随时胜任骑乘和拉车载重，无论严寒酷暑都可以在野外生存。上都镇侍郎城嘎查的牧民杨永波家中养有上百匹蒙古马，他还牵头成立了由20多名年轻人组成的上都骑士马文化俱乐部，为旅游景点、影视剧组、婚庆礼仪、摄影家采风等提供骑乘引导、马术表演和马队迎亲等服务，默默守望和传播着蒙古族马文化。在本次拍摄活动中，杨永波为摄影家赶来了200多匹马，骑手们表演了套马、驯马、跑马拾哈达等绝活，成为摄影家们取镜的焦点。上都电厂23岁的女骑手王晓前，巾帼不让须眉，一招一式都颇具骑士风范，令人赞叹不已。

在正蓝旗金莲川草原上拍马，来自内蒙古老摄影家协会的副秘书长哈斯塔娜更多了一份亲切感。她的父亲吴海山，二十世纪四十年代从家乡通辽参军，后随内蒙古骑兵部队转战正蓝旗并在旗乳品厂工作过一段时间。作为华北军区骑兵师的一名解放军战士，吴海山曾光荣地参加过开国大典。当时，参加开国大典的受阅骑兵是6个方阵，5匹马一排，每个方阵的战马毛色一致，分为黑、白、黄、棕等不同颜色，非常耀眼。据哈斯塔娜介绍，在开国大典受阅骑兵中，她父亲是白马连第一排其中的一员。吴海山和全体受阅骑兵，在激扬奋进的《骑兵进行曲》中，扬动马刀、行骑兵礼，威武雄壮、整齐划一地通过天安门广场，受到了毛主席等党和国家领导人的检阅。聊起这段往事，大家都有那么一种感动，走路拍片的劲头也就更足了。

　　旅游是一个发现美、开发美、包装美、营销美的产业，而摄影就是发现美、营销美的直接推手，它不仅能给人们带来美的享受，更可以直接激发人们亲自前往草原旅游观光的激情。2013年1月11日，深爱着家乡这片草原的巴达日拉图牵头成立了正蓝旗摄影家协会并当选为首任主席。协会成立三年来，先后多次组织摄影采风活动，创办了唯美正蓝旗影视网，编辑出版了《行摄正蓝旗》作品集。据现任正蓝旗摄影家协会主席管永新介绍，自协会成立以来，正蓝旗的摄影家和摄影爱好者们拍摄出大量不同影像风格、表现形式和题材的摄影作品，在报刊和网络上为国内外广大读者展现出了一个多角度、多视野、多人文的正蓝旗，用心去记录正蓝旗经济社会发展变化和百姓生活，追寻和发现正蓝旗昨天、今天和明天的故事。唯美正蓝旗影视网现已刊发照片6000余幅，点击浏览人数达到了500万人次，成为正蓝旗对外宣传中的重要窗口。2016年，来正蓝旗旅游的国内外游客达62万人次，实现旅游相关收入4.2亿元，较上年同期均有所增长，为推动全旗文化旅游业向主导产业迈进起到了积极的作用。

　　一次采访认识一个民族。正蓝旗厚重的历史文化、淳朴的风土人情、完美的生态景观、丰富的人文资源、齐全的旅游基础服务设施，给参加正蓝旗首届"印象元上都"多彩秋季文化旅游节的区内外摄影家们留下了美好印象，并相约明年再见，用镜头更好地发现和挖掘大美正蓝旗，让躺着的历史站起来，让沉睡的文化醒过来，使这片草原成为中国乃至全世界旅游观光的好去处。

锡林草原上的搏克和搏克服饰

内蒙古锡林郭勒大草原,是北方游牧民族成长的摇篮,是蒙古族游牧文化保留最完整、坚持最长远、发展最得力的地区之一。至今仍留存着清新质朴的蒙古族风情——草原那达慕、祭敖包、清香四溢的奶茶、别有风味的手把肉、悠扬的马头琴、色彩斑斓的民族服饰及优美的民族舞蹈。长调、呼麦、潮尔、赛马、射箭和搏克等最有特色的蒙古族文化,在这里得到了很好的传承和发展。特别是搏克,有着最广泛的群众基础,是草原人民最喜爱的体育运动之一。

蒙古语称摔跤为"搏克",称摔跤手为"搏克庆"。摔跤这种游戏起源很早,秦汉以前管摔跤叫做角觝或角觝戏。搏克是摔跤的一个种类,起源于北方少数民族地区。相传,是远古时期人们为了争夺猎物进行相互搏斗,使用技巧和谋略所形成的一种模式。随着蒙古帝国的兴起,搏克成为一种训练军队的重要方式和休闲娱乐不可或缺的主要内容,与远征的蒙古军队一起走向了世界,曾造就出蒙古族历史上的"一代天骄"。

摔跤是蒙古族特别喜爱的一种体育活动,在每年的祭敖包活动中,都要举行摔跤比赛,也是那达慕大会上必不可少的比赛项目。蒙古族的摔跤有其独特的服装、规则和方法,因此也叫蒙古式摔跤。新中国成立后,随着人民体育事业的发展,搏克由在草原上自由竞技的形式,向进入国家、自治区级运动项目发展。1953年,中国式摔跤被正式列入国家体育运动竞赛项目。同年,在天津举行的全国少数民族运动会上,乌珠穆沁健儿森格在重量级一举战胜天津名将、重量级冠军张魁元,乌珠穆沁健儿色登在次重量级战胜名将杨子明,双双得冠,成为中国式摔跤史上的第一批蒙古族冠军。1956年,国家体育运动委员会授予森格"运动健将"荣誉称号,毛泽东、周恩来、朱德等老一辈党和国家领导人在怀仁堂亲切接见了他。

1989年，西乌旗将森格身着跤服的塑像树立在巴拉嘎尔体育广场，以表达草原人民对他的纪念和敬仰。全国著名体育社会学家、世界体育社会学学会执委、解放军体育学院教授刘德佩先生曾指出，世界上有多少民族，就有多少种摔跤。其中蒙古族搏克的竞争意识符合奥林匹克运动竞争意识，又保持有浓郁的民族特色，与人们的日常生产劳动相结合，十分贴近生活。

一个民族的体育项目，不管其多么具有民族特点，但绝非属于一个民族，应该为人类所拥有。1956年，我国颁布了《中国式摔跤运动员等级制》，1957年颁布了《中国式摔跤规则》，"中国式摔跤"也从此定名，以区别于世界上的"自由式"摔跤和"古典式"摔跤。1982年，自治区体委在阿巴嘎旗召开蒙古式摔跤比赛法改革工作现场会，在阿巴嘎旗新比赛法的基础上制定了《内蒙古自治区搏克摔法暂行规则》，并在全区推广。1984年锡林郭勒盟体委把搏克纳入全盟体育运动正式比赛项目。1986年，自治区体委把搏克定为第六次全区运动会正式比赛项目。1988年在北京举行的全国首届农运会把搏克列为表演项目。1991年举行的全国第四次少数民族运动会和1996年举行的全国第三次农运会，把搏克定为正式比赛项目。国家体育运动总局从2003年起，把搏克与中国式摔跤融为一体列入全国锦标赛和冠军赛项目。2004年，内蒙古自治区教育厅把搏克作为蒙古族先进体育运动，列为全区大专院校和中小学体育运动正式比赛项目。同年7月28日上午9时30分，内蒙古锡林郭勒盟西乌珠穆沁旗巴音乌拉镇西南郊的一片绿色草地上，2048名搏克手在同一个时间、同一个地点进入了比赛场地。在这一瞬间，世界吉尼斯纪录史册载入了"搏克在乌珠穆沁草原上创造了吉尼斯纪录"的新记载，具有千年古老历史的蒙古族传统搏克，又树立了一座历史的丰碑，成为一项既能自成一体，又被世界普遍认同的优秀体育项目。

"搏克"的出场仪式宛如一首悠扬的蒙古长调，那是马背上的蒙古民族在辽阔草原上自由生活的优美韵律。蒙古搏克出场仪式是人类希望脱离大地这一美好愿望最原始的表现形式之一。蒙古族把摔跤手出场时的舞蹈美名为"汗凤凰之蹈"。人类羡慕鸟的飞翔，所以，蒙古族模仿凤凰飞翔的动作。蒙古长调"摔跤手歌"唱过三遍之后，摔跤手挥舞双臂、跳着鹰舞入场，向主席台行礼，顺时针旋转一圈，然后由裁判员发令，比赛双方握手致意后比赛开始。

蒙古族的摔跤有其特点：按蒙古族传统习俗，摔跤运动员不受地区、体重的限制，采用淘汰制，一跤定胜负。参加比赛的摔跤手必须是2的某次乘方数，如8，16，32，64，128，256，512，1024等。比赛前先推一位族中的长者对参赛运动员进行编排和配对，选手对阵的方法有"传统对阵法""交叉对阵法""表格对阵法"等。在蒙古搏克中，身体的耐力和体力的消耗是巨大的。蒙古搏克比赛连续半天和一天的情况很常见，能够如此长时间的紧张激烈对峙，与其说这和蒙古族山一样魁伟的体魄相匹配，倒不如说是有"不获全胜决不罢休"的恒心。蒙古搏克设置的奖励，不仅包含着尊重强者的思想，同时也包含着尊重长者的美好习俗。比赛前年轻的运动员要主动与年长的运动员握手，一方倒地后，获胜一方要把对方拉起来等等，无一不体现着蒙古族的文明和友善。

摔跤的技巧很多，可以用捉、拉、扯、推、压等13个基本技巧演变出100多个动作。可互捉对方肩膀，也可互相搂腰，还可以钻入对方的腋下进攻，可抓摔跤衣、腰带、裤带等。蒙古族摔跤的最大特点是不许抱腿，其规则还有不准打脸，不准突然从后背把人拉倒，不许触及眼睛和耳朵，不许拉头发、踢肚子或膝部以上的任何部位，手的动作不得超过腰部以下等。其他的竞赛规则还有：点名后忌讳不出场；不得酒后参赛；不得赤身；比赛中不能说话，更不能谩骂或污辱对方；不得与裁判员吵闹，不得污辱裁判员。《宦海沉浮录》云："布裤者，专诸角力，胜败以仆地为定。"摔跤选手膝盖以上任何部位着地者为负。搏克具有"不分级别、不限时间、一跤定胜负"的独特规则，这既是它备受争议的地方，也是它真正的魅力所在——竞争中，人人都有均等的机会，通过竞争强健体魄，增长智慧，让竞争更为激烈和精彩。这不仅充分体现了现代人的平等意识和竞争观念，也是搏克能够从古至今深受北方少数民族群众喜爱，并成为整个蒙古族传统游牧文化中最重要、最辉煌的组成部分的重要原因。

在实践中形成的结实漂亮的蒙古族摔跤服，具有鲜明的民族特点，不仅蕴含蒙古族在生活中崇尚坚实稳定的精神，也蕴含着美化生活的美好愿望，同样也体现着蒙古族皮革熟制使用、金属器皿制作、绘图图案、缝制衣物的传统技艺。摔跤手穿着的坎肩式上衣，蒙古语叫"昭德格"。昭德格多用香牛皮或鹿皮、驼皮制作，也有用粗帆布制作的。坎肩的里子是用结实的棉布制作。皮坎肩上有镶包，亦称泡钉,以铜或银制作。坎肩制作工艺简洁、粗放、美观、结实,穿着后便于对方抓紧。最引人注目的是,摔跤手的皮坎肩背部的中央部分饰有精美图案,图案呈龙形、鸟形、花蔓形、怪兽形、云纹形等,有的是黑体蒙古文字,给人以古朴庄重之感。根据形状,可将昭德格分为封闭式坎肩和敞开式坎肩。敞开式坎肩又可分为蝴蝶坎肩和翅膀式坎肩。察哈尔地区比赛时多用敞开式坎肩。敞开式坎肩袖短,袖口在上臂隆起的肌肉之上,领口断面横跨脖颈下面,朝前披在两肩上。前面无襟,后背严整,两侧腋窝的切边从腋后向下直至胯上,然后顺腰间围到腹部,用腰带紧裹在肚脐的位置。

围腰彩带,蒙古语叫"拉布尔",拉布尔是摔跤手围在腰间的带子,可将坎肩的下摆、套裤、裤带重叠裹紧,起到稳固腰部的作用。拉布尔多用彩色的绸缎制作,绸缎采用三种颜色,上面的是天蓝色,中间为金黄色,下面为草绿色,分别代表蓝天、太阳、草地,围在腰间非常漂亮。围腰彩带在腰后系紧,还可起到装饰的作用。套裤,蒙古语叫"陶浩"。陶浩其实就是护膝,可以保护摔跤手的膝盖不被碰伤,同时也起到美观装饰的作用。制作套裤的原料也是选用锦缎或布料,年轻选手的套裤多用色泽艳丽的布料,而年龄较大的选手多选用颜色淡雅的布料。在套裤的正中膝盖处,绣有禽兽图案或地区名称等。

摔跤手下身穿着的裙裤,蒙古语叫"班吉拉",是用十五六尺长的白绸子或各色绸料做成,宽大多褶。裙裤外面的套裤前面双膝部位绣有别致的图案,呈孔雀羽形、火形、吉祥图形等,图案底色鲜艳,图呈五彩,漂亮美观。宽松肥大的裤腿下垂至靴腰处,更显示出了摔跤手体格雄健、英姿焕发的形象。摔跤靴子与平时穿着的马靴不同,靴腰较粗大,靴体厚重结实。靴子多用香牛皮制作,靴腰与靴底多用细皮条缝合,不易开裂。为了防止摔跤时靴帮开裂,还要用皮条将靴帮与靴底绑紧。由于靴体肥大,摔跤时还要穿上棉线纳制的布袜,防止脚与靴子之间出现滑脱、不跟脚等现象。

摔跤手戴在脖子上的彩色项环,蒙古语叫"江嘎"。江嘎是专门奖给摔跤手的一种项环,是搏克手地位和荣誉的象征,其他人不可随意佩戴。江嘎是用3条哈达围成的项圈,外面挽一些彩绸制成。彩绸有蓝白红绿黄5种,分别代表蓝天、白云、太阳、草原和大地,表达了尊贵、快乐、吉祥、平安、和谐的含意。摔跤手在搏克比赛中获得的名次或搏克生涯达到某个年龄段，就会得到举办搏克竞赛组织者授予的江嘎。年老的搏克手，也会将自己的江嘎传给优秀的青年搏克手或有志于搏克竞技的孩子。

　　从二十世纪初至今，锡林郭勒草原上涌现出了许多著名的搏克手，深受广大蒙古族民众的喜爱。如正蓝旗的扎木彦、都仁毕力格，正白旗的阿努格楞、龙腾、宝音若布吉，镶白旗的色木腾尼玛，镶黄旗的毕力古太、兰沙格尔丹，商都马群的僧格仁庆、贡楚格丹巴、色热特尔，东乌旗的查干扎那、巴根那，西乌旗的乌云巴图、好日乐，锡林浩特市的苏和巴特尔等。2006年6月，锡林郭勒盟文联编辑出版了《锡林郭勒搏克》；2014年7月，正蓝旗文体局孟克巴特尔编辑出版了蒙文《正蓝旗搏克志》，对内蒙古锡察地区搏克发展史作了具体介绍。

正蓝旗的首届元上都文化旅游节

2008年7月19日至21日,为庆祝改革开放30周年,宣传和弘扬蒙元文化,推进元上都遗址申报世界文化遗产和草原旅游业发展,着力把"元上都"打造成国际知名文化旅游品牌,推动全旗招商引资和经济社会又好又快发展,正蓝旗人民政府在上都镇西3公里处,举办了首届中国·元上都文化旅游节,现已举办五届中国·元上都文化旅游节,给正蓝旗的文化传承注入了源源不断的活力。

早在1997年,正蓝旗曾举办过首届元上都文化旅游节,只不过那时没有冠名"中国"二字。当时的正蓝旗首届元上都文化旅游节与现今的中国·元上都文化旅游节,从形式到内容上还是有所不同的。

1997年8月5日至9日,为庆祝香港回归祖国和内蒙古自治区成立50周年,正蓝旗人民政府在那达慕会场(今忽必烈文化体育广场)举办了正蓝旗第十二届那达慕大会暨首届元上都文化旅游节。当时,笔者正在锡林郭勒盟建筑建材有限责任公司(旗电杆厂)从事文秘工作,应旗委宣传部之邀担任大会记者,重点负责经济方面的对外宣传报道。从本人所收藏的会序册中我们可以看到,正蓝旗第十二届那达慕大会暨首届元上都文化旅游节设有大会主席团和大会组织委员会,大会组织委员会所属工作机构包括秘书处、宣传处、后勤处、土地市场物价经济协作处、竞赛处、安全保卫处、卫生防疫处和接待处。活动内容及赛事主要包括命名荣誉摔跤手、成人男子和女子及少年摔跤、蒙古象棋、射箭、远距离赛马、走马、颠马、职工拔河、球类、群众篝火晚会、乌兰牧骑露天歌舞晚会、全旗民间歌手歌咏比赛、教育系统文艺演出、电影晚会、物资交流和项目洽谈。会上,旗委、政府对全旗100名农村牧区"十星级"文明小康户进行了表彰奖励。

开幕式上,仪仗队、小康户代表队、武警队、工人队、公检法队、电业队、邮电队、知识分子队、裁判员队、运动员代表队、摩托车队、草原民兵队和上都音郭勒苏木、扎格斯台苏木、葫鲁斯台乡、赛音胡都嘎苏木、乌日图塔拉苏木、哈毕日嘎乡、伊和海日罕苏木、阿日呼布乡、那日图苏木、桑根达来苏木、杭哈拉苏木、乌苏图查干苏木、敦达浩特镇、哈登胡舒苏木、贺日斯台苏木、宝绍岱苏木、卓伦郭勒苏木、五一种畜场和黑城子示范区19个苏木乡镇场的代表队依次入场，由教育、畜牧、卫生、林水、邮电、乡企、电力、文化、经贸、金融系统组成的彩车队紧随其后，缓缓驶入。上百名中小学生和社会各界干部群众进行了团体操表演。大会组委会制定了体育竞赛总则和搏克、赛马、射箭、蒙古象棋、老年门球、篮球、排球、拔河等具体的赛事规程，确保了各项赛事的公平圆满完成。

正蓝旗第十二届那达慕大会暨首届元上都文化旅游节的会徽图案为：在正蓝辽阔的版图上，一匹骏马腾空而起，象征着正蓝旗鲜明的民族文化特色和正蓝旗各族干部群众昂首阔步、意气风发的精神风貌。正蓝旗的旗花金莲花位居正中，含苞欲放的中心花蕾寓意着正蓝旗的各项事业充满生机和活力。下方由蒙文"那达慕""1997"和"12"组成的图形，如两片茁壮的绿叶和坚实肥沃的土壤，说明了那达慕大会召开的时间和届次，又预示着本届那达慕大会暨首届元上都文化旅游节，对正蓝旗物质文明和精神文明建设的发展将起到重要的推动作用。会徽整体构图形如一把熊熊燃烧的火炬，又似一朵迎风怒放的鲜花，生动展现出正蓝旗各族人民对美好未来的殷切憧憬，表达了人们热爱家乡、建设家乡的坚定信心。

从我当时拍摄的照片看，大会主席台坐北向南，砖木建筑，有二层楼高，长和宽均为20米左右，主席台东西各留有3个窗户，东侧北角留有一入口进出，可容纳60余人同时参加活动。主席台屋顶上插着彩旗，上方和左右墙体及立柱上画着民族图案，"正蓝旗第十二届那达慕大会暨首届元上都文化旅游节"的横幅下面悬挂着4个大红灯笼。主席台两侧设有台阶式水泥观礼台，以方便群众观看比赛。

截至2004年8月，正蓝旗元上都文化旅游节累计举办六届，其中第六届正蓝旗元上都文化旅游节是与正蓝旗第十三届那达慕大会同步举行的，其会徽图案寓意与正蓝旗第十二届那达慕大会暨首届元上都文化旅游节的会徽图案寓意相同，只是图案中的阿拉伯数字由"1997"和"12"变成了"2004"和"13"。

忽必烈广场之畅想

在内蒙古正蓝旗上都镇中心地带,全国人民代表大会常务委员会原副委员长布赫同志亲笔题写的"忽必烈广场"五个大字宽厚沉稳、刚柔兼备,光彩夺目地耸立在广场中央的高台上。由于特色鲜明、活动丰富、影响广泛等特点,2017年8月,忽必烈广场被命名全区特色文化广场。

忽必烈广场呈长方形,总面积20万平方米,分文化广场和体育休闲广场两部分,各占总面积的50%。该广场2004年8月开工建设,2007年6月竣工并投入使用,总投资4000万元。广场所处位置原为一片开阔的草地,中间有一个坐北朝南砖木结构的主席台,曾是举办全旗那达慕大会的地方。如今,这里绿树成荫,花卉艳丽,清溪曲桥,景色旖旎,环境幽静,自然与人文交织,历史与现实辉映,在周围一栋栋楼房的包围下,将厚重的蒙元文化置于幽雅的环境之中,不仅成为集展示历史文化、休闲、娱乐、健身于一体的综合性广场和旅游景点,同时也成为正蓝旗作为内蒙古自治区首家世界文化遗产所在地的一处环境象征和文化标志,是正蓝旗对外宣传展示的"客厅"与"名片"。

广场入口用地板砖铺成的金莲花图案形象逼真,16盏白柱黄顶金莲花形状的路灯闪现其间,在草原之夜的映衬下盛开着朵朵耀眼的金莲花。周围七颗大小相同的圆形大理石球,如同金莲花瓣上滴下的晶莹露珠,寓意着正蓝旗各族人民和睦相处,同心发展。

金代大定初年,金世宗完颜雍游幸至上都河流域绵延数百里的草原游猎,策马来到曷里浒东川,细观每朵花形虽不大,却与莲花相似,因此联想到"莲者连也,取其金枝玉叶相连之意",故称此种奇异之花为金莲花。地因花得名,遂改曷里浒东川为金莲川。成吉思汗亲征漠南时,也曾在金莲川凉陉驻扎避暑,修整军队。忽必烈奉命南下，以此为创业根据地，招募天下名士，组成了文武兼备的政治集团，此即历史上著名的"金莲川幕府"。正是在金莲川幕府的鼎力辅佐下，才有了后来大元朝的辉煌与繁荣。金莲花在元朝被定为国花，现今又成为正蓝旗的旗花，备受人们喜爱。

忽必烈广场的设计理念围绕蒙元文化和察哈尔民俗风情，主题为"废墟中的文明、碎片中的记忆"。主入口的金莲花图案和景观大道如同一把巨大的钥匙，象征着用其来开启蒙元文化记忆之门。广场设置的山丘和溪流，象征着正蓝旗10182平方公里中的低山丘岭及上都河畔优美的自然风光。广场中心是一座75米见方的古式城，中心区域采用下沉式元上都遗址的古城堡造型，其中央4.8米高台上耸立着元世祖忽必烈身跨骏马的铜铸雕像。雕像高7米，重12吨，尽显忽必烈叱咤风云的威武雄姿，既有一代开国帝王的尊威，又体现出了指点江山的文韬武略。布赫副委员长的题字、忽必烈生平、元朝疆域图和在元上都登基的另外五位皇帝元成宗铁穆耳、元武宗海山、天顺帝阿速吉八、元文宗图帖睦尔、元惠宗（元顺帝）妥懽帖睦尔头像及简介分设高台四周。城墙内侧镶嵌着记载元朝历史、文化、科技、军事、商贸、狩猎、民俗等内容的10幅汉白玉浮雕群。从中你会发现，这些巨型雕塑建在金莲川草原的广场上，好似从这里自然生成一样，气势磅礴、排山倒海。

以忽必烈雕像为中心点，周边用雕像塑造了三位为元朝建立和发展立下汗马功劳的志士仁人。南侧是元上都的设计者，"一代成宪"的开国元勋汉族人士刘秉忠，只见博学多才的他手托罗盘，生而风骨异秀，志气英爽不霸；元朝藏族帝师八思巴身穿袈裟，胸佩佛珠，目光炯炯，一心护持国政；北侧雕像是世界著名旅行家意大利的马可·波罗，他不惧艰难险阻，手握书稿阔步前行……从中充分体现出了"思大有为于天下"的忽必烈之开放与包容，是一个知人善任具有远见卓识的皇帝。同时，也说明元上都的规划与建设是蒙汉等不同民族与文化相互影响与融合的结果，是农耕文明与游牧文明民族文化融合的产物，由此带来的国际多元文化兼容的盛况，在世界文明发展史上具有不可替代的独特作用。

望着忽必烈的雕像，怎能不让人想起那早已消失的元上都？《马可·波罗游记》第74章，对上都城作出了生动而细致地描绘：

"从上述之城首途，向北方及东北方间骑行三日，终抵一城，名曰上都，现在在位大汗之所建也。内有一大理石宫殿，甚美，其房舍内皆涂金，绘种种鸟兽花木，工巧之极，技术之佳，见之足以娱人心目。"马可·波罗把元上都的昌盛繁华，把元上都无与伦比的壮观景色传播到西方，一下子就轰动了整个西方世界，忽必烈统治的元帝国成为西方人无法相信、无法想象的遥远、神秘而又富足的国家。

关于忽必烈，《马可·波罗游记》中这样描述："号称大汗或王中之王的忽必烈，中等身材，修短适中，四肢匀称，整个体态配合得很和谐。他眉目清秀，英气照人，有时红光满面，色如玫瑰，更增加了他的仪容风采。他的眼睛乌黑俊秀，鼻梁高直而端正。"

《元史》对忽必烈的评价：其度量宏广，知人善任使，信用儒术，用能以夏变夷……

国外史学家对忽必烈的评价：治理大国之众，平定四方之邦，四隅无苦，八方无挠，致天下井然……忽必烈最终以统一中国的丰功伟业，成为中国历史上一位享有盛名的开明君主。

元上都的设计者刘秉忠，原名刘侃，生于1216年，邢州人。17岁时，进邢台节度使府中做令史。不久，弃职隐居，出家为僧，法名子聪。海云禅师闻知刘秉忠博学多才艺，把他推荐给忽必烈。刘秉忠的学问得到忽必烈的赏识，留他在身边做了谋士。《元史》记载："刘秉忠于书无所不读，尤邃于《易》，及绍氏《经世书》，至于天文、地理、律历、三式六壬遁甲之属，无不精通。论天下事如指诸掌。"刘秉忠在主持营建元上都的工作中，充分施展了他的才学，上都城的规划，参考引用了儒家经典《周礼·考工记》中"匠人营国，方九里，旁三门，国中九经九纬，经涂九轨，左祖右社，前朝后市"的描述。元上都是与元大都并列的草原都城，可以"北控沙漠，南屏燕蓟，山川雄固，回环千里。""控引西北，东际辽海，南面而临治天下，形式尤重于大都。"

从某种意义上讲，忽必烈和刘秉忠是元上都的决策者和创造者，而马可·波罗则是元上都的描绘者。如果没有马可·波罗，我们怎能了解元上都真实的过去呢？

公元1271年，年仅17岁的意大利人马可·波罗跟随父亲和叔叔离开威尼斯，公元1275年到达繁荣强大的东方帝国，在元上都见到了中国最高统治者忽必烈。尽管元上都因战乱仅存遗址，但它却因《马可·波罗游记》的记载而成为永恒，其牢固程度早已超过了花岗岩、琉璃瓦、汉白玉、砖木泥瓦等建筑材料。甚至忽必烈帝王的长相及性格特征，靠的也是马可·波罗的神笔之功。

八思巴是藏传佛教萨迦派第五代祖师，由于为元朝中央创制新文字，又为元朝皇帝授予神圣灌顶，元世祖忽必烈晋升八思巴为帝师，并赐玉印。八思巴除了推动藏族地区的政治经济文化全面发展之外，为元朝的稳定发展及全国各民族间的团结和文化交流都作出过巨大贡献。

忽必烈广场以上都文化为底蕴，以草原特色园林艺术景观为装饰，以居民休闲健身和开展文体活动为功能，在城镇化进程中保留了蒙古包点缀下的露天舞台、玩具一应俱全的儿童娱乐场、可供观赏的飞鸽小鹿等人文景观，就连草丛中那牛儿形状的垃圾箱都显得是那么可爱。广场的部分场地用鹅卵石、水磨石碎片铺砌而成，四周长满天然小草，身临其境，野趣顿生，在现代城镇的浮躁喧嚣中，置身于绿色开放的空间，让人一下子便有种近似于回归大自然的快乐。

忽必烈广场的设计，成功地表达了对生态、对人的关注。3200平方米弯弯曲曲的小河及木桥将广场自然分为东西两个部分，西侧以文化景观游览为主，东侧靠体育设施助力，使两处不同风格的景区相互连接，巧妙融合。硬化面积43000平方米的广场四周绿树成荫，96000平方米的公共绿地，40余种乔灌木丛中及周边区域保留着许多自然生长的小草野花，草坪中的石砌小路穿过广场，让绿地为人服务。

忽必烈广场在建设中坚持以人为本的理念，人性化的设计随处可见。它不仅表现在修建市民休闲健身的文化广场，安装上百件便捷的健身器械，有大屏幕高清显示屏，增添了375盏各种景观灯，橱窗、座凳、喷泉、环卫、厕所等设备设施一应俱全，还表现在道路铺装曲缓有度，休息亭避风挡雨，就连广场内的座椅设计的也是那样舒服、巧妙，座椅没有通常的直角，支撑座椅下面的是木柱或勒勒车形状的轮子，确保老人孩子用时方便安全，并带给人们以遐想的空间，渗透着浓浓的文化底蕴。居安思危，广场的各种设施还可作应急避难场所，解决特殊时期的供水供电，把"以人为本"的理念落到了实处。

体育休闲广场包括1个人造草坪足球场、4个灯光篮球场、2个排球场、2个网球场、2个门球场、2个羽毛球场，建有10个400米标准塑胶环形跑道，整体给人以柔软舒适、美观适用的感觉。在此举办的各项大型文体赛事不断，方便了居民休闲、娱乐、体育锻炼。清晨，微风拂面，忽必烈广场跑道上晨走的人流熙攘，优美的舞蹈旋律压抑不住人们的幸福快乐。掩映的树丛中，练太极拳的人时隐时现，一招一式干净利索；白天，婴幼儿在大人的鼓励下，到这里蹒跚学步，老人相携而坐，静静地享受着金色时光；夜下，蓊蓊郁郁的广场顿添几分凉意，居民携妻儿老小，带着浪漫，带着憧憬投向了广场的怀抱……

作为正蓝旗公共文化事业的重要组成部分，忽必烈广场与当地历史文化相融合，为居民的业余生活增添了无限的色彩和活力，体现了正蓝旗党委、政府为民办实事的公仆情怀，凝聚了广大干部群众的美好愿望，可谓众望所归，令人叹为观止。

正蓝旗创建中华诗词之乡

中国是一个有着数千年诗歌史的诗歌王国，诗词是中国古代文学的精华，它起承最早、发展时间最长、影响也最大。作为汉字的一种艺术组合，诗词把汉字的美发挥到了极致，每个文字都在讲述着一个故事，每个文字都在传承着中华民族的文化基因。正蓝旗是元朝开国帝都元上都遗址所在地，受忽必烈潜邸文人金莲川情结的影响，元上都一直是元代文人士子的心中圣地，在元代诗史上出现了大量以雄浑壮阔的草原帝都——上都（上京）为歌咏内容的诗篇，为后人留下了弥足珍贵的历史资料，充分显示出元诗特有的异质因素，给人以耳目一新之感。正蓝旗也是中国现代著名诗人、当代蒙古文学奠基人纳·赛音朝克图的故乡。纳·赛音朝克图的文学创作为中国蒙古现代文学开辟了新纪元，为当代蒙古文学奠定了基础，对蒙古文学产生了深远的影响，进而为正蓝旗创建中华诗词之乡提供了良好条件。

2014年2月20日，内蒙古诗词学会将正蓝旗列为创建中华诗词之乡示范典型。5月23日，正蓝旗成立了上都诗词学会。10月17日，内蒙古诗词学会为正蓝旗"中华诗词之乡"创建示范基地挂牌，旗委常委、纪检委书记宝瑞峰，旗委常委、宣传部长冯建军，旗人大常委会副主任那日苏出席挂牌仪式。2015年4月8日，内蒙古诗词学会命名正蓝旗为"内蒙古诗教先进单位"。5月21日，旗委办、政府办联合印发创建方案，成立了由旗委副书记、旗长宝音图任组长，政协副主席、文联主席乌云达来任副组长的正蓝旗创建中华诗词之乡领导小组。领导小组下设办公室，办公室设在旗委宣传部，负责统一组织协调创建活动的开展。6月3日，正蓝旗组织召开全旗创建中华诗词之乡动员大会，要求全旗各苏木镇场和单位要按照旗委、政府所制定的"正蓝旗创建中华诗词之乡实施方案"的要求，把诗词创作和诗词教育纳入总体工作中，举全旗之力扎实有序推进创建工作。

借助创建中华诗词之乡这一契机，正蓝旗把诗词创作和诗词教育纳入精神文明建设重要内容，坚持一手抓诗词精品创作，一手抓诗词教育普及，在全旗形成了一个读诗、学诗、吟诗、写诗、解诗、论诗的良好风气。旗委机关报《上都新闻》编发了诗词教育专栏和专版，通过上都在线等网站及时报道创建活动中涌现出来的先进典型。学会编发了4期《上都诗刊》，刊发蒙汉文诗词作品及有关文章80余篇。全旗各中小学把诗词教育纳入教育教学内容，创办了《领航》《启明星》等校报校刊，为师生提供了诗词创作园地。有关苏木镇场、单位和社区，还成立了诗词创作小组、建起了诗词馆，当地干部职工和农牧民纷纷拿起笔，写诗填词，讴歌家乡秀美山川，赞颂和谐盛世，抒发胸中豪情壮志，展示我的梦、中国梦。爱诗词、学诗词、评诗词，成为正蓝旗一道亮丽的文化风景线。

2016年5月9日，正蓝旗委、政府向中华诗词学会、内蒙古诗词学会提出验收申请。11月16日至17日，中华诗词学会秘书长刘庆霖一行，前来正蓝旗检查验收中华诗词之乡创建工作。检查组一行先后深入到扎格斯台苏木、上都电厂、文联、蒙古族中学、五一种畜场和锡林郭勒盟元上都文化遗产管理局检查验收创建工作，听取工作汇报、观看诗教活动专题片，认为正蓝旗在创建中华诗词之乡工作中，旗委、政府高度重视，工作措施有力，社会各界积极参与，创建效果明显。12月12日，中华诗词学会决定授予正蓝旗中华诗词之乡荣誉称号，正蓝旗成为全国首家获此殊荣的少数民族旗县地区。同时，正蓝旗扎格斯台苏木、蒙古族中学、五一种畜场和锡林郭勒盟元上都文化遗产管理局还被命名为中华诗教先进单位。2017年7月22日，中华诗词学会秘书长刘庆霖，正蓝旗委副书记、旗长宝音图为正蓝旗中华诗词之乡揭牌。期间，作为正蓝旗上都诗词学会副会长、秘书长和会长，我全程参与了具体创建工作，见证了中华诗词之乡的发展成果，对此甚感欣慰。

为巩固和提高创建成果，自中华诗词学会命名正蓝旗为中华诗词之乡以来，正蓝旗在《锡林郭勒日报》上以《上都步步韵律美　金莲草原嗅诗香》为题，图文并茂地刊发了庆祝正蓝旗成功创建为中华诗词之乡专版，将五一种畜场确定为锡林郭勒盟诗词家协会创作基地。盟委委员、宣传部长斯琴毕力格在2017年度全盟宣传思想文化工作会议上的讲话中明确要求，要"发挥中华诗词之乡的文化品牌作用，把传承创新中华优秀传统文化和民族文化有机结合起来，增强地区文化内涵"。上都诗词学会携手旗文联、金莲川蒙古包有限责任公司等有关部门和企业，先后举办了"草原儿女心向党·美丽家乡正蓝旗""金莲川拾遗"和"正蓝旗首届金莲川诗词那达慕"等诗词征文比赛活动，编辑出版了《上都散曲》《上都诗词》，以诗词、散曲和诗歌作品弘扬社会主义核心价值观，传承草原文化记忆、蒙元文化元素和上都地域文化情感，已成为中华诗词之乡正蓝旗的重要标志。

用轻巧的文字寻找心灵的故园

"守住田园度朝夕,犁耕谷麦养猪鸡。闲将墨笔绘春色,爱把乡音纳入题。"随着生活水平的提高,吟诗作曲也成了一部分农牧民抒发情感的重要渠道,他们不仅在田野上辛勤劳作,感悟生活,而且以诗人的身份走向社会舞台,尽展新时代农民风采。

内蒙古正蓝旗哈毕日嘎镇庆丰村的柴秀娥(笔名白云),就是这样一个勤奋而有灵性的人。小学三年级时村里的学校被撤,她便辍学在家跟父母养牧,从此再也没迈进过梦寐以求的教室。弟弟放假回来写作业,她就用铅笔头在本子背面跟着写。更多时候,是和小伙伴在野外玩耍时用木棍在地上划字,划出后再用细土盖上,互相刨去细土再找出那个字的轮廓,谁认出这个字,就算游戏赢家。直到现在,柴秀娥都认为这是一个很好的学习方法。

初次读她的作品是2015年在上都在线网站上。自己也是从农村写出来的,一路走来深知其中的不容易,自然就对她多了几分关注。期间,正赶上旗里创办中华诗词之乡,我便鼓励她写些诗。仅几年的时间,一个当年因家庭生活困难小学都没有毕业的农家妇女,便通过不懈努力创作出了600余首诗词、散曲、诗歌、歌词和楹联,被内蒙古诗词学会吸收为会员,其中部分作品在《东方散文》《内蒙古党史》《内蒙古诗词》《湖北诗刊》《飞云》《言志诗词》《锡林郭勒日报》《北方新报》《锡林郭勒诗词》《东京文学》《上都诗刊》《风沙诗刊》《伴月》等区内外报刊和"今日头条""阴山作家部落""内蒙古民俗"等网络媒体上发表,并入选第三届全球华语(内蒙古)诗歌春晚《诗选》、文艺出版社出版的歌曲集《山丹花开了》,诗歌《塞北春》被中央重点新闻网站光明网采用,成为中国诗歌报内蒙古工作室的业余选稿编辑。柴秀娥家中上有老下有小,农村又没有稳定的收入,她白天和丈夫一起忙农活、做家务、开小卖铺、到饭店打工，又要操心两个儿子的学习生活，但痴迷文学创作的她，没有被生活中的重担所压倒，劳动之余笔耕不辍。柴秀娥的诗歌《梦里家园》中的"水泥路直触到寂静的村庄，那棵挂着月亮的树，守望着远去了喧闹。曾经一群开心玩耍的孩子，用比赛般的速度，跑出小山村，奔向理想的世界。不管是失败，还是成功，都跑到了中年，村子成了寄托思念的港。漂泊的船在哪里都不是岸，哪怕是拴着再粗的缆，也拴不住思乡的念。走出的人，或许没为这片土地做什么，故乡却不会责怪漂泊的孩子"等诗句，就是她"边喂毛驴边琢磨出来的"。关于写诗，柴秀娥一开始的感受是"写个前朝曲，难煞农家女，翻书上网，找句搜集，词源用竭，行文布局，咏来总感多离题，继续，知平晓仄觅欢愉"。现在已变成了"学曲作诗迷上瘾，手不离笔口中吟。整个人，疯癫劲儿，搜肠刮肚觅新词儿。刊上登篇笔更勤，言谈不离平仄音"。能在生活劳动之余有此佳绩，如果不是全身心地投入，何以至此？

　　读柴秀娥的诗，亲情之气扑面而来。作者在《爱》中写道："妈妈的爱是一把剪刀，时刻修剪不经意窜出的偏枝，影响主干的成长。秋收的时节，缀满枝头的果实，是积攒在妈妈唇边微笑，幸福的味道。"该诗是她的初创之作，朴实简洁不造作，但又能让人体会到感恩之心。诗中用剪刀和偏枝来比喻成长中的母女关系，更显浑然天成。从《想念妈妈》《羊皮袄的暖》《母亲节我不快乐》《父亲》中的"对于我来说，母亲不仅仅是两个字，还是暗夜的枕边泪，是暖与痛""我想伸手抚摸你满是皱纹的脸，可岁月太深我都不敢触及，生怕触痛沧桑的肤皮"等诗句，作者感情的挥洒则更加细腻、更加深沉，从中不仅了解到她坎坷的童年，而且听见了她心灵的呼喊，看到她成熟的脚步。随着年龄的增长，她在沉静中回味，在回味中思考，其亲情诗，又有了许多理性的感悟。其作品写作技巧看似简单，但每一次阅读你都能发现许多盘曲的小径，诗行之内有品头，诗行之外有嚼头。

　　柴秀娥的爱情诗，写得也饶有情致，生活味极强。她在一首诗中写道："爱，是暖的根，痛的本，如酒辣，如茶醇，快乐几回恨几回，走走停停哭过笑过，一生很长有爱相随，一生很短且行且珍惜……"在《风将梦吹成六瓣的雪花》《缘》等诗歌中，都记下了爱的羞涩与执著，活现出乡村女性的憨厚和对所爱的专一。"秋的乡村，染醉坡地树林小山，色彩斑斓。肥了撒欢的小毛驴，调皮捣蛋。洒了金的麦田，诗意尽展。老农黝黑的脸，笑容灿烂。故园山河庆丰年，正逢月圆。"没有背负城市的喧嚣与疏离，诗人用最明净的心，最干净的文字，将宁静与纯朴交融的乡村铺展在人世间，满眼的鸡鸭鹅狗青山绿水，坚守中的农家小日子在不作矫饰的诗句中让人好生羡慕。

也说不清从何时起，生活在村里的人们开始自愿或不自愿地转移进城，很少还有四十岁左右的中青年"留守"在村中。柴秀娥不仅用劳动和汗水守护着他人眼中的乡愁，而且还用文字展现着唯美而热烈的土地情结。冒着炊烟的老屋，流淌的小河，盛开的山药花，牧野田边的乡亲，宁静的乡村之夜，故乡的清新熟悉，总是诗人笔下一再留恋的圣地。从诗歌《幸福的味道》《故园》《二月的风》，到散曲《天净沙·土豆花》中的"田园两亩春种，雨露光照足充。土豆花飞色弄，粉白重，招来蝶舞香浓"，再到《天净沙·农家院》中的"鸡鸣日起晨歌，小村依岭临河，几亩瓜蔬伴我，光阴闲过，几人有此生活"。她几乎不知疲倦地赞美着脚下这片黑土地，乡村牧野似乎成了她笔下的玉雕，倘若一刻抓不住，就会从指缝中跑掉。其散曲作品更是原汁原味，洋溢着泥土的芬芳，贴近生活有灵气，令人赏心悦目。她的偏爱，她的自私，真让人有些嫉妒了。

亲情、爱情皆可归于乡情，但诗的表达毕竟要比二者宽泛得多。柴秀娥不是一个多愁善感，只盯着鼻子尖儿底下那块儿小情调的诗人。她的视野延伸到遥远的地平线，用心感受着祖国的强盛和党的恩情。一个初春的日子，她发来微信说："郭老师，镇里发展党员，有我。我认为，能够成为一名中国共产党员是件光荣的事。尽管村里有些人说这没什么用，可我不那么认为。"金秋，她又发来微信说："告诉郭老师一个好消息，书记通知我去镇里参加入党重点对象培训班。"思想决定着诗人感受生活、体验生活的敏锐性，决定着总结生活、提炼生活的深度和高度。我想，也许正是因为柴秀娥有着这样的觉悟和感情，她才能发自内心地写出了许多大气豪放的诗词，给人以激情壮阔的感觉，激荡着社会主义核心价值观的主旋律。她在《党旗红》《中华春》《八一军威》《十月》和《春风颂·有感全国两会》《入党宣誓》等诗词及散曲作品中，用这样发自内心的诗句来赞美祖国，歌颂党和人民解放军。"我看见雄鹰飞翔在蓝天，天空蔚蓝深远。我看见高铁跨过河山，贯通西藏四川。我看见国省通道连接着地北天南，波音机飞越海峡把世界走遍。我看见奥运会上中华儿女矫健,国歌声缭绕着五环。""我在金色的麦田收割,饱满的颗粒丰硕,百灵鸟从天空飞过,让我为你唱最美的赞歌,我最亲爱的祖国。我在草原骑马驰过,天地一片秋色。牛羊体健肥硕,让我为你呼麦那长调牧歌,我最亲爱的祖国。"可见,柴秀娥是一位使命感很强的农民女诗人,有些诗词和散曲如果只从风格上看,无论如何也看不出这些作品是出自一位农家妇女之手。"三月里春雷乍响,九州人盛会开章。荐策忙,民生想。众明志大展宏图,群献计圆梦铸煌。手挽手,明天更强。""日边紫霞华彩涨,海上征帆凯歌扬。大地春,和风荡。九州云腾巨龙翔,华夏同心道路长,大步向前圆梦想。""九秩军旗猎猎飘,银舰巡海锁惊涛。雷霆势猛伏贼寇,扬我国威英气豪。""多年心愿,一朝实现,党旗艳艳心潮泛,誓忠言,梦今圆。此生追求执着念,如盏明灯时刻闪。身,为党员;心,随党前。"在诗人的眼中,既有风霜雨雪也有人间大爱,既有柴米油盐又有赤子之心。这一切,全都在她的笔下泛出融融诗意,化作凝练简洁的诗行。因此,她的诗,才在浓郁的乡土气息中,显示出不单薄、有深度的特色,让人触摸到了时代的脉搏和正能量的冲击。

2017年6月,柴秀娥应邀参加全盟"放歌时代,纵笔草原"创作采风活动时,创作出了正蓝旗作者的第一首散曲作品《【双调·殿前欢】人文锡林》。不久,她又率先在《内蒙古诗词》散曲专刊上发表了三首散曲,成为正蓝旗作者在纸媒公开发表散曲作品的第一人,填补了正蓝旗现代散曲创作的空白。她在《【正宫·小梁洲】贺正蓝旗中华散曲文化教育基地挂牌》中对散曲事业有感而发,"秋风染透上都妆,谷麦飘香。金莲草海牧牛羊。栾川美,处处蕴诗章。〖幺〗银光字匾词牌亮,聚儒家,笔墨铿锵,元曲扬。文兴旺,民情激昂,巨作入华纲"。2018年,内蒙古科学技术出版社出版了《上都散曲》,在该书所收录的200余首散曲作品中,就有柴秀娥的散曲作品60余首。

情动乎中,发而为诗。柴秀娥以发乎肺腑的真情,在故乡的大地上,用轻巧的文字寻找心灵的故园,牵引众多的目光,营造出自己的诗歌殿堂,让人一走进去便深陷其中,不能自拔。组诗《跟我一路北上》成为全旗"追历史足迹·颂家乡河山·伴旅游同行"主题演讲比赛中全体参赛选手的集体朗诵作品。她的《草原新曲》《草原序曲》《塞北》《锡林河随笔》等诗词、诗歌和散曲作品,先后在"草原儿女心向党·美丽家乡正蓝旗"、全盟首届"富德生命人寿杯""诗画锡林河金秋采风创作"和全区"富德生命杯"等征文大赛中获奖，受到了自治区和盟内诗词大家的好评，其创作成果被收录于《内蒙古作家大辞典》中，并当选为正蓝旗上都诗词学会副会长，可见其艺术魅力的深厚。旗内诗友刘悦英写诗称赞她的作品有着"美了天空，幻化了心灵，舒卷间不问深情，浓淡中无关来去"的清新。尽管如此，柴秀娥还是深知自己文字功底的不足和生活阅历的单一，她怀着感恩之心发出了"捧起漆书倍感欣，捡来锦绣愧于襟。深思自晓才情浅，细品方知苦师心"的获奖感言。在旗文联、草原艺术公社负责同志的走访慰问中，她又有了"数九寒天洒雪花，文联艺社到咱家。同围炉火诗情醉，共饮琼浆曲赋佳"的情感对接，将社会各界的支持与鼓励，流露于笔尖，融化在心里。认识自己是寻找和完善自我的归宿，诗人只有真正认识自我，心存感恩，才会拥有成熟和进步，才能够让诗的韵律张开翅膀在更广阔的天地飞翔。

我从小也生活在正蓝旗农村三乡，读柴秀娥的诗自然就更觉亲切，更易引起共鸣和被其中的乡情所缠绕。我为诗人的努力和坚守而祝福，也为自己曾拥有过这样圣洁的田园生活而感动。什么是诗人？说起来仿佛有很多答案，但最根本的其实就是：下决心带着对生命的悟性回到语言中的人。"子夜披衣揽新月，拂晓闻鸡笔如风"，在与诗为伴的日子里，柴秀娥吞吐更多的是阅读、是思考、是感悟，也是对生命执着的体会。柴秀娥的诗词和诗歌作品，灌注着充沛的情感，流淌着沸腾的血液，她那万千珠玑串联搭配而成的描摹灵魂的语言珠链，虽不是串串耀眼，但随手拾捡某一串，也是直逼人心灵的晶莹，且足以诠释出诗人的创作灵感和对生活的热爱，在悠悠的岁月中含情怒放，温暖前行。

"几亩田园细培栽，一笺素稿慢耕开。金秋瓜果熟成早，笔下人生韵味来。"柴秀娥对诗歌虔诚而痴迷的情怀，创作目标上的不懈追求，深深地感动着我。自2017年以来，我利用在旗文联工作的机会，先后推荐或鼓励她参加了内蒙古文联文艺志愿服务团正蓝旗文学培训班、内蒙古首届（元上都）中华诗词高级研训班、《花的原野》文学笔会暨2018·锡林郭勒之夏镶黄旗笔会、中华诗词讲习群等培训活动。期间，镶黄旗委宣传部副部长王海金在和我的一次闲聊中，得知柴秀娥家中没有电脑，写作发稿十分不便时，便把此事放在了心上。2018年8月，借柴秀娥到镶黄旗参加笔会之机，王海金部长特意赠送给了她一台电脑。这让柴秀娥感到十分暖心，更加坚定了她在自己那充满孤寂和希望的田园里坚守和耕耘的决心。

　　柴秀娥这个普通的农家妇女，在荷锄田间之余，不懈地探寻，反复地琢磨，逐渐由小我走向了大我，作品描绘出了多姿多彩的乡村生活，呈现出鲜明的田园特点和时代特色，用轻巧的文字寻找到了心灵的故园。在柴秀娥的眼里，村中的小河就如同一条美丽的飘带，石子溅起的快乐流动着诗情，把一个美丽的梦带向了远方！

母女诗情

随着正蓝旗中华诗词之乡的成功创建和巩固发展，不仅点燃了全旗各族干部职工对中华诗词的关注和热情，唤醒了大家心中的诗意和梦想，也点亮了平凡人的诗意人生。如今的正蓝旗，有越来越多的诗词爱好者正在沿着古人的生花妙笔一路上溯，去探寻他们"吟成五字句，用破一生心"的那份执着。

正蓝旗妇幼保健计划中心张海霞因患小儿麻痹后遗症只能拄着双拐走路，但她身残志强，热爱生活，曾两次获得全盟残疾人自强模范。张海霞自幼喜欢文学，在做好本职工作的同时，自费参加了内蒙古中华诗词高级研修班等相关培训，当选为正蓝旗上都诗词学会理事，作品在《草原》《内蒙古诗词》《锡林郭勒日报》《巴彦淖尔诗刊》《上都散曲》《锡林郭勒诗词》《今日头条》《上都在线》等报刊和网络上发表，其中诗词《如梦令·锡林河秋天》在全盟"诗画锡林河金秋采风创作大赛"中被评为优秀奖。乐观向上的诗意人生，使张海霞在塞上风诗学院举办的格律诗征文大赛中获得了最佳人气一等奖。她的女儿郭欣格自高中起一直在外读书，母女俩不能经常见面，张海霞就经常用手机写诗填词抒志言情，以这种方式跟在外读书的女儿分享生活、陪伴成长，让情怀与励志同行。在妈妈的影响下，郭欣格从小也喜爱文学，课余时间养成了看书写日记的好习惯。郭欣格以当代青年人的视角观察社会，用少女之心感悟人生，利用学习之余写出了一首首语意幽远，灵动秀美的诗词，并主动跟大家分享交流，得到广大诗友的关注和喜爱，其中《浣溪沙·入春计》《清华引·梅妃》《少年游·英姿》等作品先后被《内蒙古诗词》《包头诗词》选用，母女俩一同被内蒙古诗词学会和草原女子诗社吸收为会员后，郭欣格高兴地又填了一首词《诉衷情·记母女同入会》："晓雾将歇新梦里，起香阁。相唱和。挥墨。对山河。乘月探江波。婆娑。觅诗中素娥。奉长歌。"郭欣格说："因为和母亲一起写诗寻韵，所以觉得很快乐、很温暖。"她将写诗视作必不可少的一种生活方式，这不仅没有阻碍郭欣格的学业，反而促进了她对古典文学的热爱和学习兴趣。

2018年6月7日是女儿高考的日子，张海霞便赠予郭欣格一首七律《女儿高考感言》："寒窗十载奋心扬，宝剑铮磨欲试芒。身在考堂心系梦，志于笔下墨生香。化龙击浪临门跃，折桂攀宫向月翔。不以我儿成败论，但凭努力自当强。" 8月19日，是首个"中国医师节"。这一天，从事中医工作的张海霞也收到了女儿写给她的一首词《医师》："杏林春暖。素手平忧难。玉笔冰心驱沉患。香卷长堆青案。仲景病论三千。华佗医术犹传。望色听声济世，悬壶天下长安。"9月28日，远在千里之外读大一的郭欣格收到了妈妈一份特殊的生日礼物，张海霞在《女儿十九周岁生日》一诗中这样写道："小时柔弱惹人疼，一朵娇花渐长成。学海扬帆冲逆浪，书山起步向高峰。慧聪识礼招邻赞，性静习诗喜韵风。瑟瑟晚秋心不冷，贴身棉袄暖亲情。"11月2日一大早，张海霞打开手机习惯地点开微信，一个熟悉的头像中显示出"妈妈，生日快乐"几个字。点开一看，原来是女儿郭欣格为她隔屏填了一首词《渔歌子·贺母亲生辰》："借以寸心书华诞，慈母春晖自寄留。一枝笔，度春秋。愿尔消离岁月愁。"这是张海霞最幸福、最快乐的一个生日，也是她最欣慰的生日礼物。

寒假过后，张海霞在盼归的遥望里又要送女儿远行。替女儿收拾着衣物，端上女儿爱吃的饭菜……看着母亲忙前忙后的样子，郭欣格深深感受到了"晓色还朦饭已温，奶茶一碗暖儿身"的母爱之情。儿行千里母担忧，当女儿踏上列车返校的那一刹那，浓浓的别离情紧紧揪住了母亲的心，张海霞有了"站台凝望车笛远，牵走依依是我心"的不舍。随风潜入夜，润物细无声，母女俩不同的学习工作和生活环境中，孜孜不倦地追求着艺术的更高境界，用指尖留住了亲情，让诗词从艺术殿堂走进了百姓生活，成为诗词界一道亮丽的风景线。

近年来，张海霞和女儿郭欣格身心兼修，努力传承和弘扬中华民族传统文化，并取得了可喜成绩，也得到了社会各界的认可。正蓝旗五一种畜场诗友张巨林对此有感而发："赞叹凝神阅美篇，心潮起伏泪潸然。海霞育女严施教，欣格成人力向前。抒发感情诗互动，激扬文字意相连。爱亲效老天伦乐，幸福原来很简单。"2019年新春佳节来临之际，旗有关领导代表旗委、政府专门对张海霞进行了走访慰问，对她坚守价值理想、立足草原风情、传承民族文化、勇攀艺术高峰的精神给予了高度赞扬。

从张海霞和郭欣格母女身上，我们切实感受到，传承和弘扬中华优秀传统文化的手段虽然多种多样，但"文化即生活"无疑是其中一种最好的表现方式。"晴天一鹤排云上，便引诗情到碧霄。"张海霞、郭欣格母女让平凡人的诗意人生尽情绽放，直抵人心，定格成新时代里自强不息、奋发向上的生动剪影，收获着更加美好的未来。

好领导与好兄弟

自1981年9月参加工作以来,我先后到过许多单位。一步步走来,不由想起那些曾经帮助关心过我的好领导,他们在我生活、学习上的关心爱护,工作上的指导,潜移默化的影响,使我一步步走向成熟,令人感恩难忘。

1991年9月,正蓝旗教育局对胡鲁斯台中学校委会班子进行了调整,由任自发担任校长。当时,我正在该校小学班从事数学教学,由于对数学缺乏兴趣所以感到工作很乏味。任校长根据我的特长和爱好,让我从事初中政治教学工作,并担任初一40班班主任和校团支部书记、少先大队辅导员。期间,我曾被校委会、乡团委、旗教育局和团委评为优秀团干部和优秀少先大队辅导员。2002年12月放寒假时,任老师从哈叭嘎乡照相馆请来师傅,给全体教职工合影并说了很多感谢和表扬的话,并将寒假一至二月份的工资提前发给了大家。春节过后临近开学时,任老师才通知我们7名有着十多年工龄、统一招录的代课教师,已和全旗各地其他143名代课教师、临时工一起被精简回家。按当时旗教育局精简文件中的说法是"为了适应改革的需要"。现在看来,任校长当年那样做,一方面是为了给大家留个从教工作的纪念,另一方面也表达了学校对我们这些一线代课教师工作上的认可,让我们过了一个没有压力的春节。写到这里,感到这是从教十年中唯一暖心的事情。

1984年,我在哈叭嘎乡借住父母的房子摆书摊维持生活。7月下旬的一天,时任乡企助理的苗世明找到我,说旗乡镇企业局局长张庆发知道我多年来给报社写稿,文笔不错,被精简后生活无着落,推荐我到锡林郭勒盟上都建筑建材有限责任公司(又称正蓝旗电杆厂)当秘书,问我去不去。我当时一下子幸福得不知如何回答是好,简直不能相信自己的耳朵。是张庆发局长让我重新找到了人生的起跑线,没有他的无私举荐,就不可能有我今天的人生之路和创作成果。其救苦救难的恩德,永世难忘。

　　8月4日,我到锡林郭勒盟上都建筑建材有限责任公司报到上班,这是正蓝旗首家股份制民营企业,由多伦县大北沟水泥制品厂、锡林郭勒盟计划委员会多经公司、锡林郭勒盟财政局和正蓝旗财政局共同投资兴建,主要生产楼板、电杆,经理由来自伦县大北沟水泥制品厂的厂长、全盟优秀民营企业家王希武担任。看到我们没钱租房,王经理让我们一家搬到他家的小房住,水电全走他家的表,从没让我们掏过一分钱,这让我们心里感到很过意不去。第一次见王经理的妻子吕凤兰时,便向她表达内心真诚的感谢。嫂子听后笑着说:"红花还得绿叶扶呢,你王哥文化不高,你不也帮他写写算算的么,在企业里大家都是一家人,还有啥客气的。"1987年7月,王经理帮我在上都镇解决了住房,一家人从此才算有了安居之地。后来,这两间平房在未经我同意的情况下被卖掉了,成为令我十分遗憾的一件事情。2019年2月,我在整理自己所存样报时欣喜地发现,1991年6月1日的《锡林郭勒日报》三版第573期锡林河专版,发表了我的一篇微型小说《小花伞》。巧的是在同期报纸二版刊有一篇报社记者崔汉成、肖兰娣采写的通讯《发展商品生产的精明人》,对王希武在多伦县大北沟的创业历程和企业经营发展现状进行了报道。那时,虽说我们还互不相识,但名字却同时出现在了一张报纸上,说起来还是很有缘分的。

　　1998年4月,我应聘到正蓝旗医药公司(正蓝旗医药管理局,一套班子,两块牌子)担任秘书。在此之前,我在旗蒙古包厂担任秘书,厂长赵振华对我也很好,只是没有一个固定的办公桌。一次,在打字部打印材料时,我遇到了当时我并不熟悉的医药公司党支部副书记、办公室主任惠芙蓉,惠大姐亲切地问我,多会去医药公司上班呀,办公桌都给你腾出来了。就因为有了这句暖心的话,第二天我便到医药公司报到上班。党支部书记、经理王玉明对我的工作和为人很认可,政治上严要求、工作上压担子、生活上关心帮助,感受到的是兄长般的关心。在医药公司工作期间,我加入了中国共产党,年年被评为先进工作者,惠姐退休前公司又推荐我担任办公室主任。2003年因国家政策性原因,国有医药系统全部转为民营,职工"买断工龄"后开始各谋生计。成立于1958年9月5日的正蓝旗医药公司在完成它的历史使命后,就这样退出了历史舞台。

　　2008年9月,旗委副书记、旗长田永,旗委常委、宣传部部长那顺巴雅尔,旗政协副主席乌云达来等领导商议后,决定创办正蓝旗旗委机关报《上都新闻》,接到旗委宣传部副部长、外宣办主任高家鑫的推荐电话后,我到旗委宣传部报到,从事《上都新闻》报创办工作并担任报社社长。高部长十分重视宣传报道,带头为党报党刊写稿,积极为通讯员争取落实通讯报道奖励资金。他工作认真负责,平易近人,对报社的同志既关心爱护又严格要求。他工作经验丰富,文字功底深厚,字也写得漂亮,对报纸把关很严,每篇稿件都会字斟句酌,认真修改,看高部长改过的稿子,会有"多一字多余,少一字缺憾"的感觉,慢慢地我对文字材料的语感、逻辑等方面也有了新的积淀,对我的工作和学习产生了积极的影响。

2017年2月,在旗文联主席乌云达来的帮助支持下,经旗委书记霍锦炳同意,我到旗文联上班。同年8月,在锡林郭勒盟政协文史委担任副主任的常霞调任盟文联党组书记、主席。此前,我曾给其主编的《锡林郭勒政协》写过文章,她一直尊称我为老师。任盟文联主席到正蓝旗下乡调研时,她也是以师相称,并无私为我提供好的创作条件和学习机会。其实,从创作水平上来讲常霞是我的老师,只不过我年龄较她大一些。工作中,能够理解和尊重普通员工劳动成果的领导不多,常霞是一个。旗文联常务副主席特古斯也是个干事创业的人,只要他认可你,便会把心掏给你,属于典型的传统蒙古人性格。工作中,我们相互支持配合,以诚相待,让上下级工作关系变得有人情味,工作干起来也有劲。

特别令人感动的是,2018年2月8日农历腊月二十三小年这一天,旗委常委、组织部长王卫国一行来到家里,代表旗委、政府向我表示亲切慰问,对我多年来坚持笔耕不辍,为正蓝旗宣传文化事业所付出的辛勤劳动和取得的成绩给予充分肯定,并表示这也是旗委书记霍锦炳、旗长宝音图的意见。

不同的岗位对社会都会有不同的贡献,无论亲戚还是朋友,只有平时相互敬重,关键时刻才会有人无私相助。工作中需要好领导的理解和支持,生活上更离不开平凡而伟大的普通劳动者。2019年春节前后,家里的渗水井向上返水,散发着难闻的气味。请来专业人员疏通、抽水,钱没少花,但问题迟迟未能从根本上得到解决。最终,还是连襟张景尧、唐喜军和二哥郭海军齐上阵,他们刨开冻土、掀开井盖、掏开冻层、下井凿眼、找到断点、清理异物、接通管道,经过两天多的辛勤劳动,彻底解决了我家的烦心事。

人的一生不知要遇到多少风浪，得到或失去多少机遇，但劳动始终是我们生存和发展的条件，只有通过劳动拥有的收获才最踏实。张景尧、唐喜军和郭海军都是普普通通的打工者，他们通过原始、艰苦和平凡的劳动，让他人得到方便，自身得到收获，社会得到发展，让"劳动"这个朴实的字眼，在咸涩的汗水里浸染而发亮。在这里，我也要向他们表示深深的感谢！

写给一个可爱的小女孩

内蒙古多伦县蔡木山乡白城子村三组有一处名为"白城子"的古遗址,这便是当年元朝皇帝的避暑行宫东凉亭。东凉亭修建的格外富丽堂皇,城墙与上都皇城一样,用黏土板筑,表层又用石头垒砌,建有殿宇、牌坊、驻跸凉楼、御马厩、游猎场等。因所用石头多为白色,故名白城。东凉亭既是元朝重要的游猎行宫,又是两都之间交通的重要驿站。凉亭驿站南有四条驿道直达大都,北通成吉思汗所建的哈喇和林都城,东至辽阳行省,西达河西走廊和中亚地区,是草原丝绸之路重要的交通枢纽,呈现出车水马龙的繁荣景象。对于东凉亭的景致多有诗作,如"东凉亭下水蒙蒙,敕赐游船两两红,回纥舞时杯在手,王奴归去马嘶风"等,反映了当年东凉亭游猎娱乐的情景。

2014年6月20日,参加锡林郭勒盟诗词家协会"2014年金莲川诗词笔会"的青格里、刘东红、李爱国等一行21人,到正蓝旗创作采风。期间,我们一行到位于白城子村三组的元代东凉亭遗址参观。在遗址旁的一家农舍院内,笔者看到一个可爱的6岁乡村女童,她光着小脚丫,穿着一双家做布鞋,手里拿着一本计生部门发放的宣传画册,正看的有滋有味。当时,就感觉女童那双天真无邪的大眼睛,让人有着一种柔软,一种对简单、对自然、对生活的美好回归,很想有机会能够给她一份力所能及的关爱,也祈盼自己的这个心愿能够梦想成真。

回来后,我写了一篇《金莲川诗词笔会散记》,其中有几句介绍这个小女孩的文字并配发了一张她手拿书本、歪着头、扎着小辫子照片,先后发表在了当年7月15日《上都新闻》报、9月份出版的第三期《上都诗刊》和《我的家乡正蓝旗》一书中。当时,我将这些书刊装在一个大信封里,想着有机会送给这个可爱的小天使留作纪念。

2018年7月27日，时隔四年之后，应正蓝旗委常委、组织部长王卫国之托，我陪同到正蓝旗参加元上都暨蒙古历史文化学术研讨会的锡林郭勒盟学者徐进昌、温茹娅一行，专程前往多伦县蔡木山乡白城子三组考察东凉亭遗址。在这里，我又见到了这个可爱的小女孩，女孩个子明显长高了不少，梳着两条又黑又粗的大辫子，上身穿着一件黄、粉、蓝三色相间的半袖球衣，下身穿一条两侧带红道的黑色长裤，脚穿一双深红色的运动鞋，衣服很普通且沾有泥土，但仍显得那么清秀，让人怜爱有加。此时，女孩已是蔡木山乡小学三年级的学生了。据她母亲介绍，学校离家一公里左右，每天早晚上下学和念幼儿班的二妹一起由家长接送，中午在学校食宿。当时正赶上学校放暑假，她领着两个妹妹在田间地头快乐地玩耍，最小的妹妹不时用手中的野草抽打她的脸颊，也不见女孩生气。

　　由于去时走得匆忙，所以装有女孩照片、报刊的那个信封一时没有找到，只带去了两本刊有女孩照片的《上都诗刊》，女孩看后十分开心，连声道谢并与我合影留念。没有梳头洗脸化妆，也不去刻意换掉衣服，她母亲将三个孩子直接从小院带到房后的菜地里，让我和曾在《锡林郭勒晚报》从事过记者工作的温茹娅拍到了"原生态"的农村娃。其中我拍摄的一张以《快乐村娃》为题的照片，被8月13日《锡林郭勒日报》张晓红编辑的生活版采用，在网上转发后大家纷纷点赞，认为"幸福其实就是这么简单，生活只要知足开心就好！"

《我的家乡正蓝旗》出版前后

2016年4月10日，在我52岁生日这一天，曾在上都新闻报社实习过的康利晨帮我将整理好的50.8万字《我的家乡正蓝旗》书稿，发到了未曾谋面的内蒙古科学技术出版社香梅总编辑的邮箱。不一会，香总编短信回复"书稿收到"。

年初，听说我要出书，正蓝旗政协文史委主任赛音吉日嘎拉热情地为我提供了香总编的联系方式。就这样，《我的家乡正蓝旗》——献给内蒙古自治区成立70周年一书得以交由内蒙古出版集团、内蒙古科学技术出版社列入选题计划并于同年8月份出版发行。该书由赤峰市阿金奈图文制作有限责任公司排版，赤峰中正制作印务有限责任公司印刷，全国统一书号ISBN 978-7-5380-2685-6。全书50.8万字，定价78元。

7月19日至20日，朋友李宏昌开着私家车，在孙广元、安飞的陪同下，我们一行来到赤峰市办理出书事宜。事先，香总编曾委托季文波主任与我电话联系。去的路上，文波便为我们联系好了既实惠离出版社又近的红山区富和源宾馆。当晚，我们见到了出版社的香总编、季主任和《我的家乡正蓝旗》一书的责任编辑那明和马洪利，平易近人的香总编还热情地请我们吃了一顿丰盛的午餐，并表示尽快安排出书，这让我很感动，有了与该社长期合作的想法。在赤峰期间，我起早贪黑抓紧时间看书稿初样，与两位责任编辑共同商讨书中相关词句，整个过程融洽而富有成效。同时，我与出版社正式签订了出版合同。按照合同约定，《我的家乡正蓝旗》一书将于9月15日之前出版。以往，因为工作忙总觉得时间过得特别快。在等书的日子里，我感觉时间好像一下子慢了许多，日夜都被一种迫不及待的心情所缠绕。

8月18日，我和文波再次通电话，他告诉我书稿已完成终审并送印刷厂，还给我发来了终审后的书稿电子版。虽说我与文波仅是一面之交，他也不是该书的责任编辑，但他对我们非常热情，对工作也十分尽责，我很感谢他为《我的家乡正蓝旗》一书的顺利出版所作出的努力。在书稿的审编过程中，他帮我协调美编永胜老师，将该书的封面和封底进行了重新设计，使其与书名相得益彰，在表现形式上显得更加直观和完美。

按照合同约定，《我的家乡正蓝旗》第一次印刷1000册，其中出版社留存50册，交给我950册。在审编过程中，该书内容得到了出版社的重视和好评，决定由出版社加印一部分并赠送给我100册，从中我感受到这既是对作者的支持，更是对该书内容和文章质量的肯定。对此，我感到十分欣慰，这说明自己的劳动成果还是有一定价值的。

9月6日中午，我正在床上翻来覆去，突然接了一个电话说书到了，问我家在哪里，我一跃而起，连忙出去迎接送货的徐师傅。卸完书后，我给他拿了两瓶酒表示谢意，让大家都来分享我收获的喜悦。收到出版社文波通过物流发来的1050册《我的家乡正蓝旗》后，朋友们纷纷上门索取，先睹为快。晚上，我拿出了一瓶珍藏多年的茅台酒，与广元、小李子、安飞、建庆、赵树、宋雷、彭丽举杯祝贺《我的家乡正蓝旗》一书出版发行，祝愿正蓝旗的明天更加美好。宋雷还带着她可爱的小姑娘前来祝贺，调皮的小家伙让喜庆的气氛更加活跃。席间，大家纷纷表示要向我学习，其实学习和认知是相互的，人以类聚物以群分，人与人之间只有相互欣赏才能相互感染，共同进步。书来的当天，建庆便购买了10本，旗政协文史委主任孟根巴根等人次日要到河北等地学习，听说书到了也购买了6本，作为外宣品进行交流。

7月26日至27日，锡林郭勒日报社2016年度通联记者工作会议在正蓝旗召开。特约记者座谈时，报社通联记者部主任申玉全向与会人员介绍了我即将出书的事情。阿巴嘎旗特约记者于立平在8月5日《锡林郭勒日报》刊发的《花开时节访元都》一文中，借以介绍说："民俗文化研究者、内蒙古诗词学会会员郭海鹏先生告诉我们，元上都遗址博物馆所在地原来是一座废弃的采矿场，利用空洞的山体，开挖改造成了这座博物馆。他的一部关于民俗风情的专著《我的家乡正蓝旗》，作为向内蒙古自治区成立七十周年的献礼之作，也即将付梓印刷出版。"文章无意中为该书的出版发行"预了热"。书出版后，《锡林郭勒日报》、锡林郭勒广播电视台、《锡林郭勒广播电视报》、上都新闻、上都在线、《北方新报》官方微博、光明网、正北方网、正蓝旗广播电视台等媒体，分别对此进行了报道。2017年7月我上网浏览时，发现全球最大的中文古旧书交易平台孔夫子旧书网，曾出售过《我的家乡正蓝旗》，但此时显示已无存书。《我的家乡正蓝旗》作为正蓝旗首部由当地作者撰写并正式出版发行的汉文图书，还被旗图书馆、档案馆、史志办和旗政协文献资料室收藏，得到了广大读者和社会各界的广泛关注和好评。

在本书的发行过程中，得到了锡林郭盟文联党组书记、主席常霞，正蓝旗委常委、宣传部长柒拾捌，正蓝旗宣传部副部长、文明办主任哈斯，正蓝旗金莲川蒙古包有限责任公司董事长王继安、总经理赵富荣，哈毕日嘎镇后半台村委会主任丛志军，正蓝旗商务局局长郭振雷，正蓝旗工商联主席李慧民，正蓝旗文化体育广电旅游局局长乌仁陶格斯，正蓝旗文联常务副主席特古斯，正蓝旗法院副院长苗春军，正蓝旗黑城子管理示范区办公室主任赵国梁，正蓝旗蒙古包厂厂长赵建国，正蓝旗检察院副检察长丁锦杰，正蓝旗林业公安局局长刘永平，正蓝旗旗委农工部部长常志强，正蓝旗老干局局长敖登高娃，正蓝旗卫生和计划生育局局长候文军，正蓝旗元上都遗址博物馆馆长李海亮，正蓝旗蒙龙商业贸易有限责任公司经理张美峰，正蓝旗哈毕日嘎镇党委书记王治水，正蓝旗总工会主席高华，正蓝旗草原艺术公社李国华，正蓝旗金沙湾工贸有限责任公司经理梁有志，正蓝旗宏泰房地产开发有限责任公司经理贾树臣，正蓝旗宇鑫养殖育肥专业合作社负责人罗显忠，正蓝旗网信办赵树和父亲郭占芳，弟弟郭海波，儿子郭宇航，外甥女张欣等人的大力帮助和支持。二连浩特市的王义明、正蓝旗五一种畜场李仰等读者朋友也纷纷作诗发文给予鼓励，在此一并表示感谢。当我向五一种畜场张巨林主任表示感谢时，他说了一句让我特别感动的话，"大家都是为了蓝旗的事"。二十世纪八十年代锡林郭勒日报社优秀摄影通讯员、70多岁的党崇锋还专门给我送来了读后感和200元钱。事实上，也正是因为有了朋友们的理解、关注与厚爱，才使广大读者能够享受到这份文化资源，通过《我的家乡正蓝旗》感受到金莲川草原的文化魅力，最终成为上都河畔的文化恋人。同时，也让我心有标尺、不忘初心，为下一步出版《上都时光》奠定了基础。待《上都时光》这本书出版后，为了这份理解、温暖和感动，我一定要都送给大家一本。

2016年11月1日,正蓝旗党委宣传部为我成功举行了发书仪式,得到了与会领导和人员的高度评价。正蓝旗政协在2016年全盟文史工作经验交流材料、2017年常委会工作报告中,将编辑出版《我的家乡正蓝旗》一书作为正蓝旗文史工作所取得的一项成果给予肯定。2017年4月19日,香梅总编打来电话,说根据内蒙古自治区党委宣传部关于做好全区第十三届精神文明建设"五个一工程"评选工作的通知精神,经内蒙古科学技术出版社领导班子研究决定,已将《我的家乡正蓝旗》一书通过内蒙古出版集团申报参评。次日,我按要求将15本参评样书通过顺风快递邮到了内蒙古出版集团综合业务部。虽然最终未能入选,但我还是很感谢内蒙古科学技术出版社和香梅总编,毕竟在她们的热心关注和支持下,《我的家乡正蓝旗》一书曾被推荐参与过全区第十三届精神文明建设"五个一工程"奖评选活动。2017年12月,《我的家乡正蓝旗》一书被锡林郭勒盟文联列入全盟优秀艺术作品扶持名单,受到了资助和鼓励。

我和政协有"缘分"

2018年1月,正蓝旗委组织部在对政协正蓝旗第十届委员会常务委员候选建议人的评价材料中,对我本人给予了这样的评价:该同志政治立场坚定,思想素质高,严守纪律,注重提高自我,写作能力较强,工作认真负责,任劳任怨,吃苦耐劳,做人严谨、做事认真,对人真诚,团结友爱,热爱社会公益事业,工作经验丰富,群众威信较好。

——题记

虽说我是2012年12月当选为中国人民政治协商会议正蓝旗第九届委员会委员的,可拿出在此十多年前的旗政协会议合影,差不多都有我在"凑数"。

2007年4月,我在民营企业正蓝旗上都冶金集团工作时,便有幸被正蓝旗政协聘为"社情民意"信息员。2008年9月,我应聘到正蓝旗委宣传部工作,从事旗委机关报《上都新闻》采编工作。在此期间,我在《上都新闻》《锡林郭勒日报》《锡林郭勒政协》《内蒙古日报》《内蒙古政协》《同心》等报刊,发表了200多篇社情民意和反映政协工作的通讯报道,协助旗政协完成了元上都文化旅游节,中国察干伊德文化之乡电视专题宣传片等解说词撰写工作,得到了旗政协的关注和好评。

2009年,我被旗政协评为优秀信息员。2014年3月8日,在政协正蓝旗第九届委员会第二次会议上,我被正蓝旗政协评为优秀政协委员。期间,我成为旗政协教育、卫生、科技、文史工作组兼职副组长,《锡林郭勒盟政协·走过60年》正蓝旗工作组和旗政协民主评议工作领导小组成员,完成了《正蓝旗第一届委员会主席——德格吉乐胡》编写任务,出版了文史资料《我的家乡正蓝旗》一书。当选旗政协委员后,我深感这既是一种荣誉和信任,更是一种责任和使命,我认真学习,积极履职，为参政议政提出建议，引起了有关媒体的关注。2015年4月，内蒙古自治区政协《同心》杂志社记者梅莉亚，以《草原上的新闻人》为题，分别就政协委员履职感受、工作中关注的热点、经济社会发展中需要解决的问题、进一步推进基层协商民主的意见和做好新时期政协工作的建议等内容，对我进行了专题访谈，并在该期杂志上予以刊发。同年4月28日，在政协正蓝旗第九届委员会第三次会议上，我以《关于提升新时期公民道德素质的思考和建议》为题，向大会作了专题发言，得到了与会领导和旗有关部门的高度重视。作为旗政协全委会宣传组成员之一，我每年都要将政协会议上捕捉到的亮点写出新闻稿件，刊发在《锡林郭勒日报》、上都在线等媒体上。2016年3月17日，在政协正蓝旗第九届委员会第四次会议上，我被旗政协评为全旗政协宣传工作先进个人。同年2月，锡林郭勒盟政协文史委副主任常霞在《锡林郭勒政协》上，发表了对我的专访《一个普通政协委员保护非遗的心声》。我所采写的《中国非物质文化遗产——察干伊德》，被收录于锡林郭勒盟政协编辑、内蒙古文化出版社出版的《察哈尔文史资料》一书中。2017年，我积极参与盟政协组织的"我与政协"征文活动，所写文章做为首篇征文稿件优先发表在了当年第二期《锡林郭勒政协》杂志上，并被编入第二十二辑锡林郭勒文史资料。

从2016年5月起，工作之余我应邀为《锡林郭勒政协》双月刊进行校对，在正蓝旗政协文史馆筹建期间，为其捐赠了《正蓝旗医药志》《锡林郭勒政协正蓝旗专刊》《我的家乡正蓝旗》《草原重镇哈毕日嘎》等文史资料，能够为"娘家"尽一份自己的微薄之力，自己感到很欣慰。为强化政协民主监督职能，2016年以来，旗政协抽调包括我本人在内的政协委员成立了民主评议工作领导小组，先后对旗公安局、供电分局、财政局、卫生和计划生育局进行了专题民主评议，锻炼和提高了自己的履职能力。也许正是因为自己有着较强的文字功底，又经旗政协副主席乌云达来、郭全生等人介绍推荐，我才与政协结下了这深深的不解情缘。

2013年3月和12月，我先后主笔完成了旗政协调研组的《关于保护和发展正蓝旗民族传统手工艺品的调研报告》和《关于保护和发展正蓝旗马产业的调研报告》，均得到了旗委、旗政府的高度重视。根据报告中所提出的意见建议，旗政府拿出400万元建立了扶持非物质文化遗产事业发展专项资金，鼓励从事民族传统手工艺品的农牧民和非物质文化遗产传承人自主创业。集马文化展示、马奶生产销售和赛马娱乐为一体的正蓝旗马产业文化园也在规划之中。2017年12月24日,旗政府召开座谈会就正蓝旗第十五届人民代表大会第一次会议上的政府工作报告征求意见,我作为政协委员所提出的"在旗政府过去五年工作回顾中,应增加庆祝内蒙古自治区成立70周年的内容;在旗政府今后五年或2018年工作中,应增加以习近平总书记回信重要指示精神为指导,努力推动新时代乌兰牧骑事业创新发展的内容。"根据我的建议,旗政府在工作报告"过去五年工作回顾"中增加了"认真学习贯彻习近平总书记庆祝自治区成立70周年题词精神",在"今后五年工作任务"中增加了"推动文艺事业创新发展,抓好草原上的'红色文艺轻骑兵'队伍建设,建设新时代乌兰牧骑"之内容。2019年1月17日,在旗委2018年度民主生活会对照检查材料征求意见座谈会上,我代表政协委员所提出的对照检查材料中应增加群团工作、扫黑除恶等方面工作内容的意见建议也被采纳。通过人民政协参政议政这个平台,彰显了自身作为一名政协委员的价值和作用,为正蓝旗的经济社会发展贡献了智慧和力量。

为展示人民政协理论与实践研究的重大突破和最新成果,由中国政协理论与实践编写组编写的《中国政协理论与实践汇编》于2016年1月由中国文史出版社面向全国出版发行。该书以习近平总书记在全国政协新年茶话会上的讲话为开篇,收录了上到全国政协主席、下到基层政协委员的有关文章600余篇,全书210万字,分为理论篇与实践篇两大部分。我所写的《关于提升新时期公民道德素质的思考和建议——在正蓝旗政协第九届委员会第三次会议上的发言》《从正蓝旗走出去的中国蒙古族文学奠基人纳·赛音朝克图》《朝阳村有个烈士洼》被该书收录。同时还收录有内蒙古自治区政协《同心》杂志社记者梅莉亚采写的《草原上的新闻人——访锡林郭勒盟正蓝旗政协委员、正蓝旗上都新闻报社社长郭海鹏》,提高了正蓝旗政协工作的知名度。

政协人爱政协是一个情感交融的过程,未到政协的时候,是远远仰视的感觉;融入政协的时候,是朝朝相亲的感觉。2017年,在政协正蓝旗第九届委员会"收官之年",作为编委会成员,我积极参与旗政协组织的《九届政协人终身政协情》纪念书籍和电子音像资料编辑工作,用文字和图像为委员们留下了一个参政议政的美好回忆,宣传了政协工作成果和委员履职风采。从中我也感受到,作为政协人要有"一届政协人,终身政协情"的情感,要有"聚是一团火,散是满天星"的胸怀,在社会各领域继续发光发热,传播正能量,助推新发展,再展新辉煌。

2017年12月8日,正蓝旗政协成立了正蓝旗第十届委员会第一次会议筹备组,承蒙组织的培养和政协领导的厚爱,我成为筹备组秘书和新闻宣传组成员,具体负责大会汉文材料的校对和对外宣传工作。2018年1月5日至7日,在政协正蓝旗第十届委员会第一次会议上,我荣幸地连任政协正蓝旗第十届委员会委员,成为大会主席团成员和本届政协提案审查委员会委员,并全票当选为政协正蓝旗第十届委员会常务委员。3月9日,在政协正蓝旗第十届委员会第一次常务委员会上,我代表政协正蓝旗第十届委员会第一次会议第二讨论组向常委会作了讨论情况汇报。2019年3月4日,旗政协成立政协十届二次会议筹备组,我被抽到宣传报道组,具体负责审核委员的大会发言材料。经旗政协推荐,4月份我又被内蒙古自治区政协《同心》杂志社聘为通讯员。我深深懂得,这是领导满满的关怀,是组织满满的信任,更是社会各界满满的期望。对此,我时刻严格要求自己,将政协工作融入本职工作之中,互为促进,彰显委员风采。

政协提案是委员履行职能最广泛、最直接、最有效的形式,是协助党和政府实现决策民主化、科学化的重要渠道。对此,我每年坚持认真选题,深入调查研究,认真撰写提案,并按要求及时提交。期间,我先后提出了《关于发展乡村旅游的建议》《关于在忽必烈广场建立临时图书室的建议》《关于恢复或改进蒙药包装的建议》等十余件提案,其中《关于编辑"正蓝旗文化丛书"的建议》,被政协正蓝旗委员会评为2018年度优秀提案,在政协正蓝旗第十届委员会第二次会议上受到表彰奖励。2019年2月27日,旗政协提案委主任阿拉腾高娃在"十届政协委员"微信群中写道:"昨天已收到郭海鹏委员的提案,他每年都是第一个提交提案的委员,每年的提案内容都不一样,涉及社会事业方方面面,每年都能达到优秀提案的标准。作为委员他十分关注提案,因提早准备,认真选题,积极调研,充分酝酿,所以每年都能提出高质量的提案。为郭海鹏委员的敬业精神点赞,以上发了郭委员的提案,供大家参考学习。"

为学习借鉴民族特色产业发展模式和先进经验,经正蓝旗政协主席会议研究决定,2018年9月3日至6日,我与旗政协副主席郭全生等一行6人组成考察组,就民族特色产业发展工作专程赴兴安盟阿尔山市、乌兰浩特市考察学习，代表考察组写出了《关于赴兴安盟学习考察民族特色产业发展的报告》，并在10月10日召开的政协正蓝旗十届三次常委会上予以通过。12月11日至12日，我随同旗政协副主席毕力格图等一行，就更好地弘扬发展乌兰牧骑精神，在习近平总书记给苏尼特右旗乌兰牧骑队员回信一周年之际，专程到苏尼特右旗乌兰牧骑进行考察学习，回来后代表考察组完成了《关于赴苏尼特右旗乌兰牧骑考察学习的报告》，并在12月21日召开的政协正蓝旗十届四次常委会上予以通过。

正蓝旗是元朝开国帝都世界文化遗产元上都遗址所在地，与元朝的文化符号元曲有着深厚的历史渊源和不可分割的血脉关系。正蓝旗也是全国第二家、内蒙古首家中华散曲文化教育基地。中华散曲事业的传承和发展，归根到底还是要靠人。在旗政协领导的高度重视和大力支持下，2018年3月旗政协以文史资料丛书的形式，将编辑出版《上都散曲》纳入旗政协年度工作要点，支持我着手编辑出版《上都散曲》一书。同年6月，该书由内蒙古科学技术出版社出版，这是内蒙古地区首部正式出版的散曲作品集，具有不可替代的抛砖引玉之功。书中收录了元代曲作家直接描写元上都的元曲、小令和被选入国家中学教材的元曲作品5首，旗内外26名作者创作的反映正蓝旗经济社会发展、人文自然风光、百姓生产生活等方面的散曲247首。同时，对元曲的来龙去脉、弘扬元曲的意义及正蓝旗在散曲事业发展上作出的成绩和贡献等方面进行了全面阐述和总结，起到了政协文史工作"存史、资政、团结、育人"方面的作用，凸显了以史为鉴、以史资政的政协特色，为外界更加充分地了解正蓝旗拓宽了渠道，政协工作的服务功能得到延伸，体现出了草原儿女的一种责任和担当。

事实上，政协不仅是参政议政的舞台，同时也是宣传当地政治、经济、社会、人文、地理的广阔平台，是联系社会各界人士的桥梁纽带，是人生施展才华的好地方。回顾过去，是政协组织给了我许多锻炼和提高的机会，使自己的能力和特长得到了充分发挥。在政协这个温暖的大家庭里，不仅使我增强了业务素质，提升了个人品质，收获了成就和快乐，更主要的是通过参政议政，开阔了我关注生活、了解社会的视野，这将使我受益终身。

2019年3月4日，习近平总书记在看望参加全国政协十三届二次会议的文化艺术界、社会科学界委员时指出，一个国家、一个民族不能没有灵魂。文化文艺工作、哲学社会科学工作就属于培根铸魂的工作，在党和国家全局工作中居于十分重要的地位，在新时代坚持和发展中国特色社会主义事业中具有十分重要的作用。看到这一报道后，作为一名基层文艺工作者和政协委员，我对此也感到无比荣耀，备受鼓舞。在今后的人生道路上，我一定要认真践行总书记的重要讲话精神，深入生活，扎根人民，更加注重用老百姓喜闻乐见的语言，讲述乡亲们身边的故事，唱响讴歌时代的主旋律。同时，我将倍加珍惜政协委员这个光荣称号，勤奋学习，努力工作，积极建言献策，主动参与各级政协组织的活动，为建设具有中国特色的人民政协事业贡献出自己应有的力量。

我所创办的《金莲川记忆》

在中国的文体中，或者说在人的知识结构中，文与史一直是分不太清楚的。章学诚就说"六经皆史"（诗经、尚书、三礼、周易、乐经、春秋）。而司马迁《史记》也被说成是"史家之绝唱，无韵之离骚"。由于文与史没有绝对区分"明白"的章法，所以就有了"文史不分家"之说。事实上，"文"与"史"都属于人文学科，都是人的精神文化最本质的学科。真正的史学家都是阐释和叙述的能手，甚至是语言大师，其设身处地和推理想象能力绝对不输给任何编织故事、理解现实生活的文学家。而那些真正的文学大师，他们对人性有着透辟的理解，对历史有着真知灼见，对人类社会的演进规律把握得清晰畅达。因此，"文史不分家"实在是一种重要的人文素养和要求，是人文智识通才不可以缺少的一种能力。基于这种认识，2017年2月我到正蓝旗文联工作后，便在时任旗政协副主席、文联主席巴·乌云达来的支持下，创办了这份"文史兼修"的内部交流资料《金莲川记忆》。

当时，我筹划的刊名叫《上都记忆》，乌主席建议改为《金莲川记忆》。他说："金莲川的历史文化范畴要远远大于上都文化，这样研究拓展和学习交流的领域会更广阔，其中自然也包括有着700多年历史的上都文化。"就这样，刊名最终定为《金莲川记忆》。2017年4月10日《金莲川记忆》创刊，为内部打印文史交流资料。文联经费紧张，常务副主席特古斯花了3000多元钱买了一部复印机放到我的办公室，就这样，从写稿、组稿、装订、印刷到发送，都由我一个人来完成。排印《金莲川记忆》创刊号时我加班到晚上10点多才回到家。路灯下，我一下子有了当年创办《上都新闻》报时的感觉。从四个人办"新闻"到一个人搞"记忆"，我发现自己是年龄越大越能干了。

不会排版，每期我就到处找亲朋好友前来义务帮忙，加班晚了我还会自费掏腰包请他们吃顿便饭。在校大学生吴亚男学会排版后，每个假期来实习时她都会将半年的《金莲川记忆》排印好，然后由我按月发送，好在文史资料也不讲究什么时效性。亚男这个孩子勤奋好学，十分懂事。每到开学离开单位的前一天，她都会将办公室给我再打扫一遍，把次日要烧的水打满，茶叶放到水杯中，让人感到很暖心。《金莲川记忆》每期只印100份，主要是赠阅领导、内部交流和作者留存，对外宣传主要还是通过朋友吴建庆办的上都在线网站发送，每期文章网上和手机微信平台上的点击量都成千上万，建庆在这方面功不可没。《金莲川记忆》创刊以来，得到了有关社领导、专家学者和社会各界的高度关注与好评，《内蒙古党史》、内蒙古政协《同心》《锡林郭勒政协》《锡林郭勒日报》《锡林郭勒广播电视报》《锡林郭勒》《锡林郭勒晚报》等报刊对此给予报道并转发了《在正蓝旗成立的原察哈尔盟民主政府》《锡林郭勒草原上升起的第一面五星红旗》《北围子的戏台》《日子》《蒙古族"百礼之首"——哈达》等文章。其中，《南围子和北围子》被译成蒙文，收入内蒙古文化出版社出版的《奔向解放——正蓝旗人民的辉煌历程》一书。旗委宣传部先后两次要求旗文联将《金莲川记忆》临时装订成册，作为外宣品对外赠送。

同时，《金莲川记忆》也担当了部分"文学载体"功能。这一方面是因为当地广大文学爱好者需要有一个交流和展示自我的平台，另一方面也是因为《金莲川记忆》是旗文联创办的文史资料，作者发表相关文章时自然也会方便一些。实践证明，文史资料虽然不是文学，但文史资料是文学最大的"养料库"，那库里有信手拈来的人物、素材，有地域深厚的储藏，记载了在金莲川草原上发生的历史事件与现代的人和事，讲述了这个地域的风土民俗，自然景观，是广大文艺工作者对应历史的佐证与参考，是读者爱家乡，延伸爱民族、爱国家的认知。当地文学爱好者纷纷拿起笔来，以散文的形式写家中亲情、记邻里变化、抒乡村牧野、赞北疆草原、颂中华崛起，使《金莲川记忆》更加立体形象，感染和影响着有文学梦的人一路前行。我想，这就是《金莲川记忆》的现实作用和历史意义。

从事文史编写工作，虽不是科班出身，但我热爱这项事业，凭着对家乡的热爱和对历史真相探寻的执着，我所创办的《金莲川记忆》得到了社会的广泛认可。期间，除了要克服无专门经费、相关文献资料不足、发声平台的限制、缺少必要的理解支持外，还曾因从宣传部带过来的电脑配置低而丢失了一批文稿和图片。痛心不已之下，2017年8月12日自己只好花了近两个月的工资4300元购买了一台新电脑。2018年1月25日，从宣传部带过来用了十年的打印机也自动"退休"，我又自费花了1350元买了一台打印机。尽管如此，我仍庆幸自己有这样一个工作平台，能够从中深入地了解这片有故事的土地。研究家乡的历史，也是展示自我的一个过程，这个过程本身也是一种记忆。

整体来看，《金莲川记忆》既有史的内容，又有文的色彩，令读者爱不释手。当然，有文采绝非是要粉饰、整容和化妆，而是更生动、形象、准确地还原历史，留其原始生态，让人身临其境，让人更加信服。通过《金莲川记忆》上的文章，人们比较全面地了解到自己脚下这片土地曾经发生过的历史，也使大家更加热爱这片土地和生活在这片土地上的人们。

我与文联的不解之缘

正蓝旗文学艺术界联合会,简称正蓝旗文联,成立于1980年3月,是锡林郭勒盟成立的第一个旗县市文联,也是全区成立较早的旗县级文联之一。

说起来,我与文联也很有缘分。虽然多年来一直在企业打工和从事新闻宣传工作,53岁才到正蓝旗文联工作,但回头看来,一切皆因"有缘"。当然,其中也离不开自身持之以恒的不懈努力和有关领导及朋友们的鼎力相助。

2008年8月,根据正蓝旗经济社会发展需要,旗委决定创办《上都新闻》机关报。经研究,旗委宣传部决定聘请我到上都新闻报社从事报纸采编并负责日常工作。2016年3月1日,为适应社会宣传发展形式的变化,旗委宣传部又在纸质媒体的基础上,开通了正蓝旗上都新闻微信平台公众号。同年12月22日,旗委书记霍锦炳主持召开正蓝旗党政联席会议,专题研究部署文化体制改革工作,决定将《上都新闻》的人员并入旗广播电视台,成立正蓝旗新媒体中心。会上,霍书记说:"海鹏要去文联就去吧,好好写他的书吧!"就是因为有了领导这一句话,从此使我的命运又有了新的转机,自此与文联结下了不解之缘。

早在二十世纪八九十年代,我在给报社写新闻稿件的同时,便开始了文学创作,先后在《锡林郭勒》《锡林郭勒日报》《呼和浩特晚报》《包钢报》《草原》《女友》《心声歌词》等区内外报刊上发表了上百篇小说、诗歌、歌词等文学作品。其中散文诗《路灯》,被盟团委、青年作协收录于向内蒙古自治区成立四十周年献礼书目《锡林郭勒盟青年优秀作品选》中。《希望》《节日的欢歌》等诗歌,被盟文联收录于向内蒙古自治区成立五十周年献礼书目《锡林郭勒诗选》中。

1984年8月初,我在胡鲁斯台中学任教期间,组织当地青年文学爱好者成立了文学小组、创办了《幼芽》文学油印小报。同年9月20日,《锡林郭勒日报》在三版

《青年之页》专栏中给予报道。1985年2月27日，锡林郭勒盟委副书记夏连仲为《幼芽》题写报头。同年12月3日，我第一次来到锡林浩特市，作为正蓝旗的唯一代表参加了锡林郭勒盟青年文学作者第一次代表大会。在4日的开幕式上，夏连仲书记到会祝贺，盟委宣传部副部长李又白及有关部门负责同志、青年文学爱好者100余人参加会议。会议收到了《北京文学》《萌芽》《天津文艺》《草原》《花的原野》等文学杂志社的贺电贺信。自治区党委宣传部副部长刘云山，自治区文联副秘书长哈斯乌拉也向大会发来贺信。会上，锡林郭勒盟知名作家、诗人路远、高音、青格里、奥奇、孙海涛、祁平等老师为《幼芽》题词祝贺。基于对文学的爱好和激情，缘于领导和老师们的热情鼓励与支持，使我与文联的缘分渐行渐深。1984年8月20日，正蓝旗文联回信于我，对我们创办《幼芽》文学小报给予表扬，鼓励我们多写稿、写好稿，并告知我们不要一稿多投。1986年7月10日，正蓝旗文化局局长、文联副主席高·扎木苏荣扎布，向我赠送了他的作品选集并签名留念。该书由正蓝旗文联出版，锡林郭勒盟印刷厂印刷，印数500册。1989年12月5日至6日，我在胡鲁斯台乡中学任教时，作为代表参加了正蓝旗文学艺术工作者第二次代表大会。参加本次会议的代表和特邀代表有36人，会议选举旗委常委、宣传部长诺日布为文联主席。1990年12月，我被锡林郭勒盟文联吸收为会员。1996年8月7日至9日，我在正蓝旗上都建筑建材有限责任公司（电杆厂）工作时，作为代表参加了正蓝旗文学艺术界第三次代表大会。出席本次会议的代表有41人，会议选举旗委常委、宣传部长特古斯为文联主席。后因工作生活等方面的原因，我的文学创作在不知不觉中停了下来，与文联也失去了联系。

  2014年2月20日，内蒙古诗词学会将正蓝旗确定为创建中华诗词之乡示范典型。同年5月23日，正蓝旗成立了上都诗词学会，我被推选为副会长兼秘书长。2019年2月11日，在协会改选中，我又当选为协会会长。在中华诗词之乡创建工作中，我与旗文联和上级诗词学会的关系渐渐密切起来，并重新拿起了文学创作之笔。期间，我先后在《上都诗刊》《锡林郭勒诗词》《内蒙古诗词》《内蒙古晨报》《长城文艺》《康保文艺》《放歌锡林河》《锡林郭勒》《锡林郭勒诗词选》《锡林郭勒日报》等报刊和书籍上发表诗词和歌词84首，先后被锡林郭勒盟诗词家协会、内蒙古诗词学会、中华诗词学会吸收为会员。应邀参加了中国·康保首届草原诗会、全区诗词村建设现场会、全盟金莲川诗词笔会和乌拉盖诗词创作采风等活动。在旗委、政府和上级有关部门的大力帮助支持下，积极努力尽职尽责，成功将正蓝旗创建为中华诗词之乡。2017年1月8日，我和上都诗词学会常务副会长吴建庆等一行三人，作为正蓝旗的诗词爱好者代表参加了锡林郭勒盟诗词家协会第二次会员代表大会，会议选举李慧兰为协会主席。

2017年2月3日春节过后，我正式到正蓝旗文联上班。旗政协副主席、文联主席乌云达来，旗文联常务副主席特古斯，对我到文联工作表示欢迎并给予支持。旗摄影家协会主席管永新同意我与他在摄影家协会办公室办公，为我提供了一个非常好的创作办公环境，借此之机向他们表示真诚的感谢。

来到正蓝旗文联工作后，在完成旗有关领导和文联交办的工作任务外，我从不敢懈怠，静下心来认真创作，在《内蒙古诗词》《锡林郭勒》《锡林郭勒诗词》《锡林郭勒日报》等报刊上先后发表了小说、诗歌、散文、随笔等文学作品200余篇，应邀为李旺山老先生的长篇小说《龙山谣》写了编前读感《走进一代人的情感世界》，参与编辑了《正蓝旗书画作品集》。所创作的《长相思·月夜草原》《【正宫·塞鸿秋】游锡林河国家湿地公园》《鹧鸪天·蒙古袍》等文学作品，被正蓝旗文联、正蓝旗文化馆、锡林浩特市文联、上都诗词学会、锡林郭勒盟诗词家协会评为优秀作品，其创作成果被收录于《内蒙古作家大辞典》中，并培养推出了柴秀娥、刘海林、刘悦英等一批文学新人。2017年4月10日，我创办了正蓝旗文史资料《金莲川忆》月刊，2018年3月26日协助创办了正蓝旗网上文艺之家官方微信公众号，并担任编辑工作，受到旗内外有关领导和专家学者及广大读者的表扬与好评。同时，在2017年10月22日至24日内蒙古文联在鄂尔多斯市召开的全区文艺创作基地建设推进会上，我还代表正蓝旗文联在会上作了典型经验介绍。

为通过激励机制不断提高作品质量，巩固文艺创作队伍建设，我与旗文联常务副主席特古斯一起积极主动争取参与，协同旗政府制定了《正蓝旗文艺作品奖励补贴办法》，并于2018年4月10日起印发实施，明确了对全旗广大文艺作者的相关奖励补贴范围、金额及评选标准。同时，开设纳·赛音朝克图文学奖、朝鲁音乐舞蹈奖和阿格旺书画摄影奖，三项奖励自2018年起逐年轮流评选，对评审出的优秀作品进行表彰奖励。9月24日，在盟文联和盟报社的大力支持下，我们在全盟各旗县市文联中,率先在《锡林郭勒日报·锡林河》副刊上免费编发了专版,本期正蓝旗"元上都作品特刊"专版,共刊发当地23名作者的散文、诗词、散曲和摄影作品27篇幅,为正蓝旗广大文学爱好者提供了创作园地,推动了全旗文艺创作繁荣发展。随后,我又结合正蓝旗文联发展改革实际,执笔起草了《正蓝旗文联深化改革方案》。2018年9月18日,该方案经正蓝旗委全面深化改革领导小组第九次会议审议通过后印发实施。11月12日至13日,内蒙古文联在乌海市召开全区文联系统深化改革推进会,正蓝旗文联以《营造良好环境、加大扶持力度、助力文艺事业发展》为题,向大会作了典型经验介绍。

到旗文联工作后,因为工作关系,新闻稿件写的便相对少了一些。2018年3月,锡林郭勒日报社在评选2017年度优秀新闻作品时,没能从我当年所发稿件中找出可参评的作品,有关领导和老师便将我刊发在《锡林郭勒日报·锡林河》文艺副刊上的散文《煤油灯照明的年代》给评了个二等奖,这不仅是对我从事文艺创作上的支持与鼓励,同时也开创了报社文艺副刊稿件参评年度好作品的先河。期间,锡林郭勒盟职业学院乌仁其木格老师为我所创作的歌词《走进正蓝旗》谱曲。2018年3月29日,中国人民银行正蓝旗支行和正蓝旗乌兰牧骑在桑根达来镇联合举办了"乌兰牧骑走基层送金融知识下乡"活动,旗乌兰牧骑优秀青年演员乌日汉首唱了《走进正蓝旗》。这首萦绕着浓浓乡情和浓郁草原风情的歌曲,有感而发唯美流畅,以一曲悠悠的草原风牵动着人们的家乡情怀,以最真实的情感唱出了发展中的正蓝旗,用音乐的触觉舒展着元上都和金莲川,使人们跟着优美深情的旋律一起深深地陶醉在这片美丽的草原上。根据旗委《正蓝旗文联深化改革方案》有关精神,2019年2月11日旗文联对上都诗词学会改选结果予以批复,由我担任上都诗词学会会长,负责学会工作。2019年3月5日,我争取到正蓝旗金莲川蒙古包有限责任公司的赞助支持,组织开展了"金莲川拾遗"诗词征文比赛活动,传承和弘扬了非物质文化遗产,让诗词学会有了新的活力。另外,我还根据旗有关领导安排,为旗人大、组织部等有关部门完成了全盟旗县市和苏木乡镇人大工作推进会电视专题片解说词、党务工作先进材料等撰写工作。根据旗委办、政府办的安排,完成了《正蓝旗年鉴(2017—2018卷)》正蓝旗文学艺术界联合会的编纂部分。

2017年8月,锡林郭勒盟文联组建起了新的领导班子。12月8日至9日,新任盟文联党组书记、主席常霞一行到正蓝旗,就文艺和文联工作开展、"四个一"工作落实等情况进行调研督查。在此之前,常霞在锡林郭勒盟政协文史委任副主任,主编《锡林郭勒政协》,我是正蓝旗的政协委员,又兼职为《锡林郭勒政协》校对,工作上相互有所交往。常霞到盟文联工作后,对我工作上的帮助支持很大,我非常感谢她,也庆幸自己在艺术道路上能够遇到这样一位德才兼备,关心支持基层文艺工作者干事创业的好领导。

  在旗委宣传部主办旗委机关报《上都新闻》时,办公室设在党政大楼五楼,两个电梯内脚下铺有一块带字的软胶方垫,保洁员每晨一换,告知上班人员当日日期,经常不知不觉眼看着就从"星期一"变成了"星期五"。我想,其作用不仅是一种信息服务,更重要的是有着"光阴如水一去不返"的警醒,督促每一个人都要珍惜时间和精力,少扯皮、少钻营,多做一些踏实有效、有益于人民的工作。在旗文联,虽然每天数着台阶气喘吁吁爬二楼,但当打开电脑坐在办公桌前写出一篇篇具有"存史、资政、教育"功能的地方文史资料时,就会感觉到人生如同爬楼梯,只要有目标,脚步就会有一种向上的力量。

  事实上,无论是从事新闻采编、文艺创作,还是从事文史研究,在一定程度上,都需要从业者有极强的创造力和奉献精神,而这些都来源于对文字的热爱。唯有热爱,才会用匠心去写好每一个字,才能不考虑物质等外界因素,坦然做着自己喜欢做的事情,去一步步积累,一代代传承,让光阴在人生中变得有滋有味,让生命在历史的长河中彰显价值。